Edgar Rice Burroughs

TARZAN der Unbesiegbare

Edgar Rice Burroughs ist einer der populärsten Autoren der Welt. Ohne vorherige Erfahrung als Autor schrieb er im Jahre 1912 seinen ersten Roman „Die Prinzessin vom Mars“. In den folgenden 38 Jahren bis zu seinem Tode im Jahre 1950 schrieb Burroughs 91 Bücher und eine Unmenge Kurzgeschichten und Artikel. Obwohl am besten bekannt als Schöpfer des klassischen „Tarzan von den Affen“ und „John Carter vom Mars“, waren seiner rastlosen Vorstellungskraft keine Grenzen gesetzt. Burroughs produktive Feder bewegte sich vom Amerikanischen Westen zum primitiven Afrika und weiter zu romantischen Abenteuern auf dem Mond, den Planeten und sogar jenseits der fernsten Sterne.
Niemand weiß, wieviele Exemplare von Burroughs' Büchern in der ganzen Welt veröffentlicht wurden. Vorsichtig geschätzt muß diese Anzahl, in über 50 bekannte Sprachen übersetzt, in hunderte Millionen gehen.
Hinzuzählen muß man noch die Vielzahl von Comics, Kino- und Fernsehfilmen, deren Grundlage die Romane Burroughs' bilden.

Edgar Rice Burroughs

TARZAN

der Unbesiegbare

KRANICHBORN VERLAG LEIPZIG

Aus dem Amerikanischen übersetzt von Ruprecht Willnow
Titel der Originalausgabe: TARZAN THE INVINCIBLE

1. Auflage

COVER ART by JOE JUSKO
LAYOUT by FRANK NEUBAUER
ISBN 3-930040-24-7

Der kleine Nkima

Ich bin kein Historiker, kein Chronist von Fakten, außerdem halte ich an der Überzeugung fest, daß es gewisse Themen gibt, von denen die Verfasser von Romanen die Hände lassen sollen, vor allem, wenn es sich um politische oder religiöse Stoffe handelt. Mir scheint es indes nicht anrüchig zu sein, gelegentlich eine Idee von diesem oder jenem aufzugreifen, vorausgesetzt, der Gegenstand wird in einer Weise abgehandelt, die eindeutig auf schöngeistige Gestaltungsformen hinweist.

Wäre die Geschichte, die ich Ihnen hier erzählen will, in der Presse zweier bestimmter europäischer Großmächte erschienen, so hätte sie vielleicht einen weiteren und noch schrecklicheren Weltkrieg ausgelöst. Daran liegt mir jedoch nicht sonderlich. Mich interessiert vielmehr, daß es eine gute Geschichte ist, die meinen Wünschen insofern besonders entgegenkommt, als Tarzan von den Affen in viele höchst aufregende Episoden verwickelt war.

Ich werde Sie nicht mit trockener Politik langweilen, deshalb strapazieren Sie bitte nicht unnötig ihren Intellekt im Versuch, Namen zu entschlüsseln, die ich mir ausgedacht habe, um bestimmte Leute und Örtlichkeiten zu beschreiben, welche im Interesse des Friedens und der Abrüstung besser incognito bleiben.

Sehen Sie in dem hier Gedruckten nichts anderes als eine weitere Tarzangeschichte, die Ihnen hoffentlich Unterhaltung und Entspannung bietet. Sollte sie Ihnen darüberhinaus Anlaß zum Nachdenken geben - um so besser.

Zweifellos werden nur sehr wenige von Ihnen die Nachricht gelesen haben, die vor einiger Zeit an unauffälliger Stelle in der Presse erschien, und noch weniger werden sich ihrer erinnern. Danach waren an der Nordostküste Afrikas, in Somaliland, stationierte französische Kolonialtruppen angeblich in eine italienische Afrikakolonie eingedrungen.

Hinter dieser Zeitungsnachricht verbirgt sich eine Geschichte von Verschwörung, Intrige, Abenteuer und Liebe - sie handelt von Schurken und Toren, tapferen Männern und schönen Frauen. Und es ist auch eine Geschichte über die Tiere des Waldes und des Dschungels.

Wenn es nur sehr wenige gab, die diesen Zeitungsbericht über die Invasion Italienisch-Somalilands an der Nordostküste von Afrika vor Augen gehabt haben, so gilt dies gleichermaßen für die Tatsache, daß keiner von Ihnen jenen entsetzlichen Zwischenfall miterlebte, zu dem es einige Zeit vor dieser Angelegenheit im Landesinneren kam. Daß er möglicherweise mit einem europäischen internationalen Ränkespiel oder mit dem Schicksal von Nationen in Verbindung stand, liegt außerhalb jeglicher Wahrscheinlichkeit, denn es war nur ein sehr kleiner Affe, der entsetzt schreiend durch die Baumwipfel stob. Es war der kleine Nkima, der von einem großen, gewalttätigen Affen verfolgt wurde - einem sehr viel größeren.

Zum Glück für den Frieden Europas und der Welt entsprach die Geschwindigkeit des Verfolgers in keiner Weise seiner unangenehmen Charakterhaltung, und so konnte Nkima ihm entwischen.
Gleichwohl setzte der kleinere Affe seine Flucht durch die Baumwipfel noch lange fort, obgleich der größere die Jagd längst aufgegeben hatte, und schrie in höchsten Tönen, denn Ängste auszustehen und auszureißen waren die zwei Hauptaktivitäten des kleinen Nkima.

Vielleicht war es Erschöpfung, wahrscheinlicher jedoch eine Raupe oder ein Vogelnest, die Nkimas Flucht schließlich ein Ende setzten und ihn schimpfend und schnatternd auf einem hin und her schwingenden Zweig hoch über dem Dschungelgrund innehalten ließen.

Die Welt, in die er geboren worden war, schien wirklich eine sehr schreckliche Welt zu sein, deshalb verbrachte er die meisten Stunden, in denen er nicht schlief, damit, um über sie zu schimpfen. In dieser Hinsicht war er ebenso menschlich wie sein Artgenosse. Der kleine Nkima hatte den Eindruck, daß die Welt von großen, furchteinflößenden Kreaturen bewohnt war, die alle eine Vorliebe für Affenfleisch hatten. Da gab es Numa, den Löwen, und Sheeta, den Panther, und Histah, die Schlange - ein Triumvirat, das seine ganze Welt von den höchsten Baumspitzen bis zum Erdboden äußerst unsicher machte. Außerdem waren da noch die großen Affen und die nicht ganz so großen, die Paviane und die zahllosen Meerkatzen, die der Herrgott alle viel größer geschaffen hatte als den kleinen Nkima, und alle schienen einen Groll gegen ihn zu hegen.

Nehmen wir zum Beispiel den rüden Burschen, der ihn gerade verfolgt hatte. Der kleine Nkima hatte nichts weiter getan, als einen Stock nach ihm zu werfen, als er in einer Astgabel schlief. Lediglich deshalb hatte er den kleinen Nkima in eindeutiger Tötungsabsicht verfolgt - ich benutze das Wort, ohne Nkima zu unterstellen, daß er solche Schlüsse zu ziehen imstande sei. Nie war ihm wie offensichtlich auch einigen Menschen der Gedanke gekommen, ein Sinn für

Humor könne, wie überdurchschnittliche Schönheit, manchmal äußerst fatal sein.

Niedergeschlagen brütete er über den Ungerechtigkeiten des Lebens. Es gab jedoch noch eine andere und gewichtigere Ursache für die sein kleines Herz erfüllende Traurigkeit. Vor vielen, vielen Monaten war sein Herr fortgegangen und hatte ihn zurückgelassen. Gewiß, er beließ ihn in einem hübschen, behaglichen Heim mit freundlichen Menschen, die ihm zu essen gaben, doch der kleine Nkima vermißte den großen Tarmangani, dessen nackte Schulter einst Zufluchtsstätte war, von der er völlig ungestraft Beleidigungen gegen die Welt hinausschreien konnte. Lange Zeit hatte er danach den Gefahren des Waldes und Dschungels getrotzt und nach seinem geliebten Tarzan gesucht.

Weil Herzen nach ihrem Fassungsvermögen von Liebe und Anhänglichkeit und weniger nach Durchmessern in Zoll gemessen werden, war das des kleinen Nkima sehr groß - so groß, daß das menschliche Durchschnittswesen und dessen eigenes Herz sich gut dahinter verstecken konnten. Deshalb hatte er lange Zeit nur einen einzigen großen Schmerz in seiner kleinen Brust getragen. Zu seinem Glück war sein Naturell so gestaltet, daß er sehr leicht selbst von großem Kummer abgelenkt werden konnte. Ein Schmetterling oder eine köstliche Raupe konnten seine Aufmerksamkeit jählings aus abgrundtiefem Grübeln emporreißen, und das war gut so, sonst hätte er sich zu Tode gegrämt.

Als seine von Melancholie erfüllten Gedanken sich wieder in der Betrachtung des erlittenen Verlustes ergingen, wurde ihre Richtung durch das Umschlagen des leichten Windes im Dschungel plötzlich verändert, da dieser seinen scharfen Ohren ein Geräusch zutrug, das von seinem Ursprung her nicht zu den Dschungelgeräuschen gehörte, die die ihm vererbten Instinkte als alltäglich bezeichnet hätten. Es war ein Mißton. Und wer ist es, der Mißtöne in den Dschungel und überallhin trägt, wo immer er auftaucht? Der Mensch. Es waren Menschenstimmen, die Nkima hörte.

Lautlos bewegte sich der kleine Affe durch die Bäume in die Richtung, aus der der Lärm kam, und in dem Maße, in dem dieser stärker wurde, erreichte Nkima auch jener entscheidende Beweis für die Identität der Lärmverursacher, der für ihn wie für jeden anderen Dschungelbewohner ausschlaggebend ist - die Witterung.

Vielleicht haben Sie schon einmal einen Hund, womöglich ihren eigenen, beobachtet, wie er Sie mit dem Blick halb erkennt. Wird er sich damit zufrieden geben oder wartet er nicht vielmehr, bis das optische Erkennen der Augen durch den empfindsamen Geruchssinn überprüft und gutgeheißen wurde?

Genauso erging es Nkima. Seine Ohren hatten ihm die Anwesenheit von Menschen gemeldet, und nun versicherten ihm die Riechorgane definitiv, daß diese nahe waren. Er betrachtete sie nicht als Menschen, sondern als große Affen. Gomangani, das soll heißen Große Schwarze Affen, Neger, waren darunter. Auch das sagte ihm seine Nase. Tarmangani waren gleichfalls dabei. In seinen Augen waren das Große Weiße Affen, weiße Menschen.

Begierig suchte seine Nase nach der vertrauten Witterung seines geliebten Tarzans, doch sie war nicht dabei - das wußte er, noch ehe er die Fremden sehen konnte.

Das Lager, auf das Nkima kurz darauf aus einem nahestehenden Baum herabblickte, war gut ausstaffiert. Offensichtlich bestand es schon seit einigen Tagen und sollte wohl auch noch länger bleiben. Das war keine Einrichtung für eine Nacht. Die Zelte der Weißen und die Beyts der Araber waren fast militärisch exakt angeordnet, dahinter befanden sich die Unterkünfte der Neger, leichte Bauten aus solchem Material, wie die Natur es ihnen in die Hand gab.

Vor der aufgeschlagenen Vorderseite eines Araberbeyt hockten mehrere Beduinen in weißen Burnussen und tranken ihren unvermeidlichen Kaffee. Vor einem anderen Zelt saßen vier Weiße im Schatten eines großen Baumes und spielten Karten. Zwischen den Unterkünften der Eingeborenen spielte eine Gruppe stämmiger Schwarzer Minkala. Es waren auch Schwarze anderer Stämme dabei - Männer aus Ost- und Zentralafrika und einige Leute von der Westküste.

Einen erfahrenen Afrikareisenden oder Jäger hätte dieses bunte Gemisch verschiedener Rassen und Hautfarbe vielleicht in Erstaunen versetzt. Indes war die Zahl der Schwarzen viel zu groß, um anzunehmen, daß alle Träger waren, denn wenn man alle Ausrüstungsstücke des Lagers zum Abtransport vorbereitet hätte, wäre auf jeden einzelnen von ihnen nur eine geringe Last gekommen, selbst wenn man die Askaris ausnahm, die keine Lasten tragen außer ihren Gewehren und der Munition.

Weiterhin waren mehr Gewehre vorhanden, als zum Schutz selbst einer größeren Gruppe nötig gewesen wären. Auf jeden Mann schien eins zu kommen. Aber das waren nebensächliche Dinge, die Nkima nicht sonderlich beeindruckten. Was ihn in erster Linie bewegte, war die Tatsache, daß sich hier viele fremde Tarmangani und Gomangani im Land seines Herrn aufhielten, und da alle Fremden für ihn Feinde waren, beunruhigte ihn das sehr. Mehr denn je wünschte er jetzt, Tarzan ausfindig zu machen.

Ein dunkelhäutiger Ostinder mit Turban saß mit untergeschlagenen Beinen vor einem Zelt, offensichtlich sich der Meditation hingebend. Doch wer seine dunklen, sinnlichen Augen gesehen hätte, dem wäre aufgefallen, daß sie bei weitem nicht weltentrückt blickten. Vielmehr starrten sie unverwandt auf ein anderes Zelt, das ein wenig abseits stand, und als ein Mädchen heraustrat, erhob sich Raghunath Jafar und ging zu ihr. Er lächelte einschmeichelnd, als er sie ansprach, doch sie erwiderte das Lächeln nicht, antwortete zwar höflich, ging jedoch weiter zu den vier Kartenspielern.

Als sie sich ihrem Tisch näherte, blickten die vier auf, und ihre Mienen spiegelten eine angenehme Empfindung. Doch ob jeder dieselbe hegte, war den Masken, die wir Gesichter nennen und die geübt sind, unsere wahren Gedanken zu verschleiern, nicht abzulesen. Gleichwohl war offensichtlich, daß das Mädchen allgemein beliebt war.

„Hallo, Zora!“ sagte ein Bursche mit großem, glatten Gesicht. „Hast du süß geschlummert?“

„Ja, Genosse, doch ich bin das Schlummern langsam leid. Diese Untätigkeit geht mir auf die Nerven“, erwiderte das Mädchen.

„Mir auch“, pflichtete der Mann ihr bei

„Wie lange sollen wir noch auf den Amerikaner warten, Genosse Zveri?“ fragte Raghunath Jafar.

Der große Mann zuckte die Schultern. „Ich brauche ihn“, antwortete er. „Natürlich könnten wir sehr gut ohne ihn weitermachen, doch die Teilnahme eines reichen Amerikaners aus bester Familie, der sich aktiv mit unserer Sache identifiziert, ist wegen der moralischen Wirkung auf die Welt das Warten schon wert.“

„Bist du dir dieses Gringos absolut sicher, Zveri?“ fragte ein junger, dunkelhäutiger Mexikaner. Er saß neben dem großen Mann mit dem glatten Gesicht, offensichtlich dem Führer der Expedition.

„Ich bin ihm in New York und später in San Francisco begegnet“, erwiderte Zveri. „Er wurde gründlich überprüft und ist uns wärmstens empfohlen worden.“

„Mir sind solche Burschen, die all ihren Besitz dem Kapitalismus verdanken, stets verdächtig“, erklärte Romero. „Es liegt ihnen im

Blut - innerlich hassen sie das Proletariat, genau wie wir sie hassen."
„Der Mann ist anders, Miguel", beharrte Zveri auf seiner Meinung. „Er ist voll und ganz von unserer Sache überzeugt und würde um ihretwillen sogar den eigenen Vater verraten. Er verrät ja schon sein Vaterland."

Ein leichtes, spöttisches Lächeln spielte um die Lippen von Zora Drinov, während sie sich die Beschreibung der restlichen, noch nicht eingetroffenen Gruppenmitglieder anhörte, aber niemand bemerkte es.

Miguel Romero, der Mexikaner, war nicht zu überzeugen. „Ich habe für Gringos keine Verwendung, was für eine Sorte es auch ist."

Zveri zuckte die muskulösen Schultern. „Unsere persönlichen Animositäten spielen hierbei keine Rolle, denn sie widersprechen den Interessen der Arbeiter der Welt", sagte er. „Wenn Colt eintrifft, müssen wir ihn als einen von uns akzeptieren. Außerdem dürfen wir eins nicht vergessen: Wie sehr wir Amerika und die Amerikaner auch verachten mögen, in der Welt von heute läßt sich nichts ohne sie und ihren schmutzigen Reichtum zuwege bringen."

„Wohlstand, der durch das Blut und den Schweiß der Arbeiterklasse erworben wurde", knurrte Romero.

„Sehr richtig", pflichtete Raghunath Jafar bei. „Um so berechtigter ist es, daß eben dieser Reichtum genutzt wird, um das kapitalistische Amerika zu unterminieren und zu zerstören und den Arbeitern schließlich zu ihrem Recht zu verhelfen."

„Genauso sehe ich das", erklärte Zveri. „Ich setze viel lieber amerikanisches Gold ein, um unsere Sache voranzubringen, als jedes andere - und nach ihm britisches."

„Aber was bedeuten schon die kümmerlichen Mittel dieses einzelnen Amerikaners?" fragte Zora. „Das ist ein Pappenstiel verglichen mit dem, was Amerika in Sowjetrußland hineinpumpt. Was ist sein Verrat verglichen mit dem anderer, die jetzt schon mehr tun, um den Tag des Weltkommunismus näherzubringen, als die Dritte Internationale - es ist nichts, ein Tropfen auf den heißem Stein."

„Was meinst du damit, Zora?" fragte Miguel.

„Ich meine die Bankiers, die Fabrikbesitzer und Ingenieure Amerikas, die ihr eigenes Land und die Welt an uns verkaufen in der Hoffnung, noch mehr Gold für ihre bereits überquellenden Geldtruhen zu bekommen. Einer ihrer frömmsten und angesehensten Bürger baut in Rußland große Fabriken für uns, mit denen wir Traktoren und

Panzer herstellen können. Ihre Fabrikbesitzer wetteifern miteinander, um uns Motoren für Zigtausende von Flugzeugen zu liefern. Ihre Ingenieure verkaufen uns ihr Wissen und ihr Talent, um eine große, moderne Industriestadt zu errichten, in der Munition und Rüstungsgüter erzeugt werden können. Sie sind die Verräter, sie sind die Männer, die den Tag näherbringen, an dem Moskau die Politik einer ganzen Welt bestimmt."

„Klingt fast, als bedauertest du es", sagte eine trockene Stimme neben ihr.

Sie wandte sich schnell um. „Ach, du bist's, Scheich Abu Batn?" sagte sie, als sie den dunkelhäutigen Araber erkannte, der von seinem Kaffee herübergekommen war. „Unser großer Erfolg macht mich nicht blind für die Falschheit des Feindes und flößt mir auch keine Bewunderung für Verrat ein, selbst wenn ich aus ihm Nutzen ziehe."

„Bezieht sich das auch auf mich?" fragte Romero argwöhnisch.

Zora lachte. „Das weißt du doch am besten, Miguel", antwortete sie. „Du gehörst zur Arbeiterklasse, du hast dich den Arbeitern deines Landes gegenüber loyal verhalten, aber die anderen hier gehören der kapitalistischen Klasse an. Ihre Regierung ist eine kapitalistische und steht unseren Überzeugungen so feindselig gegenüber, daß sie unsere Regierung nie anerkannt hat. Doch in ihrer Gier verkaufen diese Schweine ihresgleichen und ihr eigenes Land für ein paar lausige Dollars mehr. Ich verabscheue sie."

Zveri lachte. „Du bist eine gute Rote, Zora", sagte er. „Du haßt den Feind ebenso sehr, wenn er uns hilft, wie wenn er uns hindert."

„Aber Hassen und Reden richten wenig aus", sagte das Mädchen. „Ich wünschte, wir könnten etwas tun. Hier müßig herumzusitzen erscheint mir so sinnlos."

„Und was würdest du vorschlagen?" fragte Zveri gutgelaunt.

„Wir könnten zumindest versuchen, uns das Gold von Opar zu holen", sagte sie. „Wenn Kitembo recht hat, muß dort genug vorhanden sein, um ein Dutzend solcher Expeditionen zu finanzieren, wie du sie planst, und da brauchen wir die Unterstützung dieses Amerikaners - wie nennt man sie doch gleich? Eierkuchenfresser! - gar nicht bei unserem Unternehmen."

„Ich denke ganz genauso", sagte Raghunath Jafar.

Zveri runzelte die Brauen. „Vielleicht möchte jemand anders von euch gern diese Expedition leiten?" sagte er mürrisch. „Ich weiß, was ich tue, und brauche nicht alle meine Pläne mit irgend jemand zu diskutieren. Wenn ich Befehle zu erteilen habe, werde ich es tun. Kitembo hat seinen bereits erhalten, und die Vorbereitungen für die Expedition nach Opar laufen schon seit mehreren Tagen."

„Wir anderen sind ebensosehr interessiert und riskieren ebenso viel wie du, Zveri", konterte Romero schnippisch. „Zusammenarbeiten sollten wir - nicht wie der Herr und die Sklaven."

„Du wirst sehr bald lernen, daß ich der Herr bin", knurrte Zveri in zynischer Weise.

„Jawohl, auch der Zar war ein Herr, und Obregon genauso", höhnte Romero. „Du weißt, was ihnen zugestoßen ist?"

Zveri sprang auf und zog den Revolver, aber als er ihn auf Romero richtete, schlug das Mädchen seinen Arm nach oben und trat zwischen die beiden. „Bist du verrückt, Zveri?" sagte sie.

„Misch dich nicht ein, Zora. Das ist meine Angelegenheit, und sie wird besser jetzt bereinigt als später. Ich bin hier der Chef und denke nicht dran, in meinem Lager Verräter zu dulden. Geh zur Seite!"

„Nein!" sagte das Mädchen entschlossen. „Miguel hatte unrecht und du auch, aber Blut zu vergießen - unser Blut - würde jede Chance auf Erfolg zunichte machen, die wir haben. Es würde die Saat der Furcht und Angst ausbringen und uns die Achtung der Schwarzen kosten, denn sie würden dann sehen, daß es unter uns Meinungsverschiedenheiten gab. Außerdem ist Miguel unbewaffnet. Ihn zu erschießen wäre feiger Mord, und du würdest die Achtung jedes anständigen Menschen in dieser Expedition verlieren." Sie sagte es schnell auf russisch, einer Sprache, die keiner der Anwesenden verstand, nur Zveri und sie. Dann wandte sie sich wieder Miguel zu und sagte auf englisch zu ihm: „Du hast unrecht, Miguel. Es muß einen verantwortlichen Führer geben, und Genosse Zveri wurde dafür ausgewählt. Er bedauert, daß er so unbesonnen reagiert hat. Sag ihm, daß dir leid tut, was du gesagt hast, dann gebt euch die Hand, und die Sache ist vergessen."

Romero zögerte einen Augenblick, dann streckte er Zveri die Hand hin. „Tut mir leid", sagte er.

Der Russe erwiderte den Händedruck und verbeugte sich steif. „Stimmt, wir wollen die Sache vergessen, Genosse", sagte er, doch er blickte noch immer finster, wenngleich nicht mehr als der Mexikaner.

Der kleine Nkima gähnte und ließ sich kopfüber am Schwanz von einem Ast hängen. Seine Neugier hinsichtlich dieser Feinde war gestillt. Sie boten ihm keine Zerstreuung mehr, doch er sagte sich, daß sein Herr über ihre Anwesenheit Bescheid wissen sollte. Dieser Gedanke weckte bei ihm wieder den Kummer und die große Sehnsucht nach Tarzan, mit dem Ergebnis, daß er abermals fest entschlossen war, die Suche nach dem Affenmenschen fortzusetzen. Möglich, daß eine halbe Stunde später irgendein unbedeutendes Vorkommnis seine Aufmerksamkeit in Anspruch nehmen würde, im Moment jedenfalls war er ganz auf dieses Ziel eingestellt. Als sich der kleine Nkima durch den Wald schwang, hielt er das Schicksal Europas in seiner kleinen Hand, aber das wußte er nicht.

Der Nachmittag ging zur Neige. In der Ferne brüllte ein Löwe. Instinktiv lief Nkima ein Schauer über den Rücken. In Wirklichkeit fürchtete er sich jedoch nicht sonderlich, denn er wußte, daß kein Löwe ihn in den Baumwipfeln erreichen konnte.

Ein junger Mann, der fast an der Spitze einer Safari marschierte, neigte den Kopf und lauschte. „Nicht allzu weit weg, Tony“, sagte er.

„Nein, Sir, viel zu nahe“, erwiderte der Filipino.

„Nun gewöhn dir mal endlich das ‘Sir’ ab, Tony, ehe wir zu den anderen stoßen“, ermahnte ihn der junge Mann.

Der Filipino grinste. „Geht in Ordnung, Genosse“, sagte er zustimmend. „Das ‘Sir’ sagen ist mir so in Fleisch und Blut übergegangen, daß ich es mir nur schwer abgewöhnen kann.“

„Dann fürchte ich, daß du kein sehr guter Roter bist, Tony.“

„O doch!“ versicherte der Filipino mit Nachdruck. „Warum wäre ich sonst hier? Oder denkst Du, ich wäre nur zum Spazierengehen in dieses gottverlassene Land voller Löwen, Ameisen, Schlangen, Fliegen und Moskitos gekommen? O nein, ich bin hier, um mein Leben für die Unabhängigkeit der Philippinen einzusetzen.“

„Das ist sehr anständig von dir, Tony“, sagte der andere ernst. „Aber wie soll das mit der Befreiung der Philippinen vor sich gehen?“

Antonio Mori kratzte sich am Kopf. „Das weiß ich auch nicht“, räumte er ein. „Aber es bereitet Amerika Sorgen.“

Hoch oben in den Baumwipfeln kreuzte ein kleiner Affe ihren Weg. Einen Augenblick hielt er inne und beobachtete sie, dann setzte er seinen Weg in entgegengesetzter Richtung fort.

Eine halbe Stunde später brüllte der Löwe wieder, und seine Donnerstimme stieg so beunruhigend nahe und unerwartet unter dem kleinen Nkima aus dem Dschungel, daß dieser fast von dem Baum fiel, durch den er sich gerade schwang. Mit einem Schrei des Entsetzens kletterte er so hoch, wie er konnte, setzte sich dort hin und keifte zornig.

Der Löwe, ein prächtiges männliches Tier mit dichter Mähne, trat auf die Lichtung unter den Baum, an den sich der zitternde Nkima klammerte. Abermals erhob er seine mächtige Stimme, daß die Erde unter dem gewaltigen Volumen seines trotzigen Kampfrufes bebte. Nkima blickte auf ihn herab und hörte plötzlich auf zu keifen. Statt dessen sprang er aufgeregt umher, schnatterte und schnitt Grimassen. Numa, der Löwe, blickte zu ihm auf, und dann geschah etwas Seltsames. Der Affe hörte mit seinem Geschnatter auf und gab einen tiefen, eigentümlichen Laut von sich. Die Augen des Löwen, der bislang unheildrohend nach oben geschaut hatte, nahmen einen anderen, fast sanften Ausdruck an. Er machte einen Buckel scheuerte seine Flanke genüßlich am Stamm des Baumes, und seinem furchteinflößenden Rachen entstieg ein weiches, sanftes Schnurren. Daraufhin ließ sich der kleine Nkima durch das Blattwerk des Baumes schnell nach unten gleiten, machte einen letzten behenden Satz und landete auf der dichten Mähne des Königs der Tiere.

Der Hindu

Mit Anbruch des neuen Tages kam es im Lager der Verschwörer zu neuen Aktivitäten. Die Bedaùwy tranken in der Mùk'aad keinen Kaffee mehr, die Spielkarten der Weißen waren verschwunden, und die Galla-Krieger spielten nicht länger Minkala.

Zveri saß an dem zusammenklappbaren Feldtisch, erteilte seinen Adjutanten Anweisung und gab mit Hilfe von Zora und Raghunath Jafar an die bewaffneten Männer, die in einer Reihe an ihnen vorbei defilierten, Munition aus. Miguel Romero und die zwei übrigen Weißen überwachten die Verteilung der Lasten auf die Träger. Der schwarze Kitembo war ständig unter seinen Leuten zugange, scheuchte Saumselige von den verspäteten Frühstücksfeuern und stellte diejenigen, die bereits Munition gefaßt hatten, zu Kompanien auf. Abu Batn, der Scheich, hockte etwas entfernt bei seinen sonnengebräunten Kriegern. Sie waren längst fertig und beobachteten verächtlich die ungeordneten Vorbereitungen ihrer Kumpane.

„Wie viele willst du zur Bewachung des Lagers zurücklassen?" fragte Zora.

„Du und Genosse Jafar werden das Kommando hier übernehmen", erwiderte Zveri. „Außerdem bleiben deine Boys und zehn Askari als Lagerwache hier."

„Das sind recht viel. Es besteht doch keine Gefahr", erwiderte das Mädchen.

„Stimmt, zur Zeit nicht", pflichtete Zveri bei. „Aber wenn dieser Tarzan hier wäre, sähe es anders aus. Ich habe große Mühe aufgewendet, mir in dieser Hinsicht Gewißheit zu verschaffen, ehe ich dieses Gebiet für unser Basislager auswählte. Man hat mir gesagt, daß er lange Zeit abwesend sein wird - er ist zu irgendeiner albernen Expedition aufgebrochen, von der man nie wieder etwas gehört hat. Mit ziemlicher Sicherheit ist er dabei draufgegangen."

Als die letzten Schwarzen ihre Munition in Empfang genommen hatten, versammelte Kitembo seine Stammesgenossen in einiger Entfernung vom Rest der Gruppe und hielt eine feierliche Rede. Sie waren Basembos, und Kitembo, ihr Häuptling, sprach im Dialekt ihres Volkes zu ihnen.

Er haßte alle Weißen. Die Briten hatten das Land besetzt, das seit Menschengedenken Heimat seines Volkes war, und weil Kitembo die

Häuptlingswürde vererbt bekommen und sich mit der Herrschaft der Eindringlinge nicht abgefunden hatte, hatten sie ihn abgesetzt und eine Marionette von ihren Gnaden zum Häuptling ernannt.

Dem wilden, grausamen und heimtückischen Kitembo waren alle Weißen verhaßt, doch er sah in seiner Verbindung mit Zveri eine Möglichkeit, sich an den Briten zu rächen. Deshalb hatte er viele Stammesgenossen um sich versammelt und der Expedition zugeführt, die nach Zveris Verheißungen das Land für immer von den Briten befreien und Kitembo zu noch größerer Macht und größerem Ruhm verhelfen würde, als den Basembohäuptlingen je zuteil geworden war.

Dennoch war es nicht immer leicht für Kitembo, bei diesem Unternehmen die Interessen seines Volkes stets im Auge zu behalten. Die Briten hatten seine Macht und seinen Einfluß gewaltig unterminiert, so daß Krieger, die ihm zuvor sklavische Ergebenheit bezeugt hatten, jetzt wagten, seine Autorität offen in Frage zu stellen. Noch murrte niemand, da der Expedition bislang größere Strapazen erspart geblieben waren. Die Märsche waren kurz, die Lager angenehm, es gab eine Menge zu essen und Schwarze von der Westküste sowie Mitglieder anderer Stämme, die weniger kriegerisch als die Basembos waren und deshalb alle Lasten tragen und die schwere Arbeit verrichten mußten. Angesichts der bevorstehenden Kämpfe hatten einige seiner Leute nun den begreiflichen Wunsch, genau zu erfahren, was bei der ganzen Sache für sie heraussprang, da sie offensichtlich wenig Lust verspürten, zur Befriedigung des Ehrgeizes oder Hasses eines Weißen wie Zveri oder des Schwarzen Kitembo ihre Haut zu riskieren.

Um diese Unzufriedenen zu besänftigen, hielt Kitembo jetzt seine Rede, wobei er den Kriegern einerseits reiche Beute und andererseits gnadenlose Bestrafung als Alternative zu Gehorsam und Aufsässigkeit anbot. Einige seiner Versprechungen, mit denen er ihre Phantasie ansprach, hätten bei Zveri und den anderen weißen Expeditionsmitgliedern gewisse Bestürzung hervorgerufen, hätten sie den Basembodialekt verstehen können. Doch wahrscheinlich war Furcht das gewichtigere Argument, um die strikte Befolgung seiner Befehle durchzusetzen, da die meisten seiner Gefolgsleute noch immer vor dem erbarmungslosen Häuptling zitterten.

Unter den anderen Schwarzen der Expedition befanden sich ausgestoßene Mitglieder verschiedener Stämme und eine beträchtliche

Anzahl von Trägern, die auf die übliche Weise gemietet worden waren, wobei man ihnen weisgemacht hatte, es handele sich um eine wissenschaftliche Expedition.

Zwei Beweggründe veranlaßten Abu Batn und seine Krieger zu zeitweiliger Loyalität gegenüber Zveri - die Gier nach Beute und der Haß auf alle Nasrâny, wie sie durch den britischen Einfluß in Ägypten und draußen in der Wüste repräsentiert wurden, da die Bedaùwy diese als das ihnen seit Jahrhunderten zustehende Herrschaftsgebiet betrachteten.

Von den Angehörigen anderer Rassen, die Zveri begleiteten, hätte man annehmen könnten, sie ließen sich durch edle, humanitäre Bestrebungen leiten. Dessenungeachtet stand jedoch fest, daß ihre Führer häufiger vom Erwerb persönlichen Reichtums und großer Macht zu ihnen sprachen als von der Notwendigkeit, die Brüderlichkeit aller Menschen oder die Rechte des Proletariats voranzubringen.

Demzufolge handelte es sich bei ihnen um eine lose organisierte, dennoch nicht weniger beachtliche Expedition, die an diesem lieblichen Morgen aufbrach, um die Schatzgewölbe des geheimnisvollen Opar zu plündern.

Als Zora Drinov ihren Abmarsch beobachtete, verweilten ihre schönen, unergründlichen Augen unverwandt auf der Gestalt des Peter Zveris, bis er auf dem Weg, der neben dem Fluß in den dunklen Wald führte, aus ihrem Blickfeld verschwunden war.

Verfolgte hier eine junge Frau angstbebend den Aufbruch ihres Geliebten zu einer gefährlichen Mission, oder...

„Vielleicht kommt er nicht zurück“, sagte eine einschmeichelnde Stimme neben ihr.

Sie wandte den Kopf und blickte in die halbgeschlossenen Augen Raghunath Jafars. „Er kommt zurück, Genosse“, sagte sie. „Peter Zveri kommt immer zu mir zurück.“

„Du bist seiner sehr sicher“, sagte der Mann spöttisch.

„Das steht fest“, erwiderte das Mädchen und wollte zu ihrem Zelt gehen.

„Warte“, sagte Jafar.

Sie blieb stehen und sah ihn an. „Was willst du?“ fragte sie.

„Dich“, antwortete er. „Was findest du nur an diesem ungehobelten Schwein, Zora? Was weiß er schon von Liebe oder Schönheit? Ich weiß dich zu schätzen, schöne Blume des Morgens. Mit mir kannst du die erhabene Seligkeit einer vollkommenen Liebe erlangen, denn ich bin geübt in der Kunst der Liebe. Ein Vieh wie Zveri würde dich nur erniedrigen."

Sie ließ sich nicht anmerken, wie sehr das widerliche Ansinnen dieses Mannes sie abstieß, denn sie war sich im klaren, daß die Expedition vielleicht tagelang unterwegs war. In dieser ganzen Zeit war sie mit Jafar praktisch allein, sah man von der Handvoll wilder schwarzer Krieger ab, deren Einstellung zu so einer Angelegenheit zwischen einer fremden Frau und einem fremden Mann nicht vorauszusehen war. Nichtsdestotrotz war sie fest entschlossen, seinen Avancen einen Riegel vorzuschieben.

„Du spielst mit deinem Tod, Jafar", sagte sie ruhig. „Ich bin zu keiner Mission der Liebe hier, und wenn Zveri erfährt, was du soeben zu mit gesagt hast, legt er dich um. Rede nie wieder mit mir über dieses Thema."

„Das wird nicht nötig sein", erwiderte der Hindu rätselhaft. Seine halbgeschlossenen Augen starrten in die ihren. Beide standen sich höchstens eine knappe halbe Minute so gegenüber, doch in dieser Zeit fühlte Zora Drinov eine Schwäche in sich aufsteigen, erkannte sie, daß sie nahe daran war zu kapitulieren. Sie kämpfte gegen dieses Empfinden an, setzte ihre ganze Willenskraft gegen die dieses Mannes. Dann riß sie sich von seinem Blick los. Sie hatte gewonnen, doch der Sieg hinterließ bei ihr eine Kraftlosigkeit und ein Zittern wie bei jemandem, der soeben einen alle Kräfte in Anspruch nehmenden Zweikampf zu bestehen hatte. Sie wandte sich schnell um, ging zu ihrem Zelt und wagte nicht, noch einmal zurückzublicken, aus Angst, wieder dieser bösen, unheilvollen Macht ausgesetzt zu sein, die aus den Augen von Raghunath Jafar sprach. Daher sah sie auch nicht das schmierige, befriedigte Lächeln, das die sinnlichen Lippen des Hindus verzerrte, und sie hörte ihn auch nicht mehrfach flüstern: „Das wird nicht nötig sein."

Während die Expedition den gewundenen Pfad zum Fuß jener Felsenbarriere entlangzog, die die untere Grenze des unfruchtbaren Plateaus darstellt, hinter dem die alten Ruinen von Opar liegen, befand sich Wayne Colt auf seinem Weg zum Basislager der Verschwörer noch weit im Westen. Im Süden ritt ein kleiner Affe auf einem großen Löwen und überschüttete nunmehr völlig ungestraft jedes Dschungelwesen mit Schimpfworten, das ihren Pfad kreuzte, während das mächtige, fleischfressende Raubtier voller Verachtung für alle kleineren Geschöpfe hochmütig mit dem Wind dahinschritt, erfüllt vom Wissen um seine unbestrittene Macht. Eine Antilopenherde graste auf seinem Weg, erfaßte die scharfe Witterung der Raubkatze und quirlte unruhig durcheinander, doch als der Löwe in ihr Blickfeld geriet, trotteten sie nur ein kurzes Stück zur Seite und machten ihm den Weg frei. Dann nahmen sie ihre Äsung wieder auf, obwohl er noch in Sicht war, denn Numa hatte reichlich gefressen, und die Pflanzenfresser wußten es, wie die Geschöpfe der Wildnis viele Dinge wissen, die über das abgestumpfte Empfinden des Menschen hinausgehen, und einen Löwen mit vollem Bauch nicht fürchten.

Andere, noch weit entfernte Wesen erfaßten die Löwenwitterung gleichfalls. Auch sie quirlten nervös durcheinander, obwohl ihre Furcht geringer war als die der Antilopen. Es handelte sich um die großen Affen des Stammes von To-yat, dessen kraftvolle Männchen wenig Grund hatten, Numa zu fürchten, obwohl die Weibchen und ihre Jungen, die Balus, doch zitterten.

Als die Raubkatze näher kam, wurden die Mangani unruhiger und gereizter. To-yat, der Königsaffe, schlug sich auf die Brust und bleckte die großen Fangzähne. Ga-yat schob die mächtigen Schultern nach vorn und begab sich zu dem Teil der Herde, der der sich nähernden Gefahr am ehesten ausgesetzt war. Zu-tho stampfte drohend und warnend mit den schwieligen Füßen auf. Die Weibchen riefen ihre Balus zu sich, und viele schwangen sich in die unteren Zweige der großen Bäume oder suchten die Nähe einer Gasse zwischen den Bäumen, die eine schnelle Flucht ermöglichte.

In diesem Augenblick ließ sich ein fast nackter Weißer aus dem dichten Laub eines Baumes genau in ihre Mitte fallen. Die nervliche Anspannung und das aufbrausende Temperament der Affen bewirkten, daß die Herde brüllend und knurrend auf das unbesonnene und verhaßte Menschwesen losging, der Königsaffe allen voran.

„To-yat hat ein kurzes Gedächtnis“, sagte der Mensch in der Sprache der Mangani.

Der Affe hielt einen Augenblick inne, vielleicht war er überrascht, aus dem Mund eines Menschwesens die Sprache seiner Artgenossen zu vernehmen. „Ich bin To-yat!“ knurrte er. „Ich töte.“

„Ich bin Tarzan“, erwiderte der Mensch, „ein mächtiger Jäger, ein mächtiger Kämpfer. Ich komme in Frieden.“

„Töten ! Töten !“ brüllte To-yat, und die anderen großen

Affenmännchen rückten zähnefletschend und drohend vor.

„Zu-tho! Ga-yat!" rief der Mensch barsch. „Ich bin's, Tarzan von den Affen." Doch die Männchen waren jetzt nervös und gereizt, denn die Witterung von Numa stieg ihnen scharf in die Nasen, und das plötzliche Auftauchen von Tarzan hatte sie in Panik versetzt.

„Töten! Töten!" bellten sie, obgleich sie noch nicht angriffen, sondern langsam vorrückten, um sich in die notwendige Zorneswallung zu steigern, die sich in einem plötzlichen, blutgierigen Ansturm entladen würde, dem kein lebendes Wesen widerstehen konnte und der nichts weiter als zerfetzte und blutige Stücke des Objekts dieses Zornesausbruchs hinterlassen würde.

Da stieß eine große, behaarte Affenmutter mit einem winzigen Balu auf dem Rücken einen schrillen Schrei aus. „Numa!" kreischte sie, machte kehrt und flüchtete in die Sicherheit des Laubwerks eines nahestehenden Baumes.

Augenblicklich sprangen die noch auf dem Boden befindlichen Weibchen und Balus in die Bäume. Die Affenmännchen richteten ihre Aufmerksamkeit für einen Moment auf die neue Bedrohung. Was sie sahen, brachte sie nun noch völlig außer Fassung. Ein mächtiger, gelber Löwe kam mit wild funkelnden, gelbgrünen Augen geradewegs auf sie zu. Auf seinem Rücken thronte ein kleiner Affe und stieß üble Beleidigungen gegen sie aus. Der Anblick war zu viel für die Affen von To-yat, und der König war der erste, der zurückwich. Mit einem Gebrüll, dessen Wildheit seine Selbstachtung retten sollte, sprang er zum nächsten Baum. Sofort wandten sich auch die anderen zur Flucht und überließen den weißen Hünen und den grimmigen Löwen sich selbst.

Mit funkelnden Augen ging der König der Tiere auf den Menschen zu. Sein Kopf war gesenkt und abgeflacht, der Schweif gestreckt, nur die Quaste am Ende zuckte hin und her. Der Mensch sagte ein einziges Wort und auch noch so leise, daß man es nur auf wenige Yards hörte. Sofort hob der Löwe den Kopf, und die bedrohliche Glut in seinen Augen schwand. Im gleichen Augenblick stieß der kleine Affe einen schrillen Schrei des Erkennens und der Freude aus, sprang über Numas Kopf, war mit drei mächtigen Sätzen auf der Schulter des Mannes und legte seine Ärmchen um dessen dunkelbraunen Hals.

„Kleiner Nkima!" flüsterte Tarzan und spürte die weiche Wange des Äffchens an seiner.

Der Löwe trat majestätisch vor, beschnupperte die bloßen Beine des Mannes, rieb den Kopf an seiner Seite und legte sich ihm zu Füßen nieder.

„Jad-bal-ja!" grüßte der Affenmensch.

Die großen Affen des Stammes von To-yat verfolgten alles aus der Sicherheit der Bäume. Ihre Panik und ihr Zorn hatten nachgelassen. „Es ist Tarzan", sagte Zu-tho.

„Ja, es ist Tarzan", pflichtete Ga-yat bei.

To-yat brummte. Er mochte Tarzan nicht, fürchtete ihn jedoch, und da er jetzt einen neuen Beweis für die Macht des großen Tarmangani vor Augen hatte, tat er das sogar noch mehr.

Eine Weile lauschte Tarzan auf das schnelle Geplapper des kleinen Nkima. Er hörte von dem fremden Tarmangani und den vielen Gomanganikriegern, die in den Herrschaftsbereich des Dschungelherrschers eingedrungen waren.

Die großen Affen kletterten nervös auf den Bäumen umher. Gern wären sie herabgestiegen, doch sie fürchteten Numa, und die großen Männchen waren zu schwer, um sich gefahrlos durch die höchsten Baumwipfel fortzubewegen, die den kleineren Affen einen sicheren Fluchtweg boten. Also mußten sie bleiben, bis Numa gegangen war.

„Haut ab!" schrie To-yat, der König. „Haut ab und laßt die Mangani in Frieden."

„Wir gehen ja schon", erwiderte der Affenmensch. „Doch du brauchst weder Tarzan noch den goldenen Löwen zu fürchten. Wir sind eure Freunde. Ich habe Jad-bal-ja gesagt, er soll euch nie behelligen. Ihr könnt herunterkommen."

„Wir bleiben hier oben, bis er weg ist", sagte To-yat. „Schließlich könnte er es vergessen haben."

„Du hast Angst", sagte Tarzan verächtlich. „Zu-tho oder Ga-yat wären nicht so furchtsam."

„Zu-tho fürchtet nichts auf der Welt", prahlte das große Männchen.

Ohne ein Wort kletterte Ga-yat schwerfällig von dem Baum, auf den er sich geflüchtet hatte, und ging wenn nicht sonderlich begeistert, so zumindest nur geringfügig zögernd zu Tarzan und Jad bal ja, dem goldenen Löwen. Seine Stammesgenossen beobachteten ihn gespannt und rechneten jeden Augenblick damit, daß er von dem gelbäugigen Meuchelmörder, der zu Tarzans Füßen lag und jede Bewegung des zottigen Männchens verfolgte, angefallen und in Fetzen gerissen wurde. Der Herr des Dschungels beobachtete Numa gleichfalls, denn keiner wußte besser als er, daß ein Löwe, so sehr er gewohnt sein mag, seinem Herrn zu gehorchen, dennoch ein Löwe bleibt. Die gemeinsam verbrachten Jahre seit der Zeit, als Jad-bal-ja noch ein kleiner, gefleckter, bauschiger Knäuel war, hatten ihm niemals Anlaß gegeben, an der Anhänglichkeit dieses Raubtiers zu zweifeln, doch hatte es Momente gegeben, wo er es für schwierig und gefahrvoll befunden hatte, die dem Tier vererbten wilden Instinkte in die Schranken zu weisen.

Ga-yat kam näher, während der kleine Nkima aus der sicheren Deckung auf der Schulter seines Herrn keifte und schwatzte. Der Löwe blinzelte träge und blickte schließlich weg. Die Gefahr war vorüber, sofern eine bestanden hatte - es ist der starre, gespannte Blick des Löwen, der nichts Gutes verheißt.

Tarzan trat vor und legte dem Affen begütigend die Hand auf die Schulter. „Das ist Ga-yat", sagte er, an Jad-bal-ja gewandt. „Ein Freund von Tarzan. Tu ihm nichts." Er bediente sich dabei keiner menschlichen Sprache. Wahrscheinlich läßt sich das Kommunikationsmittel, das er einsetzte, im Grund gar nicht als Sprache bezeichnen, doch der Löwe, der große Affe und der kleine Nkima verstanden ihn.

„Sag dem Mangani, daß Tarzan der Freund des kleinen Nkima ist", kreischte der Kleine dazwischen. „Er soll ihm nichts zuleide tun."

„Es stimmt, was Nkima da sagt", bekräftigte der Affenmensch.

„Tarzans Freunde sind auch Ga-yats Freunde", erwiderte der große Affe.

„Das ist schön", sagte Tarzan. „Und nun gehe ich. Übermittle To-yat und den anderen, was wir besprochen haben, und sage ihnen auch, daß fremde Menschen in diesem Land sind, das Tarzan gehört. Sie sollen sie überwachen, aber so, daß die Menschen sie nicht sehen, denn es sind vielleicht sehr böse Menschen, die Donnerstöcke bei sich tragen. Die können mit viel Rauch, Feuer und großem Lärm den Tod säen. Tarzan bricht auf, um zu erkunden, warum diese Menschen in seinem Land sind."

Von dem Tag, als die Expedition nach Opar aufgebrochen war, mied Zora Drinov Jafar. Sie schützte Kopfschmerzen vor und verließ kaum ihr Zelt. Andererseits hatte der Hindu auch keinen Versuch unternommen, in ihre Privatsphäre einzudringen. So verging der erste Tag. Am Morgen des zweiten ließ Jafar den Anführer der Askaris kommen, die zu ihrem Schutz und zur Fleischbeschaffung zurückgelassen worden waren.

„Heute wäre ein guter Tag zum Jagen", sagte Raghunath Jafar. „Die Zeichen stehen günstig. Geh deshalb mit deinen Leuten in den Wald und kommt erst zurück, wenn die Sonne tief im Westen steht. Wenn du das tust, wirst du außer all dem Fleisch, das du dir von eurer Jagdbeute nehmen kannst, noch Geschenke erhalten. Hast du verstanden?"

„Ja, Bwana", erwiderte der Schwarze.

„Nimm den Boy der Frau mit. Er wird hier nicht gebraucht. Wir haben ja noch meinen Boy, der für uns kochen kann."

„Vielleicht will er aber nicht mitkommen", entgegnete der Neger.

„Ihr seid viele, er ist allein. Doch laß die Frau nicht wissen, daß ihr ihn mitnehmt."

„Was für Geschenke sind das?" wollte der Anführer wissen.

„Ein Stück Tuch und Patronen", erwiderte Jafar.

„Und den Krummsäbel, den du trägst, wenn wir uns auf dem Marsch befinden."

„Nein", sagte Jafar.

„Das ist kein guter Tag zum Jagen", erwiderte der Schwarze und wollte gehen.

„Zwei Stücke Tuch und fünfzig Patronen", bot Jafar jetzt.

„Und den Krummsäbel." Nach vielem Feilschen wurde der Handel abgeschlossen.

Der Anführer sammelte seine Askaris und befahl ihnen, sich für die Jagd vorzubereiten. Der braune Bwana habe es so angeordnet. Die Geschenke erwähnte er jedoch nicht. Als sie fertig waren, schickte er einen Mann los, um den Diener der weißen Frau zu holen.

„Du sollst uns auf der Jagd begleiten", erklärte er dem Boy.

„Wer sagt das?" fragte Wamala.

„Der braune Bwana", erwiderte Kahiya, der Anführer.

Wamala lachte. „Ich erhalte meine Befehle von meiner Herrin - nicht von dem braunen Bwana."

Kahiya war mit einem Satz bei ihm und schlug ihm mit der harten Hand heftig auf den Mund, während zwei seiner Leute ihn packten. „Du erhältst deine Befehle von Kahiya", sagte er. Der Junge spürte die Spitzen von Jagdspeeren an seinem Körper und zitterte. „Willst du mit uns auf die Jagd gehen?" fragte Kahiya.

„Jawohl", erwiderte Wamala. „Ich habe nur gescherzt."

Während Zveri die Expedition nach Opar führte, drängte Wayne Colt, der sich endlich der Hauptgruppe der Verschwörer anschließen wollte, seine Männer auf der Suche nach dem Lager zu größerer Eile. Die führenden Verschwörer waren aus verschiedenen Richtungen nach Afrika gelangt, so daß ihre Zahl nicht allzuviel Aufmerksamkeit erregte. In Befolgung dieses Planes war Colt an der Westküste an Land gegangen und die kurze Strecke bis zum Endpunkt des Schienenwegs mit der Eisenbahn landeinwärts gefahren. Von da aus hatte er einen langen und beschwerlichen Fußmarsch angetreten. Da sein Bestimmungsort greifbar nahe war, lag ihm daran, diesen Teil seines Unternehmens schnell hinter sich zu bringen. Außerdem war er neugierig, die anderen Führer bei diesem gefahrvollen Vorhaben kennenzulernen. Zveri war der einzige, den er kannte.

Der junge Amerikaner war sich durchaus der großen Risiken bewußt, die er einging, indem er sich einer Expedition anschloß, die auf Unfrieden in Europa und letztendlich auf die Kontrolle eines großen Teils Nordostafrikas abzielte, wo man mit propagandistischen Mitteln unter den großen, kriegerischen Eingeborenenstämmen Unruhen anzettelte. Die Risiken ergaben sich besonders angesichts der Tatsache, daß sie viele ihrer Operationen auf britischem Territorium durchführen mußten, wo die britische Herrschaft alles andere als eine bloße Geste war. Doch er war jung und begeistert, wenngleich fehlgeleitet, und daher belasteten ihn diese Eventualitäten nicht sonderlich, zumal er von Natur aus kein depressiver Mensch war, vielmehr unternehmungslustig und stets empfänglich für zielgerichtete Aktionen.

Die langweilige Reise von der Küste ins Landesinnere wurde auch nicht durch angenehme oder angemessene Gesellschaft erleichtert, denn Tony konnte sich in seiner kindlichen Mentalität nicht über verschwommene Vorstellungen von der philippinischen Unabhängigkeit erheben, wobei er besonders in Betracht zog, welch eleganten Anzüge er sich dereinst kaufen könne, sobald er infolge eines ihm nur dunkel erfaßbaren ökonomischen Prozesses seinen Anteil am Vermögen der Ford und Rockefeller erhalten würde.

Colt hatte den Jungen jedoch ungeachtet seiner geistigen Grenzen wirklich ins Herz geschlossen, und wenn er zwischen der Gesellschaft des Filipino und der Zveris hätte wählen müssen, so hätte er sich für ersteren entschieden, da seine kurze Bekanntschaft mit dem Russen in New York und San Francisco ihn überzeugt hatte, daß dieser als guter Freund einiges zu wünschen übrig ließ. Auch hatte er keinen Grund zu der Annahme, daß er unter den Verschwörern einen besseren finden würde.

Er schleppte sich verbissen weiter und hatte wenig Sinn für die inzwischen altbekannten Bilder und Laute des Dschungels, zumal er ihrer inzwischen ziemlich überdrüssig geworden war, das muß eingeräumt werden. Selbst wenn er ab und zu auf die verschiedenen Geräusche geachtet hätte, steht zu bezweifeln, daß sein ungeübtes Ohr das ständige Geschnatter eines kleinen Affen erfaßt hätte, der ihnen in den Bäumen folgte. Aber dies hätte ihn auch nicht sonderlich beeindruckt, es sei denn, er hätte wissen können, daß dieser kleine Affe auf der Schulter eines dunkelbraunen Apolls des Waldes hockte, der Colt auf luftiger Bahn durch das Laub der Bäume lautlos nachsetzte.

Tarzan vermutete, daß dieser Weiße, auf den er zufällig gestoßen war, vielleicht zum Hauptlager jener Gruppe Fremder wollte, nach der er suchte. Deshalb folgte er ihm mit der Beharrlichkeit und Geduld des wilden Dschungelspurensuchers, während der kleine Nkima auf seiner Schulter seinen Herrn schalt, weil dieser den Tarmangani und seine ganze Gruppe nicht unverzüglich vernichtete, denn der kleine Nkima war eine blutdürstige Seele, sofern das Blutvergießen bei jemand anders vonstatten gehen sollte.

Während Colt seine Männer ungeduldig zu größerer Geschwindigkeit antrieb, Tarzan ihm folgte und Nkima wetterte, ging Raghunath Jafar zum Zelt von Zora Drinov. Als seine Gestalt den Eingang verdunkelte und einen Schatten auf das Buch warf, das sie gerade las, blickte sie von dem Feldbett, auf dem sie lag.

Der Hindu stellte wieder sein schmieriges, einschmeichelndes Lächeln zur Schau. „Ich wollte mich nur einmal erkundigen, ob deine Kopfschmerzen vorüber sind“, sagte er.

„Danke schön, nein“, sagte das Mädchen kalt. „Doch bei ungestörter Ruhe geht es mir vielleicht bald besser.“

Jafar überhörte den deutlichen Hinweis, trat ein und setzte sich auf einen Feldstuhl. „Ich finde, es ist ziemlich einsam, seit die anderen weg sind. Meinst du nicht auch?“ fragte er.

„Nein“, antwortete Zora. „Ich bin froh, mal allein zu sein und ein bißchen zu ruhen.“

„Deine Kopfschmerzen sind ziemlich plötzlich gekommen“,

fuhr er fort. „Vor kurzem noch schienst du dich ganz wohl zu fühlen und warst auch lebhaft.“

Das Mädchen antwortete nicht. Sie fragte sich, wo ihr Boy Wamala sich wohl herumtrieb, und warum er ihre ausdrückliche Weisung mißachtet hatte, niemanden einzulassen, der sie stören könnte. Raghunath Jafar schien ihre Gedanken lesen zu können, denn Ostindern werden oft übernatürliche Kräfte zugeschrieben, wie unbegründet eine solche Ansicht auch sein mag. Jedenfalls deuteten seine nächsten Worte auf diese Möglichkeit.

„Wamala ist mit den Askaris auf die Jagd gegangen“, sagte er.

„Ich habe ihm keine Erlaubnis dazu erteilt“, sagte Zora.

„Ich war so frei, das zu übernehmen“, sagte Jafar.

„Dazu hattest du kein Recht“, erwiderte das Mädchen verdrossen und setzte sich auf die Bettkante. „Du nimmst dir verdammt viel heraus, Genosse Jafar.“

„Einen Augenblick, meine Liebe“, sagte der Hindu beschwichtigend. „Wir wollen doch nicht streiten. Wie du weißt, liebe ich dich, und Liebe findet Bestätigung nur in der Zweisamkeit. Vielleicht habe ich mir zuviel angemaßt, aber ich wollte mir eine Gelegenheit verschaffen, mein Anliegen vorzutragen, ohne gestört zu werden. Und wie du weißt, ist in der Liebe und im Krieg alles erlaubt.“

„Dann können wir das hier als Krieg betrachten“, sagte das Mädchen. „Denn Liebe ist es ganz gewiß nicht, weder auf deiner Seite noch auf meiner. Es gibt ein anderes Wort, um den Zustand zu beschreiben, in dem du dich befindest, Genosse Jafar, und das, was mich erfüllt, ist Abscheu. Ich könnte dich nie gewähren lassen, und wärst du der letzte Mann auf dieser Welt, und wenn Zveri zurück ist, kommt es zu einer Abrechnung, darauf kannst du dich verlassen.“

„Ehe der zurückkommt, habe ich dir längst beigebracht, mich zu lieben“, sagte der Hindu leidenschaftlich, erhob sich und trat auf sie zu. Sie sprang auf und sah sich schnell nach einer Verteidigungswaffe um. Ihr Patronengurt und der Revolver hingen über dem Stuhl, auf dem Jafar gesessen hatte, und ihr Gewehr befand sich auf der anderen Seite des Zeltes.

„Du bist unbewaffnet, darauf habe ich besonders geachtet, als ich das Zelt betrat“, sagte der Hindu. „Auch hätte es keinen Sinn, um Hilfe zu rufen, denn außer dir, mir und meinem Boy ist niemand im Lager, und er weiß genau: Wenn ihm sein Leben lieb ist, läßt er sich besser hier nicht blicken, sofern ich ihn nicht rufe."

„Du bist eine Bestie", sagte das Mädchen.

„Warum bist du nicht vernünftig, Zora?" fragte er eindringlich. „Was macht es dir schon aus, mal ein bißchen freundlich zu mir zu sein. Dann wäre alles viel leichter für dich. Zveri braucht davon ja nichts zu wissen, und wenn wir erst mal wieder in der Zivilisation sind und du noch immer der Meinung bist, daß du nicht bei mir bleiben willst, werde ich dich nicht zu halten versuchen. Aber ich bin sicher, daß ich dir beibringen kann, mich zu lieben, und daß wir zwei miteinander sehr glücklich sein werden."

„Scher dich raus!" befahl sie. Ihre Stimme klang weder ängstlich noch hysterisch. Sie war sehr ruhig, ausgeglichen und beherrscht. Jeder Mann, der vor Leidenschaft nicht völlig blind ist, hätte eins deutlich herausgehört: eine grimmige Entschlossenheit, sich zu verteidigen, und würde es sie das Leben kosten. Aber Raghunath Jafar sah nur die Frau vor sich, die er haben wollte, und trat schnell vor, um sie zu packen.

Zora Drinov war jung, geschmeidig und stark, dennoch war sie dem kräftigen Hindu nicht gewachsen, dessen Beleibtheit die große physische Kraft verbarg, die unter der Fettschicht lag. Sie versuchte, sich aus seinem Griff zu befreien und aus dem Zelt zu laufen, aber er hielt sie fest und zog sie zurück. Da wandte sie sich zornig zu ihm und schlug ihm wiederholt ins Gesicht, doch er schloß sie nur noch fester in seine Arme und trug sie zum Feldbett zurück.

Aus dem Grab auferstanden

Wayne Colts Führer, der ein Stück vor dem Amerikaner ging, blieb plötzlich stehen und blickte mit einem breiten Lächeln zurück. Dann wies er nach vorn. „Das Lager, Bwana!“ sagte er triumphierend.

„Gott sei Dank!“ rief Colt und stieß einen Seufzer der Erleichterung aus.

„Es ist verlassen“, sagte der Führer.

„Zumindest sieht es so aus“, bemerkte Colt. „Wir wollen uns einmal umsehen.“ Von seinen Männern gefolgt, ging er zwischen den Zelten umher. Die müden Träger warfen ihre Lasten ab und streckten im Schatten der Bäume alle viere von sich, wie es auch die Askaris taten, während Colt in Begleitung von Tony das Lager inspizierte.

Fast im gleichen Moment wurde die Aufmerksamkeit des jungen Amerikaners auf ein Zelt gelenkt, das heftig hin und her schwankte. „Da ist jemand drin“, sagte er zu Tony und ging schnell zum Eingang.

Bei dem Anblick, der sich ihm bot, stieß er einen schneidenden Befehl aus. Ein Mann und eine Frau lagen auf dem Boden und rangen miteinander, wobei ersterer das Mädchen an der Kehle gepackt hielt, das ihm ihrerseits mit geballten Fäusten kraftlos ins Gesicht schlug.

Jafar war derart von dem erfolglosen Versuch, sich das Mädchen gefügig zu machen, in Anspruch genommen, daß er Colts Eintritt überhaupt nicht bemerkte, bis eine schwere Hand auf seine Schulter fiel und er heftig zur Seite gestoßen wurde.

Blindwütig vor Zorn sprang er auf die Füße und schlug nach dem Amerikaner, jedoch nur, um seinerseits einen Fausthieb einzustecken, der ihn rückwärts taumeln ließ. Abermals griff er an, und wieder landete ein wuchtiger Schlag in seinem Gesicht. Diesmal ging er zu Boden, und als er sich mühsam wieder aufraffte, packte Colt ihn, wirbelte ihn herum und schleuderte ihn aus dem Zelt, wobei er seinem Abgang noch durch einen wohlgezielten Fußtritt Nachdruck verlieh. „Wenn er versucht, zurückzukommen, dann erschieß ihn, Tony“, befahl er dem Filipino, dann wandte er sich um, um dem Mädchen aufzuhelfen. Sie halb tragend, brachte er sie zum Feldbett.

Er entdeckte einen Eimer mit Wasser und besprengte ihre Stirn, den Hals und die Handgelenke.

Draußen sah Raghunath Jafar die Träger und die Askaris im Schatten eines Baumes liegen. Er sah auch den finsteren, entschlossenen Blick in Antonio Moris Gesicht und den Revolver in seiner Hand. Mit einem wütenden Fluch wandte er sich ab und ging zu seinem Zelt, das Herz erfüllt von Mordlust und blindwütigem Zorn.

Da schlug Zora Drinov die Augen auf und sah in Wayne Colts fürsorgliche Miene, als er sich über sie beugte.

Tarzan von den Affen hatte die ganze Szene aus seinem Versteck im Blattwerk eines Baumes dicht beim Lager mit angesehen. Eine einzige kurz hingeworfene Silbe hatte Nkimas Gekeife ein Ende gesetzt. Auch er hatte das heftige Schwanken des Zeltes bemerkt, das Colt aufgefallen war, und er hatte auch den überstürzten Abgang des Hindu aus dem Zelt und die drohende Haltung des Filipino gesehen, die verhindert hatte, daß Jafar zum Schauplatz des Konflikts zurückkehrte. All diese Dinge hatten den Affenmenschen wenig interessiert. Die Streitigkeiten und Ausfälligkeiten dieser Leute erweckten nicht einmal seine Neugier. Was er in Erfahrung bringen wollte, war der Grund ihrer Anwesenheit, und um dies herauszubekommen, ging er in zwei Richtungen vor. Zum einen wollte er sie ständig überwachen, bis aus ihren Aktivitäten zu ersehen war, was sie vorhatten. Zum zweiten wollte er herausfinden, wer der Führer der Expedition war, und danach ins Lager gehen und ihm die gewünschte Auskunft abverlangen. Das sollte jedoch erst geschehen, wenn er über genügend Informationen verfügte, die ihm einen Vorteil verschafften. Was im Zelt vor sich gegangen war, wußte er nicht, aber das kümmerte ihn auch nicht.

Nachdem Zora Drinov die Augen aufgeschlagen hatte, blickte sie einige Sekunden fest in die des Mannes, der sich über sie beugte. „Du mußt der Amerikaner sein“, sagte sie schließlich.

„Ich bin Wayne Colt“, antwortete er. „Und der Tatsache, daß du meine Identität erraten hast, entnehme ich, daß dies hier das Lager des Genossen Zveri ist.“

Sie nickte. „Du bist genau zur rechten Zeit gekommen, Genosse Colt“, sagte sie.

„Danke Gott dafür“, sagte er.

„Es gibt keinen Gott“, erinnerte sie ihn.

Colt wurde rot. „Wir sind Geschöpfe unseres Erbes und unserer Gewohnheit", erklärte er.

Zora Drinov lächelte. „Das stimmt", sagte sie. „Aber es ist unsere Aufgabe, mit einer großen Menge schlechter Gewohnheiten Schluß zu machen, nicht nur bei uns, sondern in der ganzen Welt."

Seit Colt sie auf das Feldbett gelegt hatte, musterte er sie unauffällig. Er hatte nicht gewußt, daß eine Weiße in Zveris Lager war. Doch wenn dem anders gewesen wäre, hätte er gewiß nicht ein Mädchen ihresgleichen erwartet. Vielmehr hätte er sich einen weiblichen Agitator, der eine Schar von Männern ins Innere Afrikas begleitet, als ein grobes, ungepflegtes Bauernweib mittleren Alters vorgestellt. Dieses Mädchen stellte jedoch die genaue Antithese bäuerlicher Herkunft dar, angefangen bei ihrem prächtigen, gewellten Haar bis zu ihrem kleinen, wohlgeformten Fuß. Sie sah schmuck und apart aus, soweit das für eine Frau unter den gegenwärtigen Umständen möglich war, und sie war darüberhinaus jung und schön.

„Genosse Zveri ist wohl nicht im Lager?" fragte er.

„Nein, er ist auf einer kurzen Expedition."

„Dann ist also niemand da, der uns miteinander bekannt machen könnte?" fragte er lächelnd.

„Oh, entschuldige, ich bin Zora Drinov", sagte sie.

„Mit einer so angenehmen Überraschung habe ich nicht gerechnet", sagte Colt. „Ich erwartete nichts anderes als so uninteressante Männer wie meinesgleichen. Und wer war der Bursche, dem ich das Konzept vermasselt habe?"

„Das war Raghunath Jafar, ein Hindu."

„Ist er einer von uns?" fragte Colt.

„Ja, aber nicht mehr lange", erwiderte das Mädchen. „Nur bis Peter Zveri zurückkommt."

„Du meinst...?"

„Ich meine, daß der ihn töten wird."

Colt zuckte die Schultern. „Er verdient nichts anderes", sagte er. „Vielleicht hätte ich es tun sollen."

„Nein", sagte das Mädchen. „Überlaß das Peter."

„Haben sie dich denn ganz allein und ohne jeden Schutz hier im Lager zurückgelassen?" fragte Colt.

„Nein, Peter hat meinen Boy und zehn Askaris im Lager belassen, doch Jafar hat sie sich auf irgendeine Weise alle vom Halse schaffen können."

„Jetzt bist du sicher", sagte er. „Ich werde mich darum kümmern, bis Genosse Zveri zurück ist. Ich will jetzt mein Lager aufschlagen, aber ich schicke zwei meiner Askaris her, die vor deinem Zelt Wache stehen."

„Das ist sehr schön von dir, aber ich glaube, es wird nicht nötig sein, jetzt, da du hier bist", antwortete sie.

„Dennoch. Mir ist dann wohler", sagte er.

„Kommst du, wenn du dein Lager errichtet hast, wieder her und ißt mit mir Abendbrot?" fragte sie, dann fügte sie hinzu: „Ach, ich habe ja ganz vergessen, daß Jafar auch meinen Boy weggeschickt hat. Jetzt ist niemand da, der für mich kochen kann."

„Vielleicht möchtest du dann mit mir essen?" sagte er. „Mein Boy ist ein recht guter Koch."

„Mit größtem Vergnügen, Genosse Colt", erwiderte sie.

Nachdem der Amerikaner das Zelt verlassen hatte, legte sich Zora Drinov mit halbgeschlossenen Augen wieder aufs Feldbett. Wie sehr unterschied sich dieser Mann doch von dem, was sie erwartet hatte. Sie dachte an seine Gesichtszüge und besonders an seine Augen und hatte Schwierigkeiten zu glauben, daß solch ein Mensch seinen Vater oder sein Vaterland verraten könnte, aber dann wurde ihr bewußt, daß so mancher sich um eines Prinzips willen gegen seinesgleichen gewendet hatte. Bei ihren Leuten war das anders. Sie hatten nie eine Chance gehabt. Sie waren stets nur geknechtet worden, erst von dem einen Tyrannen, dann von dem anderen, und daher fest überzeugt, daß das, was sie taten, zu ihrem eigenen Guten und dem ihres Vaterlandes war. Denjenigen, die durch ehrliche Überzeugung motiviert wurden, konnte man schwerlich Verrat vorwerfen, und obwohl sie durch und durch Russin war, konnte sie nicht anders als mit Verachtung auf diejenigen Bürger anderer Länder herabblicken, die sich gegen ihre Regierung auflehnten, um die Bestrebungen einer fremden Macht zu unterstützen. Wir mögen gewillt sein, aus den Unternehmungen fremder Söldner und Verräter Nutzen zu ziehen, doch wir können sie nicht bewundern.

Als Colt von Zoras Zelt zu seinen Männern ging, um die nötigen Anweisungen für die Errichtung seines Lagers zu erteilen, beobachtete ihn Raghunath Jafar aus seinem Zelt mit finsterer Miene, und Haß glomm in seinen Augen.

Tarzan beobachtete alles von oben und sah den jungen Amerikaner seine Anweisungen erteilen. Er hatte von dem jungen Mann einen guten Eindruck gewonnen und brachte ihm soviel Sympathien entgegen, wie ihm das bei einem Fremden möglich war, denn tief in seinem Inneren lauerte das Mißtrauen des wilden Tieres gegenüber allen Fremden, besonders allen weißen. Während er ihn beobachtete, entging ihm auch nichts anderes in seinem Blickfeld. So sah er Raghunath Jafar mit einem Gewehr aus dem Zelt treten. Lediglich er und Nkima bemerkten es, und nur er erkannte die unheilvolle Bedeutung.

Raghunath Jafar ging direkt in den Dschungel. Tarzan schwang sich lautlos durch die Bäume. Jafar schlug einen Bogen um das Lager, wobei er stets in der Deckung des üppigen Grüns blieb, und machte halt. Von seinem Standort konnte er das ganze Lager sehen, wurde jedoch selbst durch die Blätter verborgen.

Colt überwachte das Stapeln der Lasten und das Errichten seines Zeltes. Seine Männer gingen verschiedenen Pflichten nach, die ihr Anführer ihnen zugewiesen hatte. Sie waren müde, redeten nicht viel und verursachten auch kaum irgendwelchen Lärm bei ihrer Arbeit, so daß eine ungewöhnliche Stille über der Szene lag - eine Stille, die plötzlich und überraschend durch einen gellenden Schrei und den Knall eines Gewehres gebrochen wurde. Beides erfolgte so dicht aufeinander, daß man unmöglich sagen konnte, was zuerst geschah. Eine Kugel pfiff an Colts Kopf vorbei und riß einem der Männer, der hinter ihm stand, das Ohrläppchen ab. Sofort trat allgemeiner Tumult an die Stelle der friedlichen Aktivitäten im Lager. Einen Augenblick lang waren sich alle nicht recht klar, aus welcher Richtung der Schuß und der Schrei erfolgten, dann sah Colt gleich jenseits des Lagers eine dünne Rauchfahne aus dem Dschungel steigen.

„Dort ist es“, sagte er und ging auf die Stelle zu.

Der Anführer der Askaris stoppte ihn. „Geh nicht hin, Bwana, vielleicht ist es ein Feind“, sagte er. „Wir wollen vorher in den Dschungel feuern.“

„Nein, erst wird nachgesehen“, sagte Colt. „Nähere dich mit ein paar Männern der Stelle von rechts, ich komme mit dem Rest von links. Wir arbeiten uns langsam im Bogen durch den Dschungel, bis wir uns treffen.“

„Ja, Bwana“, sagte der Anführer, rief seine Leute und gab die nötigen Instruktionen.

Als beide Gruppen in den Dschungel drangen, konnten sie kein Geräusch einer Flucht oder Anzeichen für die Anwesenheit eines Lebewesens entdecken. Auch als sie wenig später Fühlung hatten, hatte keiner eine Spur von dem Marodeur entdeckt. Sie bildeten einen Halbkreis und gingen auf einen Befehl von Colt langsam zum Lager zurück.

Er war es auch, der Raghunath Jafar dicht beim Lager tot am Boden liegen sah. Seine rechte Hand umklammerte das Gewehr. Aus seinem Herz ragte der Schaft eines starken Pfeils.

Die Neger standen um den Toten herum, blickten erst sich fragend an und dann hinter sich in den Dschungel und in die Bäume.

Einer untersuchte den Pfeil. „Er ist ganz anders als alle, die ich je gesehen habe“, sagte er. „Und er wurde nicht von Menschenhand hergestellt.“

Im Nu wurden die Schwarzen von abergläubischer Furcht erfüllt. „Der Schuß galt dem Bwana, deshalb ist der Dämon, der den Pfeil abschoß, ein Freund unseres Bwanas. Wir brauchen keine Angst zu haben.“

Die Erklärung leuchtete den Schwarzen ein, nicht jedoch Wayne Colt. Er grübelte darüber nach, während er ins Lager zurückging, und gab Befehl, den Hindu zu begraben.

Zora Drinov stand am Eingang zu ihrem Zelt und kam ihm entgegen. „Was war das?“ fragte sie. „Was ist geschehen?“

„Genosse Zveri wird Raghunath Jafar nicht töten“, sagte er.

„Warum nicht?“ fragte sie.

„Weil er schon tot ist.“

„Wer mag den Pfeil abgeschossen haben?“ fragte sie, nachdem er ihr von den Begleitumständen dieses Todesfalles berichtet hatte.

„Ich habe nicht die entfernteste Vorstellung“, gestand er. „Es ist mir ein absolutes Geheimnis, doch es bedeutet, daß das Lager überwacht wird, und daß wir sehr darauf bedacht sein müssen, nicht allein in den Dschungel zu gehen. Die Männer glauben, der Pfeil wurde abgeschossen, um mich vor der Kugel eines Mörders zu retten. Während es durchaus möglich ist, daß Jafar die Absicht hatte, mich zu töten, denke ich doch, daß ich an seiner Stelle jetzt tot dort liegen würde, wäre ich allein in den Dschungel gegangen und nicht er. Seid ihr denn überhaupt von Eingeborenen belästigt worden, seit ihr das Lager hier aufgeschlagen habt, und habt ihr unangenehme Erfahrungen mit ihnen gemacht?“

„Seit Errichtung dieses Lagers haben wir überhaupt keine zu Gesicht bekommen. Wir haben uns oft darüber unterhalten, daß dieses Land offenbar nicht bevölkert und bewohnt ist, obwohl es hier doch eine Menge Wild gibt."

„Dieser Vorfall könnte eine Erklärung liefern, warum es unbewohnt ist oder zu sein scheint", bemerkte Colt. „Vielleicht haben wir unwissentlich das Land eines besonders wilden Stammes betreten, der sich dieser Mittel bedient, um jedem Eindringling begreiflich zu machen, daß er eine persona non grata ist."

„Du sagst, einer von unseren Männer wurde verwundet?" fragte Zora.

„Nichts Ernstliches. Ein Stückchen Ohr wurde ihm abgezwackt."

„Stand er in deiner Nähe?"

„Gleich hinter mir", erwiderte Colt.

„Ich denke, dann gibt es keinen Zweifel, daß Jafar dich töten wollte", sagte Zora.

„Möglich, jedenfalls ist es ihm mißglückt", sagte Colt. „Er hat jedoch nicht meinen Appetit getötet, und falls es mir glückt, die Aufregung meines Boys zu mildern, werden wir in Kürze zu Abend essen können."

Tarzan und Nkima verfolgten die Beerdigung von Raghunath Jafar und sahen etwas später Kahiya und seine Askaris samt Zoras Boy Wamala zurückkommen, die Jafar aus dem Lager geschickt hatte.

„Wo sind all die vielen Tarmangani und Gomangani, die nach deinen Worten in diesem Lager sein sollen?" fragte Tarzan.

„Sie haben ihre Donnerstöcke genommen und sind weggegangen", erwiderte der kleine Affe. „Bestimmt machen sie Jagd auf Nkima."

Tarzan von den Affen mußte lächeln. „Wir müssen sie aufspüren und herausfinden, was sie im Sinn haben, Nkima", sagte er.

„Im Dschungel wird es aber bald dunkel, und dann sind Sabor, Sheeta, Numa und Histah unterwegs, und sie suchen auch nach dem kleinen Nkima", wandte der Kleine flehentlich ein.

Die Dunkelheit war hereingebrochen, ehe Colts Boy verkündete, das Abendessen sei fertig. Tarzan hatte inzwischen seine Pläne geändert und war in die Bäume über dem Lager zurückgekehrt. Er war überzeugt, daß mit den Zielen der Expedition, deren Basis er entdeckt hatte, etwas nicht in Ordnung war. Aus der Größe des Lagers war zu ersehen, daß es vielen Leuten Unterkunft bot. Wohin sie gegangen waren, und was sie beabsichtigten, mußte er noch erkunden. In der Überzeugung, daß diese Expedition, welche Ziele sie auch verfolgte, zwangsläufig Hauptthema bei den Gesprächen im

Lager sein werde, suchte er sich einen günstigen Standort, von wo aus er alles mithören konnte, was zwischen den zwei Weißen der Gruppe erörtert wurde. Als Zora Drinov und Wayne Colt sich also zum Abendessen niederließen, hockte Tarzan von den Affen zwischen den Blättern eines großen Baumes gleich über ihnen.

„Du hast heute eine schlimme Sache erlebt, machst jedoch nicht den Eindruck, daß es dich sehr mitgenommen hätte“, sagte Colt. „Ich könnte mir vorstellen, daß deine Nerven ganz schön strapaziert wurden.“

„Ich habe in meinem Leben schon zu viel erlebt, als daß ich mir noch den Luxus von Nerven leisten könnte, Genosse Colt“, erwiderte sie.

„Das kann ich mir denken. Du mußt ja die Revolution in Rußland mitgemacht haben“, bemerkte Colt.

„Damals war ich zwar noch ein kleines Mädchen, doch ich kann mich deutlich an vieles erinnern“, sagte sie.

Colt blickte sie scharf an. „Wenn ich dich so ansehe, habe ich das Gefühl, als ob du nicht seit deiner Geburt zum Proletariat gehörst.“

„Mein Vater war Arbeiter. Er starb noch unter dem Zaren in der Verbannung. Deshalb lernte ich, alles Monarchistische und Kapitalistische zu hassen. Und als sich mir die Gelegenheit bot, mich dem Genossen Zveri anzuschließen, sah ich ein weiteres Betätigungsfeld, um meine Rache zu vollziehen, während ich gleichzeitig die Interessen meiner Klasse in der ganzen Welt voranbringen konnte.“

„Als ich Zveri das letzte Mal in den Vereinigten Staaten sah, waren die Pläne offensichtlich noch nicht ausgereift, die er jetzt verfolgt. Jedenfalls hat er nie eine Expedition dieser Art erwähnt. Und als ich dann Befehl erhielt, hier zu ihm zu stoßen, wurden mir keine Einzelheiten mitgeteilt. So tappe ich hinsichtlich seiner Absichten ziemlich im Dunklen.“

„Ein guter Soldat fragt nicht, sondern gehorcht“, erinnerte sie ihn.

„Das weiß ich wohl“, stimmte Colt zu. „Doch selbst ein dummer Soldat kann manchmal klüger handeln, wenn er weiß, worum es geht.“

„Den allgemeinen Plan kennen hier natürlich alle, und ich begehe keinen Vertrauensbruch, wenn ich ihn dir erkläre“, sagte Zora. „Er ist Teil eines größeren Vorhabens, um die kapitalistischen Mächte in Kriege und Revolutionen zu verwickeln, so daß sie außerstande sind, sich gegen uns zu vereinigen.

Unsere Agenten arbeiten schon lange daran, in Indien eine Revolution auszulösen, die die Aufmerksamkeit Großbritanniens auf sich lenken und seine Streitkräfte binden wird. In Mexiko kommen wir nicht so gut voran, wie wir geplant hatten, doch noch besteht Hoffnung. Auf den Philippinen hingegen sind unsere Aussichten glänzend. Die Zustände in China kennst du gut. Das Land ist absolut hilflos, und wir hoffen, daß es mit unserer Hilfe für Japan letztendlich eine wirkliche Bedrohung darstellen wird. Italien ist ein sehr gefährlicher Feind, und unsere Aktivitäten hier verfolgen weitgehend das Ziel, es in einen Krieg mit Frankreich zu verwickeln."

„Wie kann das in Afrika erreicht werden?" fragte Colt.

„Genosse Zveri meint, das wäre sehr einfach", antwortete das Mädchen. „Das zwischen beiden Ländern bestehende Mißtrauen und ihre Eifersucht sind allgemein bekannt. Ihr Wettlauf um die Überlegenheit zur See ist nachgerade skandalös. Der erste offenkundige Akt des einen gegen den anderen könnte einen Krieg auslösen, und ein Krieg zwischen Italien und Frankreich würde ganz Europa erfassen."

„Aber wie kann der in der Wildnis von Afrika operierende Zveri Italien und Frankreich in einen Krieg stürzen?" fragte der Amerikaner.

„In Rom hält sich derzeit eine Delegation französischer und italienischer Kommunisten auf, die sich eben damit befassen. Die armen Leute kennen nur einen Teil des Planes, und unglücklicherweise wird es sich erforderlich machen, daß sie für das Gelingen unseres Weltplans den Märtyrertod sterben. Man hat sie mit Papieren ausgestattet, in denen die Invasion von Italienisch-Somaliland durch französische Truppen umrissen wird. Zu geeigneter Zeit wird einer der Geheimagenten von Genossen Zveri in Rom dieses Vorhaben der faschistischen Regierung hinterbringen. Fast gleichzeitig wird eine beträchtliche Gruppe unserer eigenen Schwarzen in den Uniformen der französischen Kolonialtruppen und unter dem Kommando der Weißen unserer Expedition, die die Uniform französischer Offiziere tragen, in Italienisch-Somaliland einfallen.

In der Zwischenzeit setzen unsere Agenten in Ägypten, Abessinien und unter den Eingeborenenstämmen Nordafrikas ihre Tätigkeit fort, und wir haben bereits eindeutige Hinweise, daß sich letztere, sobald Frankreich und Italien durch einen Krieg abgelenkt sind und Großbritannien in Indien mit einer Revolution konfrontiert wird, zu einer Aktion erheben werden, die fast auf einen heiligen Krieg zum

Abschütteln der Fremdherrschaft und auf die Errichtung autonomer Sowjetstaaten in dem ganzen Gebiet hinausläuft."

„Ein kühnes und gewaltiges Vorhaben", sagte Colt. „Dazu bedarf es jedoch bedeutender Geldmittel sowie großer Menschenmassen."

„Das ist das Lieblingsunternehmen des Genossen Zveri", sagte das Mädchen. „Natürlich kenne ich nicht alle Einzelheiten seiner Organisation und auch nicht seine Hintermänner. Doch ich weiß, daß er zwar über genügend Mittel für die anfänglichen Operationen verfügt, im weiteren jedoch vorwiegend von diesem Gebiet hier abhängt, das ihm das meiste der benötigten Goldmengen liefern soll, um die gewaltigen Offensiven durchzuführen, die für den endgültigen Sieg erforderlich sind."

„Dann ist ein Fehlschlag vorprogrammiert, fürchte ich", sagte Colt. „Er kann in diesem wilden Land schwerlich genug Reichtümer finden, um ein derartiges weltumspannendes Unternehmen zum Erfolg zu führen."

„Da ist Genosse Zveri aber ganz anderer Meinung", entgegnete Zora. „In der Tat ist die Expedition, die er jetzt leitet, zu dem alleinigen Zweck unterwegs, sich die Schätze zu holen, die er braucht."

In der Dunkelheit über ihnen lag die reglose Gestalt des Affenmenschen ausgestreckt auf einem großen Ast, wobei sein scharfes Gehör alles erfaßte, was zwischen ihnen gesprochen wurde. Der kleine Nkima hatte sich inzwischen auf Tarzans dunkelbraunem Rücken zusammengerollt, schlief und hatte nicht die geringste Ahnung, daß er hätte Worte vernehmen können, die darauf abzielten, die Grundlagen jeder Regierungsform in der ganzen Welt zu erschüttern.

„Und wo gedenkt Genosse Zveri, einen solchen großen Vorrat an Gold zu finden, wenn es kein Geheimnis ist?" fragte Colt.

„In den berühmten Schatzkammern von Opar", erwiderte das Mädchen. „Du hast bestimmt davon gehört."

„Das wohl, doch habe ich es bisher stets für eine reine Legende gehalten. In der Volksdichtung aller Nationen finden sich solche mythischen Schatzkammern."

„Opar ist kein Mythos", erklärte Zora.

Wenn diese bestürzende Information, die Tarzan soeben erhalten hatte, ihn auch im Innersten aufwühlte, war ihm äußerlich doch nichts anzumerken. Er lauschte völlig reglos, da er sich äußerste Selbstkontrolle anerzogen hatte, und man hätte ihn für einen Teil des großen Astes halten können, auf dem er lag, oder des schattigen Blattwerks, das ihn allen Blicken entzog.

Colt sagte eine Weile kein Wort und ließ sich die gewaltigen Möglichkeiten des Plans, der ihm soeben unterbreitet worden war, durch den Kopf gehen. Er war fast geneigt, ihn für den Traum eines Wahnsinnigen zu halten, und er bezweifelte, daß er die geringste Chance auf Erfolg hatte. Eins stand ihm jedoch ganz deutlich vor Augen: Die große Gefahr, die sich für die Expeditionsmitglieder daraus ergab. Für keinen von ihnen würde es ein Entrinnen geben, sobald Großbritannien, Frankreich und Italien von ihren Aktivitäten Kenntnis erhielten, davon war er überzeugt. Ohne daß er sich dessen bewußt wurde, konzentrierten sich seine Befürchtungen auf die Sicherheit des Mädchens. Er kannte die Art von Leuten, mit denen er arbeitete, und wußte, daß es gefährlich sein würde, die Durchführbarkeit des Planes laut in Zweifel zu ziehen. Fast ohne Ausnahme ließen sich die Agitatoren, mit denen er zu tun gehabt hatte, automatisch in zwei Kategorien einteilen. Da gab es den wirklichkeitsfremden Visionär, der grundsätzlich alles glaubte, was er glauben wollte, und den verschlagenen Schurken, der sich von eigensüchtigen Motiven leiten ließ und hoffte, durch jeden Umsturz einer bestehenden Ordnung, an dessen Zustandekommen er mitwirkte, zu Macht und Reichtum zu gelangen. Der Gedanke war ihm unerträglich, daß ein junges, schönes Mädchen in eine so verzweifelte Situation gebracht werden könnte. Sie schien viel zu intelligent zu sein, um als hirnloses Werkzeug zu dienen, und selbst die kurze Zeit, die er mit ihr zusammen war, machte es ihm schwer zu glauben, daß sie eine Schurkin sei.

„Das Unternehmen birgt große Gefahren in sich, und im Grunde ist es ein Job für Männer“, sagte er. „Ich verstehe nicht ganz, wie man zulassen konnte, daß du diese Gefahren und Strapazen auf dich nimmst, wie sie sich zwangsläufig aus einer derart gewagten Kampagne ergeben.“

„Das Leben einer Frau ist nicht mehr wert als das eines Mannes“, erklärte sie. „Man hat mich gebraucht. Es ist ständig ein umfangreicher und vertraulicher Schriftverkehr zu führen, den Genosse Zveri nur jemanden überlassen kann, zu dem er vollstes Vertrauen hat. Das ist bei mir der Fall. Außerdem bin ich eine ausgebildete Schreibmaschinenkraft und Stenographin. Diese Gründe erklären wohl zur Genüge, warum ich hier bin. Ein anderer sehr wichtiger ist noch, daß ich mit dem Genossen Zveri zusammen sein will.“

Colt hörte aus den Worten des Mädchens das Eingeständnis einer Liebesbeziehung, doch nach seinen amerikanischen Vorstellungen war dies nur ein Grund mehr, warum sie an diesem Unternehmen nicht beteiligt sein sollte. Er konnte einfach nicht begreifen, wie ein Mann das Mädchen, das er liebte, solchen Gefahren aussetzte.

Tarzan von den Affen bewegte sich lautlos über ihnen. Zunächst langte er nach hinten und hob den kleinen Nkima von seiner Schulter. Dieser wollte protestieren, doch der leiseste Hauch eines Wispern ließ ihn verstummen. Der Affenmensch verfügte über verschiedenen Methoden, mit seinen Feinden fertig zu werden - Methoden, die er schon zu jener Zeit erlernt und geübt hatte, als er noch nicht wußte, daß er kein Affe war. Vor geraumer Zeit hatte er gesehen, wie ein anderer Weißer die Gomangani, die schwarzen Menschen des Waldes und Dschungels, terrorisiert hatte, und er hatte herausgefunden, daß man die Niederlage eines Gegners schneller herbeiführen kann, indem man ihn zuerst demoralisiert. Er wußte nun, daß diese Leute nicht nur Eindringlinge auf seinem Besitz, mithin seine persönlichen Feinde waren, sondern daß sie auch den Frieden Großbritanniens bedrohten, das ihm teuer war, und den der restlichen Welt dazu, mit der Tarzan zumindest keine Probleme hatte. Wohl brachte er der Zivilisation im allgemeinen beträchtliche Verachtung entgegen, mehr jedoch denjenigen, die die Rechte anderer oder die festgelegte Ordnung des Dschungels oder einer Stadt antasteten.

Als Tarzan den Baum verließ, auf dem er sich verborgen hatte, spurten die zwei unter ihm nicht mehr davon, als wenn er gar nicht dort gewesen wäre. Colt fühlte sich versucht, das Geheimnis dieser Liebe zu ergründen. Er kannte Zveri, und ihm war unbegreiflich, daß ein Mädchen vom Typ Zora Drinovs einen Mann von Zveris Kaliber anziehend finden konnte. Gewiß ging ihn dies nichts an, dennoch beschäftigte es ihn, weil es einen Schatten auf ihre Persönlichkeit zu werfen schien und seine Wertschätzung für sie minderte. Er war enttäuscht von ihr, und er mochte es nicht, von Leuten enttäuscht zu werden, zu denen er sich hingezogen fühlte.

„Du hast den Genossen Zveri in Amerika kennengelernt, stimmt's?"

„Ja", bestätigte er.

„Was hältst du von ihm?" fragte sie.

„Ich fand, er ist ein sehr starker Charakter", erwiderte Colt. „Meiner Ansicht nach ist er ein Mann, der unter allen Umständen zu Ende führt, was er anfängt. Für diese Mission könnte ich mir keinen besseren vorstellen."

Falls sie gehofft hatte, Colt das Eingeständnis persönlicher Hochachtung oder Abneigung zu entlocken, so hatte sie sich getäuscht, doch war sie zu klug, dieses Thema weiter zu erörtern. Sie sah ein, daß sie es mit einem Mann zu tun hatte, der sich kaum in die Karten blicken ließ und nur das sagen würde, was er für mitteilenswert hielt, und der andere wiederum leicht aushorchen konnte, denn er war ein Typ, der Vertrauen einflößte und in seiner ganzen Haltung, Redeweise und in seinem Auftreten eine lautere Gesinnung an den Tag legte, die einen Vertrauensbruch unglaubhaft erscheinen ließ. Sie mochte diesen aufrechten, jungen Amerikaner, und je mehr sie ihn beobachtete, desto schwieriger fand sie es zu glauben, daß er seiner Familie, seinen Freunden und seinem Land gegenüber zum Verräter geworden war. Gleichwohl wußte sie, daß viele anständige Männer ihren Überzeugungen alles geopfert hatten. Vielleicht war er einer von ihnen. Sie hoffte, das war die Erklärung.

Ihre Unterhaltung ging jetzt auf andere Themen über - auf ihren Lebensweg und ihre Erfahrungen in diesem Land bis hin zu Geschehnissen, die sich ereignet hatten, seit sie in Afrika waren. Schließlich kamen sie auf die Erlebnisse des Tages zu sprechen. Während sie sich noch unterhielten, kehrte Tarzan von den Affen in den Baumwipfel über ihnen zurück, doch diesmal war er nicht allein.

„Ich frage mich, ob wir je herausbekommen, wer Jafar getötet hat", sagte sie.

„Es ist ein Geheimnis, das durch die Tatsache keineswegs gemindert wird, daß keiner der Askaris den Pfeiltyp identifizieren konnte, mit dem er getötet wurde. Aber das ließe sich zur Not damit erklären, daß alle nicht aus dieser Gegend stammen."

„Es hat die Männer nervlich ganz schön mitgenommen", sagte Zora. „Ich hoffe aufrichtig, daß dergleichen nicht noch einmal vorkommt. Mir ist nämlich eins klar: Es bedarf keiner großen Ursache, um die Eingeborenen in Panik zu versetzen. Angesichts bekannter Gefahren verhalten sich die meisten von ihnen tapfer, doch sie sind oft völlig demoralisiert, wenn es sich um Erscheinungen handelt, die ans Übernatürliche grenzen."

„Ich denke mir, sie haben bestimmt aufgeatmet, als der Hindu unter der Erde lag", sagte Colt. „Einige von ihnen waren sich allerdings nicht sicher, ob er nicht zurückkehrt."

„Dazu wird es schwerlich kommen“, erwiderte das Mädchen.

Kaum hatte sie das gesagt, raschelte etwas in den Zweigen über ihnen. Ein schwerer Körper krachte auf den Tisch zwischen ihnen und ließ das wacklige Möbelstück zusammenbrechen.

Beide sprangen auf, Colt riß den Revolver aus dem Halfter, und das Mädchen fuhr mit einem unterdrückten Schrei zurück. Colt spürte, wie sich ihm die Haare sträubten und ihm eine Gänsehaut den Rücken hinablief, denn zwischen ihnen lag der tote Raghunath Jafar mit dem Gesicht nach oben, und die nach hinten gedrehten Augen starrten in die Nacht.

In die Höhle des Löwen

Nkima war ärgerlich. Man hatte ihn aus den tiefsten Tiefen eines gesunden Schlafs gerissen, das war schlimm genug. Doch jetzt hatte sich sein Herr mitten in der dunklen Nacht auf so törichte Besorgungen eingelassen. Sein Gezeter wurde von ängstlichem Wimmern unterbrochen, denn er sah in jedem Schatten Sheeta, den Panther, lauern und in jedem gebogenen Zweig eine Ähnlichkeit mit Histah, der Schlange. Solange sich Tarzan in der Nähe des Lagers aufgehalten hatte, war Nkima nicht sonderlich beunruhigt gewesen, und als er mit seiner Last zum Baum zurückgekehrt war, hatte dies den kleinen Affen in seiner Überzeugung bestärkt, daß er für den Rest der Nacht hierbleiben werde. Statt dessen war er sofort aufgebrochen und schwang sich nun mit einer Zielstrebigkeit durch den Wald, die dem kleinen Nkima für den Rest der Nacht nichts Gutes verhieß, weder Ruhe noch Geborgenheit.

Während Zveri und seine Gruppe langsam die sich windenden Dschungelpfade entlangzogen, bewegte sich Tarzan fast in Luftlinie durch den Dschungel auf sein Ziel zu, und das war dasselbe wie das von Zveri. Demzufolge waren er und Nkima, noch ehe Zveri die fast senkrecht aufragende Felsenklippe erreichte, die das letzte und größte natürliche Hindernis zum Verbotenen Tal von Opar darstellte, hinter ihrem Gipfel verschwunden und durchquerten das öde Tal, an dessen anderer Seite die großen Mauern und hoch aufragenden Zinnen und Türme der alten Stadt zu sehen waren. Im strahlenden Schein der afrikanischen Sonne leuchteten die Kuppeln und Minarette rot und golden, und abermals hatte der Affenmensch dasselbe Gefühl, das ihn aus diesem Anlaß schon vor Jahren erfüllt hatte, als er zum ersten Mal auf das herrliche Panorama des Geheimnisses blickte, das sich vor ihnen ausbreitete.

Auf die große Entfernung sah man nichts von Ruinen. Wieder glaubte er, eine Stadt von beeindruckender Schönheit vor sich zu haben, deren Straßen und Tempel voller Menschen waren. Und abermals beschäftigte ihn das Geheimnis des Ursprungs dieser Stadt, als einst in grauer Vorzeit eine Rasse reicher und mächtiger Menschen dieses Jahrtausende überdauernde Mahnmal an eine untergegangene

Zivilisation entworfen und errichtet hatten. Man konnte sich durchaus vorstellen, daß es Opar schon gab, als auf dem großen Kontinent Atlantis eine ruhmreiche, blühende Zivilisation bestand, bis er in den Wogen des Ozeans versank und ihre verlorene Kolonie dem Tod und Untergang preisgab.

Daß ihre wenigen Bewohner direkte Abkömmlinge dieser einst machtvollen Erbauer waren, schien durchaus möglich angesichts der Riten und Bräuche der alten Religion, der sie anhingen. Diese These wurde noch durch die Tatsache gestützt, daß sich das Vorhandensein hellhäutiger Menschen in dieser fernen, unzugänglichen afrikanischen Weite durch keine andere Hypothese erklären ließe.

Jene besonderen Erbregeln, die in Opar wirksam waren und sonst in keinem anderen Teil der Welt, deuteten auf einen Ursprung, der sich klar von dem anderer Menschen unterschied. Gehört es doch zu den Eigentümlichkeiten dieser Stadt, daß die Männer den Frauen ihrer Gattung nur wenig oder überhaupt nicht ähneln. Erstere sind kurz, vierschrötig, behaart und fast affenähnlich im Körperbau und Erscheinungsbild, während die Frauen schlank, unbehaart und oft sehr schön sind. Gewisse physische und geistige Eigenschaften der Männer ließen es Tarzan möglich erscheinen, daß die Kolonisten zu irgendeiner Zeit in der Vergangenheit sich entweder freiwillig oder notgedrungen mit den großen Affen der Gegend vermischt hatten. Auch wußte er, daß es infolge des Mangels an Nachschub für die Menschenopfer, die ihre starre Religion ihnen abverlangte, durchaus üblich war, zu diesem Zweck Männer oder Weibchen auszuwählen, die von der damals für jedes Geschlecht geltenden Norm beträchtlich abwichen, mit dem Ergebnis, daß die Männer dank der Gesetze einer natürlichen Auswahl in ihrer Mehrheit höchst grotesk aussahen, die Frauen hingegen normal und schön.

Diese Gedanken beschäftigten den Affenmenschen, als er das öde Tal von Opar durchquerte, das im gleißenden Sonnenlicht vor ihm lag und wo nur hier und dort ein verkrüppelter, abgestorbener Baum ein wenig Schatten spendete. Ein Stück rechts vor ihm war der kleine Felsenhügel, auf dessen Gipfel sich der äußere Eingang zu den Schatzgewölben befand. Aber daran war er nicht interessiert. Sein einziges Ziel war, La vom Anrücken der Eindringlinge in Kenntnis zu setzen, so daß sie ihre Verteidigung aufbauen konnte.

Es war lange her, seit er Opar das letzte Mal besucht hatte. Damals hatte er La wieder ihren loyalen Anhängern zugeführt und ihre Oberhoheit wiederhergestellt, nachdem die Streitkräfte von Cadj, dem Hohenpriester, geschlagen worden waren und letzterer unter den Fangzähnen und Krallen Jad-bal-jas den Tod gefunden hatte. Er war in der festen Überzeugung abgereist, daß alle Menschen von Opar zum ersten Mal freundschaftlich miteinander lebten. Seit Jahren wußte er auch, daß La im stillen seine Freundin war, doch ihre wilden, grotesken Diener hatten ihn bislang stets gefürchtet und gehaßt. So näherte er sich Opar jetzt in einer Weise, wie jemand die Zitadelle eines Freundes aufsucht, ganz offen und fest überzeugt, daß man ihn freundlich empfangen werde.

Nkima war da jedoch nicht so sicher. Die düsteren Ruinen schreckten ihn ab. Er zeterte und bettelte, doch alles nützte nicht. Schließlich verdrängte die pure Angst seine Liebe und Zuneigung, so daß er, als sie sich der Außenmauer näherten, die hoch über ihnen aufragte, von der Schulter seines Herrn sprang und vor den Ruinen flüchtete, denen er sich gegenüber sah, denn in seinem Herzen hegte er eine abgrundtiefe Furcht vor fremden und ungewohnten Orten, die sich auch nicht von seinem Vertrauen auf Tarzan verdrängen ließ.

Seine scharfen Augen hatten den Felsenhügel bemerkt, an dem sie kurze Zeit zuvor vorbeigekommen waren. Dessen Gipfel suchte er jetzt auf, da er eine vergleichsweise sichere Zuflucht bot, um hier die Rückkehr seines Herrn aus Opar abzuwarten.

Als sich Tarzan der engen Mauerlücke näherte, die den einzigen Zugang zur Stadt durch die massiven Außenmauern darstellte, war er sich wie schon Jahre zuvor anläßlich seiner ersten Annäherung an die Stadt bewußt, daß unsichtbare Augen auf ihm ruhten, und so erwartete er jeden Moment, eine Begrüßung zu hören, wenn die Wächter ihn erkannten.

So betrat er die enge Spalte ohne Zögern oder Besorgnis und stieg eine Steintreppe hinab, die zu dem sich windenden Gang durch die dicke Außenmauer führte. Der schmale Hof, hinter dem die Innenmauer aufragte, war still und verlassen. Daran änderte sich auch nichts, als er ihn überquerte, um zu einem anderen Gang zu gelangen, der durch die Innenmauer führte. An seinem Ende erreichte er eine breite Straße. Auf der gegenüberliegenden Seite standen die zerfallenden Ruinen des großen Tempels von Opar.

Von Stille und Einsamkeit umgeben, betrat er das düstere Portal, das auf beiden Seiten von stattlichen Säulen flankiert war. Von den Kapitellen starrten groteske Vögel auf ihn herab, wie sie es schon unzählige Menschenalter getan hatten, seit unbekannte Meister sie aus dem soliden monolithen Block gemeißelt hatten. Er ging durch den Tempel weiter zum Innenhof, wo, wie er wußte, die Verwaltungsangelegenheiten der Stadt geregelt wurden. Auch hier herrschte Stille. Ein anderer hätte sein Kommen vielleicht angekündigt und laute Begrüßungsworte gerufen, um allen sein Eintreffen zu vermelden. In vieler Hinsicht ist Tarzan von den Affen jedoch weniger Mensch als Tier. So bewegt er sich lautlos wie die meisten Tiere und vergeudet keinen Atem in nutzlosem Schreien. Schließlich hatte er es nicht darauf angelegt, sich der Stadt unbemerkt zu nähern, und er war sicher, daß man ihn hatte kommen sehen. Warum sie mit der Begrüßung zögerten, wußte er nicht, wahrscheinlich hatten sie La seine Ankunft gemeldet und warteten nun auf ihre Anweisungen.

Er ging den Hauptkorridor entlang und sah wieder die Goldtafeln mit den alten, nie entschlüsselten Hieroglyphen. Hinter der Kammer der sieben goldenen Säulen folgte ein Raum mit einem goldenen Fußboden, und noch immer sah und hörte er nichts außer verschwommenen Schatten von Gestalten, die sich auf den Galerien unter der Decke des Raumes bewegten, durch den er ging. Endlich erreichte er eine schwere Tür, hinter der er seiner Überzeugung nach gewiß entweder Priester oder Priesterinnen dieses großen Tempels des Flammengottes finden würde. Furchtlos stieß er sie auf und trat über die Schwelle. Im gleichen Augenblick erhielt er einen furchtbaren Keulenschlag auf den Kopf, der ihn bewußtlos zu Boden sinken ließ.

Im Nu war er von einer Menge krummer, mißgestalteter Figuren umgeben. Ihre verfilzten Bärte fielen auf die behaarte Brust, als sie auf kurzen, gekrümmten Beinen vorwärts torkelten. Sie schnatterten mit tiefen, gutturalen Stimmen, während sie ihrem Opfer die Handgelenke und Fußknöchel mit soliden Riemen fesselten, dann hoben sie ihn auf und trugen ihn durch andere Korridore und zerfallende, ehemals prächtig ausgestattete Räume zu einem großen, gekachelten Saal, an dessen einem Ende auf einem massiven Thron, der auf einem einige Fuß hohen Podest stand, eine junge Frau saß.

Neben ihr stand ein anderer dieser krummen, mißgestalteten Männer. An seinen Armen und Beinen blinkten goldene Reifen, und um seinen Hals hingen viele Goldketten. Vor dem Podest hatten sich viele Männer und Frauen versammelt - Priester und Priesterinnen des Flammengottes von Opar.

Die Gestalten, die Tarzan überwältigt hatten, trugen ihr Opfer zum Fuß des Thrones und ließen ihn auf die Fliesen fallen. Fast gleichzeitig erlangte er sein Bewußtsein wieder, schlug die Augen auf und blickte um sich.

„Ist er es?“ fragte das Mädchen auf dem Thron.

Einer der Männer sah, daß er wieder bei Bewußtsein war, und stellte ihn mit Hilfe von anderen grob auf die Beine.

„Er ist es, Oah“, sagte der Mann an ihrer Seite.

Ein Ausdruck giftigen Hasses verzerrte das Antlitz der Frau. „Gott ist seiner Hohenpriesterin gnädig gewesen“, sagte sie. „Ich habe gebetet, daß dieser Tag kommen möge, wie ich auch um den anderen Tag gebetet habe, und genauso, wie der andere anbrach, geschah es auch mit diesem.“

Tarzan blickte schnell von der Frau zu dem Mann an ihrer Seite. „Was bedeutet das alles, Dooth?“ fragte er. „Wo ist La? Wo ist eure Hohepriesterin?“

Das Mädchen sprang zornig vom Thron auf. „Wisse, Mensch der Außenwelt, daß ich Hohenpriesterin bin. Ich, Oah, bin die Hohenpriesterin des Flammengottes.“

Tarzan tat, als sehe er sie nicht. „Wo ist La?“ fragte er Dooth noch einmal.

Oah bekam einen Wutanfall. „Sie ist tot!“ schrie sie und trat zur Kante des Podestes vor, als wolle sie sich auf Tarzan stürzen, und der juwelenbesetzte Griff ihres Opfermessers blitzte im Sonnenlicht. Es drang durch eine großes Loch in dem alten Dach, von dem ein Teil in den Thronsaal herabgefallen war. „Sie ist tot!“ wiederholte sie. „Und auch du wirst sterben, wenn wir den Flammengott das nächste Mal mit Menschenblut ehren. La war schwach. Sie hat dich geliebt, deshalb hat sie ihren Gott verraten, der dich nun zum Opfer ausersehen hat. Aber Oah ist stark, sehr stark, stark vom Haß, den sie in ihrer Brust nährte, seit Tarzan und La ihr den Thron von Opar gestohlen hatten. Bringt ihn fort!“ schrie sie den Männer zu. „Ich möchte ihn erst wieder sehen, wenn er im Opferhof auf den Altar gebunden ist.“

Sie zerschnitten ihm die Fußfesseln, damit er gehen konnte. Obwohl seine Hände weiterhin gefesselt waren, war zu erkennen, daß sie noch immer große Angst vor ihm hatten, denn sie legten Seile um seinen Hals und die Arme und führten ihn, wie ein Mensch einen Löwen führt. Sie brachten ihn wieder in die ihm bekannte Dunkelheit der Höhlen von Opar, wobei sie den Weg mit Fackeln beleuchteten.

Als sie schließlich in dem Verlies angekommen waren, in das er gesperrt werden sollte, dauerte es eine Weile, ehe sie genug Mut aufbrachten, die Fesseln an seinen Händen zu zerschneiden, und sie taten es auch erst, nachdem sie seine Füße wieder fest verschnürt hatten, damit sie aus der Kammer gelangen und die Tür verriegeln konnten, ehe er die Fußfesseln lösen und sie verfolgen konnte. So tief hatte sich seine Gewandtheit den mißgestalteten Priestern von Opar eingeprägt.

Tarzan war schon zuvor aus den Verliesen von Opar entkommen. So machte er sich sofort daran, auch diesmal nach einer Fluchtmöglichkeit zu suchen, um sich abermals aus dieser verzweifelten Lage zu befreien, denn er wußte, daß Oah den Zeitpunkt, um den sie gebeten hatte, nicht lange hinausschieben würde - den Augenblick, an dem sie ihm das blitzende Opfermesser in die Brust stoßen würde. Schnell löste er die Fußfesseln und tastete sich behutsam die Wände seiner Zelle entlang, bis er wieder am Ausgangspunkt angelangt war. Er entdeckte, daß er sich in einer rechteckigen Kammer von etwa zehn Fuß Länge und acht Fuß Breite befand. Wenn er sich auf die Zehenspitzen stellte, konnte er die Decke erreichen. Der einzige Ausgang war die Tür, durch die er hereingekommen war und in der eine mit Eisenstäben vergitterte Öffnung für die Luftzufuhr sorgte, jedoch kein Licht hereinließ, da sie auf einen dunklen Korridor blickte. Er untersuchte die Riegel und Angeln der Tür, doch sie waren zu solid, als daß er sie hätte aufsprengen können. Aber das hatte er schon vermutet. Außerdem entdeckte er, daß erstmalig ein Priester auf dem Korridor saß und Wache hielt. Dies setzte jeglichen Gedanken an eine heimliche Flucht ein Ende.

Drei Tage und Nächte lang lösten die Priester sich in bestimmten Abständen ab, doch am Morgen des vierten Tages bemerkte er, daß der Korridor leer war, und abermals schmiedete er Fluchtpläne.

Durch Zufall war Tarzans Jagdmesser bei seiner Festnahme vom Schwanz des Leopardenfells verdeckt gewesen, das seinen Lendenschurz bildete. Die unwissenden Halbmenschen von Priestern hatten es in ihrer Aufregung übersehen, als sie ihm die anderen Waffen abnahmen. Tarzan war für diese gute Schicksalsfügung um so dankbarer, da er dieses Messer seines vor langer Zeit verstorbenen Vaters besonders schätzte - es war das Messer, das ihm an jenem längst vergessenen Tag, als er es mehr zufällig denn mit Absicht Bolgani, dem Gorilla, ins Herz stieß, die Aufwärtsentwicklung zu einer weit über den Tieren des Dschungels stehenden Stufe ermöglichte. Doch es war auch aus praktischeren Gründen ein Geschenk der Götter, da es nicht nur eine Verteidigungswaffe darstellte, sondern auch ein Werkzeug, das ihm zum Gelingen seiner Flucht verhelfen konnte.

Er war bereits vor Jahren einmal aus den Höhlen von Opar geflohen, deshalb wußte er über die Konstruktion der massiven Mauern gut Bescheid. Granitblöcke verschiedener Größe, die so behauen worden waren, daß sie vollendet paßten, waren in Lagen ohne Mörtel übereinander gelegt. Die eine Mauer, die er durchquert hatte, war fünfzehn Fuß stark gewesen. Das Glück war ihm damals hold gewesen, denn man hatte ihn in einer Zelle untergebracht, die einen geheimen Eingang hatte, von dem die damaligen Bewohner von Opar nichts wußten. Diese Öffnung war hinter einem Haufen lose übereinander gepackter Steine verborgen gewesen, die er ohne große Mühe beiseiteräumen konnte.

Natürlich suchte er in der Zelle, in der er sich jetzt befand, nach einer ähnlichen Möglichkeit, doch seine Suche wurde nicht von Erfolg gekrönt. Kein einziger Stein ließ sich von seinem Platz rücken, da jeder durch das enorme Gewicht der Tempelmauern festgehalten wurde, die sie trugen. Zwangsläufig wendete er sich der Tür zu.

Er wußte, daß es nur wenige Schlösser in Opar gab, da die gegenwärtigen degenerierten Bewohner der Stadt nicht genügend Intelligenz entwickelt hatten, die alten zu reparieren oder neue zu bauen. Die Schlösser, die sie besaßen, waren riesige Vorrichtungen, die von gewaltigen Schlüsseln geöffnet wurden und seiner Vermutung nach auf ein Alter zurückblickten, das bis in die Tage von Atlantis reichte. Zumeist sicherten jedoch schwere Riegel und Stangen diese Türen, soweit sie überhaupt zu befestigen waren, und er vermutete, daß eine solche Vorrichtung auch seinen Weg in die Freiheit versperrte.

Er tastete sich zur Tür und untersuchte die kleine Öffnung, durch die Luft hereinströmte. Sie war etwa schulterhoch, maß vielleicht zehn Zoll im Quadrat und war mit vier senkrechten, einen halben Zoll starken Vierkantstäben vergittert. Der Abstand zwischen ihnen betrug anderthalb Zoll - das war zu eng, als daß er die Hände hindurch stecken konnte, aber er ließ sich dadurch keineswegs entmutigen. Vielleicht gab es einen anderen Weg.

Seine rechte Hand schloß sich mit stählernem Griff um die Mitte einer der Stangen. Mit der linken packte er eine andere, dann stemmte er ein Knie gegen die Tür und beugte langsam den rechten Ellenbogen. Die Muskeln seines Unterarms und seine Bizeps schwollen wie elastischer Stahl, bis sich die Stange allmählich nach innen bog. Er lächelte, als er die Hand an der Eisenstange umsetzte. Dann warf er sich mit dem ganzen Körpergewicht und aller Kraft seines mächtigen Armes nach hinten. Da bog sich die Stange zu einem weiten U, das er aus dem Sockel löste. Er versuchte, den Arm durch die nun vergrößerte Öffnung zu stecken, aber sie war noch immer zu klein. Einen Augenblick später war eine weitere Stange entfernt. Jetzt konnte er den Arm in voller Länge durch die Luke stecken. Er tastete nach der Stange oder den Riegeln, die ihn gefangen hielten.

Wenn er so weit wie möglich hinunter langte, konnte er mit den Fingerspitzen gerade die Oberfläche der Stange berühren. Es war ein etwa drei Zoll starker Balken. Die anderen Maße konnte er jedoch nicht bestimmten. Auch wußte er nicht, ob er ihn an einem Ende anheben oder durch die Halterungen zurückschieben mußte. Es war höchst qualvoll! Die Freiheit war greifbar nahe, dennoch wurde sie ihm verwehrt. Man konnte wahnsinnig werden!

Er zog den Arm zurück, langte nach dem Messer, steckte die Hand wieder durch und drückte die Messerklinge in das Holz des Balkens. Zuerst versuchte er, ihn anzuheben, zog jedoch nur immer das Messer wieder aus dem Holz. Nun versuchte er, ihn waagerecht zurückzuschieben, und das gelang. Obwohl er ihn jeweils nur ein winziges Stück zurückbewegen konnte, war er dennoch erfreut, denn er wußte, daß Geduld ihn zum Ziel führen würde. Immer nur ein Viertel Zoll, manchmal auch nur ein Sechzehntel glitt der Balken langsam zurück. Tarzan ging methodisch und sehr behutsam vor, ohne Hast, ohne übermäßige Aufregung, obwohl er nie wußte, wann einer der wilden Kriegerpriester von Opar seine Runde machte. Schließlich wurden seine Anstrengungen belohnt, und die Tür schwang weit auf.

Geschwind trat er hinaus, verriegelte sie wieder und ging den Korridor zurück, auf dem die Häscher ihn zu seiner Zelle geführt hatten, da er keinen anderen Fluchtweg kannte. In der Ferne sah er eine schwache Andeutung von Lichtschein. Auf leisen Sohlen ging er darauf zu. Als der Lichtschein intensiver wurde, erkannte er, daß der Korridor etwa zehn Fuß breit war, und daß sich in regelmäßigen

Abständen Türen befanden, die alle verschlossen und durch Riegel oder Balken gesichert waren.

Etwa einhundert Yards von der Zelle entfernt, in der er eingekerkert worden war, kreuzte er einen quer verlaufenden Gang. Hier blieb er einen Augenblick stehen, um mit geschärftem Geruchssinn und wachen Augen und Ohren zu erkunden. In beiden Richtungen war kein Licht zu entdecken, jedoch drangen schwache Geräusche an sein Ohr, die darauf hindeuteten, daß irgendwo hinter den Türen dieses Korridors Leben existierte, und seine Nase erfaßte die verschiedensten Witterungen - den süßen Duft von Weihrauch, die Ausdünstung menschlicher Körper und den scharfen Geruch von Raubtieren. Dennoch gab es sonst nichts, was eine weitere Erkundung erforderlich gemacht hätte. So setzte er seinen Weg in Richtung des immer stärker werdenden Lichtscheins vor ihm fort.

Er war erst ein kurzes Stück weitergegangen, als seine scharfen Ohren das Geräusch sich nähernder Schritte erfaßten. Jetzt war nicht der Moment, eine Entdeckung zu riskieren. Langsam zog er sich in Richtung des quer verlaufenden Korridors zurück, um sich dort zu verbergen, bis die Gefahr vorüber war. Doch sie war bereits näher, als er glaubte, denn einen Augenblick später bogen ein halbes Dutzend Priester aus einem anderen Gang gleich vor ihm in seinen Korridor. Sie entdeckten ihn sofort, blieben stehen und starrten durch das Dämmerlicht.

„Es ist der Affenmensch", sagte einer. „Er ist geflüchtet." Dann kamen sie mit ihren knotigen Keulen und bedrohlich blitzenden Messern auf ihn zu.

Daß dies so langsam geschah, bezeugt den Respekt, den sie vor seinen außergewöhnlichen Fähigkeiten hatten. Dennoch rückten sie vor, und er wich zurück, denn selbst er konnte es, nur mit einem Messer bewaffnet, nicht mit sechs wilden Halbmenschen aufnehmen, die die schweren Keulen schwangen. Während er zurückwich, sann er fieberhaft nach einem Ausweg, und als er den quer verlaufenden Korridor erreichte, bog er rückwärts dort hinein. Ihm war klar, daß sie nun noch langsamer vorrücken würden, da sie ihn nicht mehr sahen und befürchten mußten, er könnte ihnen irgendwo auflauern. Also wandte er sich um und rannte schnell den Korridor entlang und absichtlich an mehreren Türen vorbei, nicht, weil er nach einer bestimmten suchte, sondern weil er sich sagte: Je mehr er ihnen erschwerte, ihn zu finden, desto größer waren seine Chancen, ihnen zu entwischen. Schließlich blieb er doch vor einer stehen, die durch einen großen Holzbalken gesichert war. Er hob ihn schnell an, öffnete die Tür und trat im selben Moment ein, als der Anführer der Priester am Schnittpunkt der Korridore auftauchte.

Kaum stand Tarzan in der dunklen, düsteren Kammer, wurde ihm klar, daß er einen fatalen Fehler begangen hatte. Die scharfe Witterung von Numa, dem Löwen, stieg ihm intensiv in die Nase. Die Stille der Grube wurde jäh durch ein markerschütterndes Gebrüll erschüttert. Etwas weiter hinten sah er im Dunklen zwei gelbgrüne Augen haßerfüllt leuchten, dann griff die Bestie an.

Vor den Mauern von Opar

Peter Zveri errichtete sein Lager am Waldsaum dicht unter der Felsenbarriere, die das öde Tal von Opar bewacht. Er ließ die Träger und einige Askaris als Wachen zurück und begann mit seinen kampferfahrenen Männern unter der Führung von Kitembo den halsbrecherischen Aufstieg zum Gipfel.

Keiner von ihnen war diesen Weg zuvor schon gegangen, nicht einmal Kitembo. Er kannte die genaue Lage von Opar nur von jemandem, der es gesehen hatte. Deshalb erfüllte sie der erste Anblick der in der Ferne liegenden Stadt mit Ehrfurcht, und in den Köpfen der primitiver entwickelten Schwarzen stiegen verworrene Fragen auf.

Eine schweigsame Gruppe durchquerte danach die staubige Ebene Richtung Opar. Die Schwarzen waren nicht die einzigen Expeditionsmitglieder, die von Zweifel erfüllt wurden, denn die Araber hatten in den schwarzen Zelten ihrer fernen Wüste mit der Muttermilch auch die Angst vor Jân und Ghrôl aufgenommen. Auch hatten sie von der märchenhaften Stadt Nimmr gehört, der die Menschen besser fernblieben. Solche Gedanken und Vorahnungen bewegten die Gemüter der Männer, als sie sich den hoch aufragenden Ruinen der alten Kolonialstadt von Atlantis näherten.

Von der Spitze des großen Felsblocks, der den äußeren Eingang zu den Schatzgewölben bewachte, verfolgte ein kleiner Affe den Marsch der Expedition durch das Tal. Er war sehr beunruhigt, denn eine innere Stimme sagte ihm, daß sein Herr über das Anrücken so vieler Gomangani und Tarmangani mit Donnerstöcken unterrichtet werden müsse. Die Furcht vor den verbotenen Ruinen hielt ihn jedoch zurück, und so tanzte er zeternd und schnatternd auf der Oberfläche des Felsens umher. Die Krieger von Peter Zveri marschierten geradewegs vorbei und beachteten ihn überhaupt nicht, doch aus dem Blattwerk der Bäume, die zwischen den Ruinen üppig wuchsen, folgten ihnen noch andere Augen.

Selbst wenn ein Angehöriger der Gruppe den kleinen Affen rechts von ihnen schnell hätte vorbeihuschen oder die zerfallene Außenwand von Opar hinaufklettern sehen, hätte er ihm zweifellos keine

Beachtung geschenkt, da ihn wie jeden anderen seiner Schicksalsgefährten vorrangig die Frage bewegte, was sie wohl innerhalb dieses düsteren Gebäudekomplexes erwartete.

Kitembo kannte die genaue Lage der Schatzgewölbe von Opar auch nicht. Er hatte sich nur bereit erklärt, Zveri zu dieser Stadt zu begleiten, hegte indes gleich ihm keine Zweifel, daß es leicht sein werde, die Schatzkammern zu entdecken, sofern es ihnen nicht gelang, irgendeinen Bewohner der Stadt zur Preisgabe dieses Geheimnisses zu bewegen. Sie wären in der Tat sehr überrascht gewesen, hätten sie gewußt, daß kein noch lebender Oparier auch nur die geringste Ahnung vom Standort der Schatzkammern, ja, überhaupt von ihrer Existenz hatte, und daß von allen Lebewesen nur Tarzan und einige seiner Waziri Krieger darüber wie auch über den Zugang zu den Gewölben Bescheid wußten.

„Das ganze Gelände ist weiter nichts als eine verlassene Ruine", sagte Zveri zu einem seiner weißen Kumpane.

„Es sieht aber unheimlich aus, und das hat auch schon Einfluß auf unsere Männer", erwiderte der andere.

Zveri zuckte die Schultern. „Nachts mag ihnen das vielleicht Angst einjagen, aber nicht am hellichten Tag. Sie sind doch nicht so feig."

Sie befanden sich nun dicht an der zerfallenen Außenmauer, die sich drohend über ihnen erhob, und machten halt, während einige nach einem Durchgang suchten. Abu Batn war der erste, der ihn entdeckte - die enge Lücke mit der nach oben führenden Steintreppe. „Hier gibt es einen Weg, Genosse", rief er Zveri zu.

„Nimm ein paar Leute von dir mit und erkunde", befahl Zveri.

Abu Batn beorderte ein halbes Dutzend seiner Schwarzen zu sich, die höchst widerstrebend kamen.

Der Scheich raffte die Schöße seines Thôb und stieg in die Lücke, im gleichen Augenblick tönte aus dem Inneren der Ruinenstadt ein durchdringender Schrei - ein langgezogener, gellender Ruf, der in tiefem, unterbrochenen Stöhnen endete. Die Bedaùwy blieben stehen. Die Schwarzen erstarrten zu Salzsäulen.

„Weiter!" befahl Zveri barsch. „Ein Schrei kann euch nicht töten!"

„Wullah!" entgegnete einer der Araber. „Wohl aber Jân!"

„Dann schert euch 'raus!" sagte Zveri zornig. „Wenn ihr verdammten Feiglinge nicht mitkommen wollt, gehe ich eben allein."

Niemand erhob Einwände. Die Araber traten beiseite. Da tauchte mit entsetzlichem Geschrei ein kleiner Affe auf den Zinnen der

Mauer auf. Sein plötzliches, lautstarkes Erscheinen lenkte alle Blicke auf ihn. Sie sahen ihn einen ängstlichen Blick über die Schulter werfen und dann laut kreischend so weit wie möglich von der Mauer herunterspringen. Fast sah es so aus, als werde er den Sprung nicht überleben, indessen vermochte dieser kaum, seine Flucht zu bremsen, denn er war im Nu wieder auf den Beinen und floh in großen Sätzen weiterhin schreiend über die unfruchtbare Ebene.

Das brachte den Topf zum Überlaufen. Die abergläubischen Schwarzen waren der nervlichen Belastung dieses plötzlichen Vorfalls nicht gewachsen. Wie ein Mann wandten sie sich um und flüchteten von der gräßlichen Stadt, dicht gefolgt von Abu Batn und seinen Wüstenkriegern, die ebenfalls einen schnellen und würdelosen Rückzug antraten.

Peter Zveri und seine drei weißen Kumpane standen plötzlich allein da und schauten sich fragend an. „Diese elenden Feiglinge!" sagte Zveri zornig. „Geh zurück und sieh, ob du sie wieder zusammentrommeln kannst, Mike. Wir gehen hinein, nun, da wir schon hier sind."

Michael Dorsky war nur zu froh über diesen Auftrag, der ihn von Opar wegführte, und rannte den fliehenden Kriegern schnell nach, während Zveri sich wieder in die Mauerlücke begab, dicht gefolgt von Miguel Romero und Paul Ivitch.

Die drei durchquerten die Außenmauer und betraten den Hof, an dessen gegenüberliegender Seite sie die hohe Innenmauer aufragen sahen. Romero entdeckte die Öffnung zuerst, die zur eigentlichen Stadt führte, rief seine Gefährten und trat kühn in den schmalen Durchschlupf. Da erschütterte abermals dieser gräßliche Schrei die brütende Stille des alten Tempels.

Die drei Männer blieben stehen. Zveri wischte sich den Schweiß von der Stirn. „Ich glaube, wir sind so weit gegangen, wie wir allein es wagen können", erklärte er. „Vielleicht sollten wir jetzt besser umkehren und die Männer holen. Es hat keinen Sinn, blindlings weiterzustolpern." Miguel Romero lachte geringschätzig, doch Ivitch gab Zveri zu verstehen, daß er ihm aus der Seele gesprochen hatte.

Die beiden Männer überquerten schnell den Hof, ohne zu warten und nachzusehen, ob der Mexikaner ihnen folgte oder nicht, und befanden sich bald wieder außerhalb der Stadt.

„Wo ist Miguel?" fragte Ivitch.

Zveri schaute sich um. „Romero!“ rief er laut, aber keine Antwort war zu hören.

„Es muß ihn erwischt haben“, sagte Ivitch und schauderte.

„Um den ist es nicht schade“, brummte Zveri.

Was immer Ivitch fürchtete, es hatte den jungen Mexikaner noch nicht erwischt. Nachdem er seine Gefährten so überstürzt hatte weglaufen sehen, drang er weiter durch die Öffnung in der Innenmauer vor, fest entschlossen, wenigstens einen Blick ins Stadtinnere von Opar zu werfen, nachdem er so weit hergereist war, um es zu sehen, und von dessen märchenhaften Reichtum er schon seit Wochen geträumt hatte.

Wie gebannt stand der junge, für jegliche Eindrücke empfängliche Lateinamerikaner vor dem großartigen Panorama dieser stattlichen Ruinen, an denen er sich nicht sattsehen konnte. Da ertönte abermals der unheimliche Klagelaut aus dem Inneren eines großen Gebäudes vor ihm, doch wenn er verängstigt war, sah man es ihm jedenfalls nicht an. Vielleicht packte er das Gewehr ein wenig fester. Vielleicht lockerte er den Revolver im Halfter, doch er wich nicht zurück. Er war von der majestätischen Größe der Szene vor ihm beeindruckt, bei der Alter und Zerfall die alte Pracht nur noch mehr zu verdeutlichen schienen.

Dann erregte eine Bewegung im Tempel seine Aufmerksamkeit. Wie aus dem Nichts tauchte eine Gestalt auf. Es war ein gedrungener, mißgestalteter Mann, der auf kurzen, krummen Beinen angetorkelt kam. Ihm folgte ein weiterer, dann kamen noch mehr, bis ein volles Hundert dieser wilden Geschöpfe langsam gegen ihn vorrückte. Er sah ihre knotigen Keulen und Messer und wurde sich bewußt, daß er es hier mit einer wesentlich realeren Bedrohung zu tun hatte als mit einem unheimlichen Schrei.

Mit einem Schulterzucken trat er in den Gang zurück. „Ich kann nicht allein gegen eine Armee kämpfen“, murmelte er. Langsam überquerte er den äußeren Hof, ging durch die erste große Mauer und stand wieder auf der Ebene vor der Stadt. In der Ferne sah er den Staub der fliehenden Expedition. Grinsend folgte er ihrer Spur, wobei er eine leichte Gangart einschlug und eine Zigarette rauchte. Vom Gipfel des Felsenhügels zu seiner Linken sah ein Affe ihm vorübergehen – ein kleiner Affe, der noch immer vor Angst zitterte, doch dessen Entsetzensschreie zu einem tiefen kläglichen Stöhnen verkümmert waren. Es war ein harter Tag für den kleinen Nkima gewesen.

Der Rückzug der Expedition war so schnell erfolgt, daß Zveri, Dorsky und Ivitch die Hauptgruppe erst einholten, als deren größerer Teil schon die Felsenklippe hinabstieg. Auch vermochten weder Drohungen noch Versprechungen den Rückzug zu stoppen. Er endete erst mir Erreichen des Lagers.

Sofort rief Zveri Abu Batn zu sich, um gemeinsam mit ihm, Dorsky und Ivitch zu beratschlagen. Es war sein erster Rückschlag gewesen, und er nahm ihn insofern ernst, als er fest mit dem unerschöpflichen Goldvorrat gerechnet hatte, der sich in den Schatzkammern von Opar befand. Zuerst schalt er Abu Batn, Kitembo sowie deren Vorfahren und sämtliche Nachkommen ob ihrer Feigheit.

Doch alles, was er erreichte, war, daß er sich den Groll und Zorn dieser beiden zuzog.

„Wir sind mit dir gegangen, um weiße Männer zu bekämpfen, keine Dämonen und Geister", sagte Kitembo. „Ich fürchte mich nicht. Ich würde auch in die Stadt gehen, doch meine Männer wollen mich nicht begleiten, und ich kann den Feind nicht allein bekämpfen."

„Ich auch nicht", sagte Abu Batn, wobei sich sein ohnedies dunkles Gesicht noch mehr verdüsterte.

„Ich weiß, ihr seid beide tapfere Männer, doch ihr seid viel besser im Laufen als im Kämpfen", höhnte Zveri. „Schaut uns an. Wir haben uns nicht gefürchtet. Wir sind hineingegangen, und niemand hat uns ein Haar gekrümmt."

„Wo ist Genosse Romero?" fragte Abu Batn.

„Nun, vielleicht ist er verlorengegangen", räumte Zveri ein. „Was erwartest du denn? Willst du eine Schlacht gewinnen, ohne einen Mann zu verlieren?"

„Es ist zu keiner Schlacht gekommen, und der Mann, der sich am weitesten in die verwünschte Stadt gewagt hat, ist nicht zurückgekehrt", hielt Kitembo dagegen.

Dorsky blickte plötzlich auf. „Da ist er ja!" rief er, und alle schauten auf den Weg, der nach Opar führte und auf dem Miguel Romero jetzt in aller Ruhe anspaziert kam.

„Seid gegrüßt, meine tapferen Genossen!" rief er. „Ich freue mich, euch alle lebendig vorzufinden, hatte ich mir doch schon Sorgen gemacht, ihr hättet alle einen Herzschlag erlitten."

Die anderen reagierten mit verdrossenem Schweigen auf seinen Spott, und niemand sagte etwas, bis er bei ihnen war und sich niedergesetzt hatte.

„Was hat dich aufgehalten?" fragte Zveri sofort.

„Ich wollte sehen, was hinter der inneren Mauer war", erwiderte der Mexikaner.

„Und was hast du gesehen?" fragte Abu Batn.

„Prächtige Gebäude, die jedoch alle völlig zerfallen waren", erwiderte Romero. „Eine tote, zerfallende Stadt einer toten Vergangenheit."

„Und was noch?" fragte Kitembo.

„Eine Kompanie seltsamer Krieger, vierschrötiger, schwerfälliger Männer mit krummen Beinen, langen, kräftigen Armen und behaarten Leibern. Sie kamen aus einem großen Gebäude, das vielleicht ein Tempel gewesen war. Es waren zu viele für mich. Ich hätte sie allein nicht bekämpfen können, deshalb bin ich weggegangen."

„Besaßen sie Waffen?" fragte Zveri.

„Keulen und Messer", erwiderte Romero.

„Na bitte, nur eine Bande mit Keulen bewaffneter Wilder", rief Zveri. „Wir könnten die Stadt nehmen, ohne einen Mann zu verlieren."

„Wie sahen sie aus?" fragte Kitembo. „Beschreib sie mir." Und als Romero seinem Wunsch unter sorgfältiger Beachtung der Details nachgekommen war, schüttelte Kitembo den Kopf. „Genau wie ich dachte. Das sind keine Menschen, sondern Dämonen", erklärte er.

„Ob das eine oder das andere, wir gehen wieder hin und nehmen die Stadt", erklärte Zveri zornig. „Wir müssen das Gold von Opar haben."

„Du kannst ja gehen, weißer Mann, aber du wirst allein gehen müssen", entgegnete Kitembo. „Ich kenne meine Männer, und ich sage dir: Sie werden dir dorthin nicht folgen. Führst du uns gegen weiße, braune oder schwarze Männer, dann folgen wir dir. Jedoch nicht, wenn es gegen Dämonen und Geister geht."

„Und du, Abu Batn?" fragte Zveri.

„Ich habe auf dem Rückweg aus der Stadt mit meinen Leuten gesprochen, und sie sagten mir, sie würden nicht dorthin zurückkehren. Sie wollen nicht gegen die Jân und Ghrôl kämpfen, denn sie hörten die Stimme von Jin, der sie verscheuchte, und nun fürchten sie sich."

Zveri schäumte, drohte und schmeichelte, aber alles half nichts.

Weder der Araberscheich noch der afrikanische Häuptling ließen sich erweichen.

„Es gibt noch eine Möglichkeit", sagte Romero.

„Und die wäre?" fragte Zveri.

„Wenn der Gringo da ist und der Filipino, dann sind wir unserer sechs, alles keine Araber oder Afrikaner. Wir sechs können Opar erobern." Paul Ivitch zog ein schiefes Gesicht, und Zveri räusperte sich.

„Wenn wir getötet werden, ist unser ganzer Plan im Eimer", sagte er. „Dann ist niemand mehr da, der weitermachen kann."

Romero zuckte die Schultern. „War nur so eine Idee", sagte er. „Aber wenn du dich natürlich fürchtest..."

„Weder fürchte ich mich, noch bin ich ein Dummkopf", wetterte Zveri.

Ein schlecht verborgenes höhnisches Grinsen spielte um Romeros Lippen. „Ich gehe jetzt was essen", sagte er, erhob sich und verließ sie.

Am Tag nach seinem Eintreffen im Lager seiner Mitverschwörer schrieb Wayne Colt eine lange, verschlüsselte Nachricht und schickte sie mit einem seiner Boys zur Küste. Zora Drinov sah von ihrem Zelt aus, wie er dem Boy den Brief gab. Dieser steckte ihn an das eine Ende eines gespaltenen Stocks und machte sich auf den langen Weg. Kurz danach gesellte sich Colt zu ihr in den Schatten eines großen Baumes neben dem Zelt.

„Du hast heute morgen eine Nachricht abgeschickt, Genosse Colt", sagte sie.

Er blickte schnell auf. „So ist es", erwiderte er.

„Vielleicht solltest du wissen, daß nur Genosse Zveri berechtigt ist, Nachrichten von dieser Expedition abzusenden", ermahnte sie ihn.

„Das wußte ich nicht", sagte er. „Es ging mir nur um etwas Geld, das bei meinem Eintreffen an der Küste eigentlich für mich bereitliegen sollte. Es war noch nicht da. Deshalb habe ich den Jungen zurückgeschickt, um es zu holen."

„Ach so", sagte sie, dann erörterten sie andere Themen.

Noch am selben Nachmittag nahm er sein Gewehr und zog los, um nach Wild Ausschau zu halten. Zora begleitete ihn, und am Abend aßen sie wieder gemeinsam, nur war diesmal sie die Gastgeberin. So vergingen die Tage, bis ein aufgeregter Eingeborener das Lager mit der Ankündigung in Aufregung versetzte, die Expedition kehre zurück. Es bedurfte keiner Worte, um die im Lager Verbliebenen in Kenntnis zu setzen, daß ihre kleine Armee sich keinen Sieg an die Fahne hatte heften können. Der Fehlschlag stand den Anführern deutlich im Gesicht geschrieben. Zveri begrüßte Zora und Colt und machte letzteren mit seinen Gefährten bekannt, und als auch Tony den zurückgekehrten Kriegern vorgestellt worden war, sanken diese auf ihre Feldbetten oder auf die Erde, um sich auszuruhen.

Als alle zum Abendessen um den Tisch Platz genommen hatten, berichtete jede Gruppe, welche Abenteuer sie zu bestehen hatten, seit die Expedition das Lager verlassen hatte. Colt und Zora lauschten gebannt den Geschichten über das unheimliche Opar, doch ihr Bericht über Raghunath Jafars Tod, seine Beerdigung und die übernatürliche Wiederauferstehung war nicht weniger rätselhaft.

„Keiner der Boys wollte den Leichnam danach noch anfassen“, sagte Zora. „Tony und Genosse Colt mußten ihn selbst begraben.“

„Ich hoffe, ihr habt es diesmal gründlicher erledigt“, sagte Miguel.

„Er ist nicht wieder aufgetaucht“, erwiderte Colt grinsend.

„Wer mag ihn an der ersten Stelle wieder ausgegraben haben?“ fragte Zveri.

„Auf jeden Fall keiner der Boys“, sagte Zora. „Sie waren durch die seltsamen Umstände seines Todes alle viel zu verängstigt.“

„Es muß dieselbe Kreatur gewesen sind, die ihn getötet hat, und wer immer es war, er muß über nachgerade übermenschliche Kräfte verfügen, um den schweren Leichnam in einen Baum zu befördern und auf uns herabzuwerfen.“

„Für mich ist das Unheimlichste daran, daß alles in absoluter Stille erfolgte“, sagte Zora. „Ich könnte schwören, daß ich kein Blatt rascheln hörte, bevor der Körper auf unseren Tisch krachte.“

„Es kann nur ein Mensch gewesen sein“, sagte Zveri.

„Zweifellos, doch was für einer!“ sagte Colt.

Als die kleine Gesellschaft sich später auflöste und jeder zu seinem Zelt ging, hielt Zveri Zora mit einer Handbewegung zurück. „Ich möchte dich mal eine Minute sprechen, Zora“, sagte er. Sie setzte sich wieder auf den Stuhl, von dem sie gerade aufgestanden war. „Was hältst du von dem Amerikaner? Du hattest doch eine gute Gelegenheit, ihn dir genauer anzusehen.“

„Er scheint in Ordnung zu sein. Er ist ein sehr angenehmer Bursche“, erwiderte das Mädchen.

„Demnach hat er nichts gesagt oder getan, was dein Mißtrauen hervorgerufen hätte?“ fragte Zveri.

„Nein, gar nichts“, sagte Zora.

„Ihr zwei seid mehrere Tage hier allein gewesen“, fuhr Zveri fort. „Hat er dich auch immer anständig behandelt?“

„Jedenfalls viel anständiger als dein Freund, Raghunath Jafar.“

„Nimm den Namen dieses Hundes nicht in den Mund“, sagte Zveri. „Ich wünschte, ich wäre hier gewesen, um ihn selbst zu erledigen.“

„Ich habe ihm gesagt, daß du das tun würdest, wenn du zurück bist, aber jemand ist dir zuvorgekommen.“

Sie schwiegen ein paar Minuten. Man sah Zveri an, daß ihn etwas bewegte und er nach Worten suchte, um es auszudrücken. Schließlich sagte er: „Colt ist ein sehr attraktiver junger Mann. Paß auf, daß du dich nicht in ihn verliebst, Zora.“

„Und wenn?“ fragte sie. „Ich habe meinen Verstand, meine ganze Kraft, mein Talent und vielleicht auch das meiste meiner Gefühle der Sache gewidmet. Es gibt jedoch einen Winkel in meinem Herzen, der mir gehört und über den ich nach Belieben verfügen kann.“

„Willst du damit sagen, du hättest dich in ihn vergafft?“ fragte Zveri.

„Bestimmt nicht. Nichts dergleichen. Ich habe nicht einmal daran gedacht. Ich wollte dir nur sagen, daß du mir in solchen Dingen keine Befehle erteilen kannst.“

„Hör zu, Zora. Du weißt sehr gut, daß ich dich liebe und, was noch mehr ist, dich haben werde. Ich kriege stets, was ich haben will.“

„Geh mir nicht auf die Nerven, Peter. Ich habe jetzt keine Zeit für solche törichten Dinge wie Liebe. Wenn wir all das hinter uns haben, werde ich mir vielleicht die Zeit nehmen, ein bißchen darüber nachzudenken.“

„Ich möchte aber, daß du dir schon jetzt Gedanken darüber machst, und zwar sehr viele, Zora“, sagte er mit Nachdruck. „Es gibt da einige Dinge in bezug auf diese Expedition, die du noch nicht weißt. Ich habe es noch niemandem mitgeteilt, aber dir will ich es sagen, weil ich dich liebe und möchte, daß du meine Frau wirst. Es steht bei der Sache hier mehr auf dem Spiel, als du glaubst. Nach all dem vielen Pläneschmieden, den Risiken und Entbehrungen denke ich nicht daran, die Macht und allen Reichtum, den ich dann haben werde, jemand anderem zu überlassen.“

„Auch nicht unserer gemeinsamen Sache?“ fragte sie.

„So ist es, außer daß ich beides für unsere Sache verwenden werde."

„Was hast du vor? Ich verstehe dich nicht", sagte sie.

„Ich beabsichtige, mich zum Kaiser von Afrika zu machen, und du sollst meine Kaiserin sein", erklärte er.

„Peter! Bist du verrückt?"

„Jawohl, ich bin ganz verrückt nach Macht, Reichtum und nach dir."

„Das schaffst du nie, Peter. Du weißt, wie weit der Arm der Macht reicht, der wir dienen. Wenn du sie täuschst, wenn du zum Verräter wirst, wird ihr Arm dich erreichen und vernichten."

„Wenn ich mein Ziel erreiche, wird mein Einfluß ebenso groß sein wie der ihre, und dann kann ich ihnen trotzen."

„Und was wird mit den anderen, die bei uns sind und der Sache loyal dienen, von der sie glauben, daß du sie repräsentierst? Sie reißen dich in Stücke, Peter."

Der Mann lachte. „Du kennst sie nicht, Zora. Sie sind alle gleich. Alle Männer und Frauen sind gleich. Wenn ich ihnen anbiete, sie zu Großherzögen zu machen, jedem einen Palast schenke und einen Harem, schneiden sie ihrer eigenen Mutter die Kehle durch, nur um diesen Preis zu erringen."

Das Mädchen erhob sich. „Ich bin erstaunt, Peter. Ich dachte bisher immer, zumindest du meintest es ehrlich."

Er sprang schnell auf und packte sie am Arm. „Hör zu, Zora", zischelte er ihr ins Ohr. „Ich liebe dich, und weil ich dich liebe, habe ich mein Leben in deine Hände gegeben. Aber eins muß dir klar sein: Solltest du mich verraten, werde ich dich töten, egal, wie sehr ich dich liebe. Vergiß das nicht."

„Das hättest du mir gar nicht zu sagen brauchen, Peter. Das war mir ohnedies vollkommen klar."

„Und du verrätst mich auch nicht?" fragte er eindringlich.

„Ich verrate nie einen Freund, Peter", sagte sie.

Am nächsten Morgen war Zveri damit beschäftigt, die Einzelheiten einer zweiten Expedition nach Opar auszuarbeiten, wobei er sich auf Romeros Anregungen stützte. Man beschloß, diesmal nur Freiwillige mitzunehmen, und da die Europäer, die zwei Amerikaner und der Filipino sich schon bereit erklärt hatten, an dem Unternehmen teilzunehmen, blieb ihnen nur noch der Versuch, sich der Dienste einiger Schwarzer und Araber zu versichern. Zu diesem Zweck rief

Zveri die ganze Abteilung zu einem allgemeinen Palaver zusammen. Er erklärte ihnen, was sie vorhatten. Dabei unterstrich er die Tatsache, daß Genosse Romero die Bewohner der Stadt gesehen hatte, und daß sie nur eine Rasse verkrüppelter Wilder darstellten deren einzige Bewaffnung aus Stöcken bestand. Beredt erläuterte er allen, wie leicht sie mittels Gewehren niedergeworfen werden könnten.

Im Grunde war die ganze Gruppe einverstanden, bis zu den Mauern von Opar vorzurücken, doch nur zehn Krieger willigten ein, mit den Weißen in die Stadt zu gehen, und diese zehn gehörten alle zu den Askaris, die zur Bewachung des Lagers zurückgelassen worden waren oder Colt auf seinem Weg von der Küste begleitet hatten. Keiner von ihnen war den Schrecken der Stadt ausgesetzt gewesen. Von denjenigen, die die gräßlichen Schreie aus den Ruinen vernommen hatten, war niemand willens, die Stadt zu betreten, und so waren sich die Weißen einig, daß sie durchaus damit rechnen mußten, daß auch ihre zehn Freiwilligen anderen Sinnes werden könnten, sobald sie vor den furchteinflößenden Portalen Opars standen oder die gräßlichen Warnrufe ihrer Verteidiger vernahmen.

Mehrere Tage vergingen unter den sorgfältigen Vorbereitungen für die neue Expedition, doch schließlich waren die letzten Dinge erledigt, und eines Morgens machten sich Zveri und seine Anhänger ein zweites Mal auf den Weg.

Zora Drinov hatte den Wunsch geäußert, sie zu begleiten, aber da Zveri von seinen verschiedenen Agenten in Nordafrika Nachrichten erwartete, mußte er sie im Lager lassen. Abu Batn und seine Krieger sollte es bewachen. Sie und einige schwarze Diener waren die einzigen, die bei dieser Expedition nicht mitmachten.

Seit dem Fehlschlagen des ersten Unternehmens und dem Fiasko vor den Toren von Opar waren die Beziehungen zwischen Abu Batn und Zveri gespannt. Der Scheich und seine Krieger hatten den Vorwurf der Feigheit noch nicht verwunden und blieben noch mehr unter sich als vordem, und obwohl sie nach wie vor nicht bereit waren, in die Stadt Opar einzudringen, nahmen sie Zveri doch übel, daß er ausgerechnet sie als Lagerwachen ausgewählt hatte. So kam es, daß die Araber nach dem Abzug der anderen in der Múk'aad des Beyt es-sh'ar ihres Scheichs saßen und über ihrem dicken Kaffee miteinander flüsterten, wobei ihre finsteren Gesichter durch die Thorrîbs halb verborgen wurden.

Sie ließen sich nicht einmal herab, ihren abrückenden Genossen nachzublicken, doch die Augen von Abu Batn ruhten auf der schlanken Gestalt Zora Drinovs, während er schweigend meditierte.

Verraten

Widerstreitende Empfindungen zerrissen dem kleinen Nkima das Herz, als er von dem günstigen Beobachtungspunkt auf dem Gipfel des Felsenhügels Miguel Romero aus Opar weggehen sah. Nachdem er die tapferen, mit todbringenden Donnerstöcken bewaffneten Tarmangani Hals über Kopf aus den Ruinen hatte flüchten sehen, war er überzeugt, daß seinem Herrn im bedrohlichen Inneren des zerfallenden Mauerwerks ein Unglück zugestoßen sein mußte. Sein anhängliches Herz drängte ihn, zurückzukehren und nachzuschauen, aber Nkima war nur ein sehr kleiner Affe - ein kleiner Affe, der sich sehr fürchtete, und obwohl er sich zweimal auf den Rückweg nach Opar machte, konnte er sich dennoch nicht durchringen, wirklich hinzugehen. Schließlich wimmerte er kläglich und kehrte über die Ebene in den düsteren Wald zurück, dessen Gefahren ihm wenigstens vertraut waren.

Die Tür der dunklen Kammer, in die Tarzan eintrat, öffnete sich nach innen, und er hielt sie noch in der Hand, als das drohende Löwengebrüll ihm die gefährliche Situation vor Augen führte. Gewandt und schnell ist Numa, der Löwe, doch noch schneller arbeiteten der Verstand und die Muskeln Tarzans von den Affen. In dem Augenblick, als die Bestie auf ihn zu sprang, sah er den ganzen Schauplatz auf einmal deutlich vor sich. Er sah die mißgestalteten Priester von Opar bei ihrer Verfolgung den Korridor entlang kommen. Er sah die schwere Tür, die sich nach innen öffnete. Er sah den angreifenden Löwen und gestaltete aus diesen verschiedenen Faktoren eine Situation, die ihm mehr zum Vorteil gereichte, als man gemeinhin angenommen hätte. Schnell zog er die Tür weiter nach innen und trat dahinter, als der Löwe angriff, mit dem Ergebnis, daß dieser, entweder durch den eigenen Schwung nach vorn getragen, oder eine Fluchtmöglichkeit erkennend, in den Korridor hinaus schoß, geradewegs den vorrückenden Priestern entgegen. Im selben Augenblick schloß Tarzan die Tür hinter ihm.

Was nun draußen auf dem Gang geschah, vermochte er nicht zu sehen, doch aus dem Knurren und dem Geschrei, das sehr schnell in der Ferne verklang, konnte er sich ausmalen, was dort vor sich ging, und nur still lächeln. Einen Augenblick später kündete ein durchdringender Todesschrei vom Schicksal wenigstens eines der flüchtenden Oparier.

In der Erkenntnis, daß nichts gewonnen war, wenn er blieb, wo er war, beschloß er, die Zelle schnell wieder zu verlassen und einen Weg aus dem Labyrinth der Höhlen von Opar zu suchen. Er wußte, daß der Löwe bei seiner Verfolgung der Priester ein Durchkommen auf dem Gang, den Tarzan bei seiner Flucht entlanggerannt war und auf dem die Priester ihn abgefangen hatten, zweifellos verhindern würde. Wohl blieb als letzte Möglichkeit, Numa niederzukämpfen, doch ihm stand der Sinn nicht danach, solch unnötiges Wagnis einzugehen. Als er jedoch versuchte, die schwere Tür zu öffnen, entdeckte er, daß sie sich nicht bewegen ließ. Einen Augenblick später war ihm klar, was geschehen war, und daß er abermals in den Verliesen von Opar gefangen war.

Ausgerechnet der Balken, der seine Tür sicherte, ließ sich nicht zurückschieben, sondern hatte am inneren Ende einen Federbolzen, der in schwere, fest mit der Tür und dem Türrahmen verbundene Eisenhalterungen fiel. Als er eingetreten war, hatte er die Stange angehoben, die dann beim Zuschlagen der Tür durch ihr Eigengewicht zurückfiel und ihn ebenso wirksam gefangen setzte, als sei alles durch Menschenhand geschehen.

Auf dem Korridor draußen war es nicht ganz so dunkel wie auf dem Gang, an dem seine frühere Zelle lag, und obwohl nicht genug Licht in den Raum drang, um ihn zu erhellen, reichte es doch aus, daß er sich die Öffnung für die Luftzufuhr genauer ansehen konnte. In der Tür waren einige kleine, runde Löcher, keines davon groß genug, daß er die Hand hätte durchstecken können, um zu versuchen, den Sperriegel anzuheben.

Als Tarzan einen Augenblick über diese neue bedrückende Situation nachdachte, hörte er ein leises Geräusch im hintersten Winkel der dunklen Zelle. Er fuhr herum und riß das Jagdmesser aus der Scheide. Der Urheber dieses Geräuschs war ihm völlig klar, da brauchte er nicht erst zu fragen, denn das einzige Lebewesen, das diesen Raum zusammen mit seinem vormaligen Bewohner teilen konnte, mußte ein anderer Löwe sein. Warum er nicht an dem Angriff auf ihn teilgenommen hatte, wußte Tarzan nicht, aber daß er ihn letztendlich packen würde, lag klar auf der Hand. Vielleicht war er jetzt gerade im Begriff, sich an ihn heranzuschleichen. Der Affenmensch wünschte, seine Augen könnten die Dunkelheit durchdringen, denn wenn er den Löwen bei seinem Angriff sah, konnte er ihm besser begegnen. In vergangener Zeit hatte er öfters Angriffe von Löwen erlebt, doch hatte er sie stets rechtzeitig springen sehen, so daß er ihren scharfen Krallen ausweichen konnte, wenn sie sich auf den Hinterpranken aufrichteten, um ihn zu packen. Diesmal würde es anders sein, und zum ersten Mal im Leben spürte Tarzan von den Affen, daß der Tod unausweichlich war. Er ahnte, daß seine Zeit gekommen war.

Dennoch fürchtete er sich nicht. Er wußte nur, daß er nicht sterben wollte, und daß es seinem Gegner teuer zu stehen kommen würde, wenn er ihn töten wollte. Er wartete lautlos. Abermals vernahm er das schwache, jedoch unheildrohende Geräusch. Die stickige Luft der Zelle war erfüllt vom Gestank der Raubtiere. Irgendwo in der Ferne hörte er den Löwen über seiner Beute knurren. Dann wurde die Stille durch eine Stimme gebrochen.

„Wer bist du?“ fragte sie. Es war eine Frauenstimme, und sie kam von der Rückseite der Zelle, in der er eingekerkert war.

„Wo bist du?“ fragte er zurück.

„Hier ganz hinten in der Zelle“, erwiderte die Frau.

„Wo ist der Löwe?“

„Er ist hinausgerannt, als du die Tür öffnetest“, erwiderte sie.

„Ja, ich weiß. Aber der zweite, wo ist er?“ fragte er wieder.

„Hier ist kein zweiter. Nur einer war da, und der ist weg. Ach, jetzt erkenne ich dich!“ sagte sie. „Ich erkenne deine Stimme. Du bist Tarzan von den Affen.“

„La!“ rief er und durchquerte schnell die Zelle. „Wie ist es möglich, daß du mit einem Löwen hier eingesperrt warst und noch am Leben bist?“

„Ich bin in einer Nachbarzelle, die von der anderen durch eine eiserne Gittertür getrennt ist“, erwiderte La. Tarzan hörte Eisen knirschen. „Sie ist nicht verschlossen“, sagte sie. „Das war nicht nötig, denn sie ließ sich nur in die Zelle öffnen, wo sich der Löwe befand.“

Die beiden tasteten sich durch die Dunkelheit, bis ihre Hände sich trafen.

La preßte sich an den Mann. Sie zitterte. „Ich habe mich sehr gefürchtet, aber jetzt habe ich keine Angst mehr“, sagte sie.

„Ich glaube nicht, daß ich dir eine große Hilfe sein kann“, antwortete Tarzan. „Schließlich bin ich gleichfalls gefangen.“

„Ich weiß, doch in deiner Gegenwart fühle ich mich immer sicher.“

„Erzähle mir, was geschehen ist“, sagte Tarzan. „Wie kommt es, daß Oah hier die Hohenpriesterin spielt und du als Gefangene in deinen eigenen Verliesen steckst?“

„Ich hatte ihr den damaligen Verrat vergeben, als sie sich mit Cadj verschworen hatte, mir die Macht zu entreißen, aber sie konnte nicht ohne Intrigen und Doppelspiel leben. Um ihre ehrgeizigen Pläne durchzusetzen, spielte sie gegenüber Dooth, dem neuen Hohenpriester, seit Jad-bal-ja Cadj tötete, die Verliebte. Sie verbreitete in der Stadt Geschichten über mich, und da mein Volk mir meine Freundschaft zu dir nie vergeben hat, gelang es ihnen, genügend Sympathisanten für ihr Vorhaben zu gewinnen, mich zu stürzen und einzukerkern. Das Ganze war Oahs Idee, denn Dooth und die anderen Priester sind dumme Tiere, wie du ja weißt. Es war auch ihr Einfall, mir in meinem Gefängnis einen Löwen zur Gesellschaft zu geben, nur um mein Leiden noch schrecklicher zu machen, bis die Zeit gekommen wäre, wo sie die Priester überreden konnte, mich dem Flammengott zu opfern. Da hat sie einige Schwierigkeiten. Ich weiß es von denen, die mir mein Essen bringen.“

„Wie ging das überhaupt vor sich?“ fragte Tarzan. „Niemand konnte durch die äußere Zelle gelangen, solange der Löwe dort war.“

„Es gibt in seiner Zelle noch eine andere Öffnung, die in einen schmalen, niedrigen Gang führt, in den sie von oben Fleisch warfen. Dadurch lockten sie die Bestie aus dieser äußeren Zelle. Dann ließen sie über der Öffnung des kleinen Ganges, in dem er nun steckte ein Eisengitter herab, und wenn er so eingesperrt war, brachten sie mir mein Essen. Doch sie fütterten ihn niemals ausreichend. Er hatte immer Hunger, knurrte ständig und stemmte sich gegen die Gitterstäbe meiner Zelle. Vielleicht hoffte Oah, er würde sie eines Tages eindrücken.“

„Wohin führt der kleine Gang, in dem sie den Löwen fütterten?“ fragte Tarzan.

„Das weiß ich nicht, doch ich denke mir, es ist nur ein Tunnel ohne Ausgang, der in alter Zeit für eben diesen Zweck gebaut wurde.“

„Wir müssen ihn uns ansehen“, sagte Tarzan. „Er bietet vielleicht eine Fluchtmöglichkeit.“

„Warum können wir nicht durch die Tür entkommen, durch die du eingetreten bist?“ fragte La, und als der Affenmensch ihr erklärt hatte, warum das nicht ging, zeigte sie ihm den Eingang zu dem engen Gang.

„Wir müssen so schnell wie möglich hier heraus, sofern es überhaupt zu bewerkstelligen ist, denn wenn sie den Löwen wieder einfangen können, werden sie ihn bestimmt in seine Zelle zurückbringen."

„Sie fangen ihn ein, darüber besteht kein Zweifel", sagte La.

„Dann will ich den Tunnel lieber schnell erkunden. Falls er doch keinen Ausgang hat, wäre es fatal, wenn sie die Bestie in die Zelle zurückbringen, während ich noch im Tunnel stecke."

Er tastete sich zu der Stelle an der Wand, auf die La gezeigt hatte, und entdeckte ein schweres Gitter vor einer Öffnung, die in einen niedrigen und schmalen Gang führte. Tarzan hob es hoch, kroch hindurch und bewegte sich mit nach vorn gestreckten Händen halb kriechend vorwärts, da die niedrige Decke ihm nicht erlaubte, aufrecht zu gehen. Er hatte erst ein kurzes Stück zurückgelegt, als er entdeckte, daß der Gang jählings im scharfen Winkel nach links bog, und hinter der Biegung sah er, gar nicht weit entfernt, schwachen Lichtschein. Schnell kroch er weiter und gelangte am Ende des Ganges zur Sohle eines senkrechten Schachtes, dessen Inneres durch gedämpftes Tageslicht erhellt wurde. Die Wände bestanden aus dem üblichen, grob behauenen Granit der Grundmauern der Stadt, nur waren die Blöcke hier nicht besonders sorgfältig oder genau angeordnet, so daß sie dem Schachtinneren eine rauhe und unebene Fläche verliehen.

Während er sie noch untersuchte, hörte er Las Stimme aus der Zelle, in der er sie verlassen hatte, den Tunnel entlang zu ihm dringen. Sie klang äußerst aufgeregt, und ihre Worte verhießen eine Situation, die für sie beide äußerst bedrohlich war.

„Beeile dich, Tarzan. Sie kommen mit dem Löwen zurück!"

Er hastete schnell zum Tunnelausgang zurück.

„Geschwind!" rief er La zu, während er das Gitter hob, das wieder zurückgefallen war, nachdem er durchgekrochen war.

„Hier hinein?" fragte sie angstvoll.

„Es gibt nur diesen Fluchtweg", erwiderte er.

Ohne ein weiteres Wort schlüpfte sie in den Gang neben ihn. Er ließ das Gitter wieder herab und kehrte, dichtauf gefolgt von La, zu der Öffnung zurück, die in den Schacht führte. Wortlos nahm er sie in seine Arme und hob sie so hoch, wie er konnte, aber er brauchte ihr auch nicht weiter zu erklären, was sie tun sollte. Ohne große Mühe fand sie mit Händen und Füßen auf der rauhen Oberfläche des Schachtinneren einen Halt, dann stieg sie langsam empor, wobei Tarzan gleich unter ihr folgte, ihr half und sie stützte.

Der Schacht führte geradewegs zu einen Raum jenes Turmes, von dem man die ganze Stadt überblicken konnte. Hinter halb zerfallenen Mauern verborgen, machten sie halt, um das weitere Vorgehen zu überdenken.

Beide wußten, daß die größte Gefahr in der Entdeckung durch einen der zahlreichen Affen lag, die in den Ruinen von Opar hausten. Die Stadtbewohner waren imstande, sich mit ihnen zu verständigen. Tarzan lag besonders daran, aus Opar wegzukommen, damit er die Pläne der Weißen zunichte machen konnte, die in sein Besitztum eingedrungen waren. Vorher wollte er jedoch noch den Sturz von Las Feinden herbeiführen und sie wieder auf den Thron von Opar setzen. Sollte dies nicht möglich sein, wollte er ihr wenigsten eine sichere Flucht gewährleisten.

Als er sie jetzt bei Tageslicht betrachtete, war er wieder überrascht von ihrer unvergleichlichen, offensichtlich nie verwelkenden Schönheit, der weder die Zeit noch Sorgen, noch Gefahren etwas anhaben konnten. Er fragte sich, was er mit ihr tun solle. Wohin konnte er sie bringen? Wo in aller Welt konnte diese wilde Priesterin des Flammengottes außerhalb der Mauern von Opar eine Umgebung finden, in der sie sich wohlfühlen würde. Als er darüber nachdachte, mußte er sich eingestehen, daß es einen solchen Ort nirgends gab. La, die wilde Königin, geboren, um über eine Rasse wilder Halbmenschen zu herrschen, gehörte nach Opar. Statt ihrer hätte man ebensogut eine Tigerin in die Salons der Zivilisation einführen können. Vor zwei- oder dreitausend Jahren hätte sie vielleicht eine Cleopatra oder eine Sheba abgeben können, heutzutage konnte sie nur La von Opar sein.

Sie saßen eine Weile schweigend, während die schönen Augen der Hohenpriesterin auf dem Gesicht des Waldgottes ruhten. „Tarzan!" sagte sie.

Er blickte auf. „Was ist, La?" fragte er.

„Ich liebe dich noch immer", sagte sie leise.

Ein bekümmerter Ausdruck trat in seine Augen. „Wir wollen nicht darüber sprechen."

„Ich möchte aber gern davon reden", murmelte sie. „Es bereitet mir Schmerz, aber es ist ein süßer Schmerz - die einzige Süße, die ich je in meinem Leben gefunden habe."

Tarzan legte seine braune Hand auf ihre schlanken Finger. „Ich habe dir stets große Zuneigung entgegengebracht, nur eben keine wahre Liebe", sagte er. „Und wenn es dabei bleibt, brauchen wir beide uns nichts vorzuwerfen."

La lachte. „Gewiß brauche ich mir nichts vorzuwerfen, Tarzan, aber ich weiß, daß so etwas unserem Einfluß entzogen ist. Liebe ist ein Geschenk der Götter. Manchmal wird sie als Entschädigung verliehen, manchmal als Bestrafung erteilt. Für mich ist sie vielleicht eine Strafe gewesen, aber ich möchte gar nicht, daß es anders wäre. Ich habe sie in meinem Herzen genährt, seit ich dir das erste Mal begegnet bin. Und ohne diese Liebe, wie aussichtslos sie auch sein mag, hätte das Leben für mich keinen Sinn mehr."

Tarzan antwortete nicht. Beide schwiegen wieder und warteten auf den Einbruch der Nacht, damit sie unbemerkt in die Stadt hinabsteigen konnten. Tarzan entwarf verschiedene Pläne, wie er La wieder auf den Thron setzen konnte, und erörterte sie mit ihr.

„Bevor der Flammengott sich zur Nachtruhe begibt, versammeln sich alle Priester und Priesterinnen im Thronsaal. Dort werden sie heute abend vor dem Thron stehen, auf dem Oah sitzen wird. Dann können wir in die Stadt hinabsteigen."

„Und was kommt danach?" fragte Tarzan.

„Wenn wir Oah im Thronsaal töten könnten und Dooth gleich mit, hätten sie keine Führer. Und ohne Führer sind sie verloren."

„Ich kann keine Frau töten", sagte Tarzan.

„Aber ich", erwiderte La. „Und du kannst dich mit Dooth befassen. Ihn zu töten hättest du doch gewiß keine Einwände?"

„Wenn er mich angreift, töte ich ihn, sonst nicht", sagte er. „Tarzan von den Affen tötet nur in Selbstverteidigung, zwecks Beschaffung von Nahrung, oder wenn es keinen anderen Weg gibt, einen Feind auszuschalten."

Auf dem Fußboden des alten Gemachs, in dem sie warteten, befanden sich zwei Öffnungen. Eine davon stellte die Einmündung des Schachtes dar, durch den sie aus dem Verlies heraufgeklettert waren, die andere war ein ähnlicher, jedoch größerer Schacht, zu dessen Sohle eine lange Holzleiter führte, die an den Seiten ins Mauerwerk eingelassen war. Dieser Schacht bot ihnen eine Möglichkeit, aus dem Turm zu fliehen, und als Tarzan zufällig einmal auf diese Öffnung blickte, wurde er sich plötzlich einer drohenden Gefahr bewußt.

„Wir haben ganz vergessen, daß derjenige, der das Fleisch für den Löwen in den Schacht wirft, durch diesen anderen heraufkommen muß. Also sind wir vor einer Entdeckung doch nicht so sicher, wie wir gehofft haben", sagte er zu La.

„Sie füttern ihn nicht sehr oft, nicht jeden Tag", antwortete sie.

„Wann geschah es das letzte Mal?" fragte er.

„Ich weiß es nicht mehr. In der Dunkelheit der Zelle vergehen die Tage so langsam, daß ich jegliches Zeitgefühl verloren habe."

„Pst! Jemand kommt hochgestiegen", sagte Tarzan.

Er erhob sich lautlos und ging zu der Öffnung, wo er sich auf die Seite hockte, die der Leiter gegenüber lag. La kauerte sich neben ihn, so daß der Heraufkletternde ihnen den Rücken zukehrte, wenn er aus dem Schacht auftauchte, sie also nicht sehen würde. Sie konnten ihn langsam hochsteigen hören, bald würde er oben angelangt sein. Tarzan mutmaßte, daß er eine schwere oder sperrige Last trug, weil sein Aufstieg so langsam erfolgte, aber als er schließlich den Kopf sehen konnte, erkannte er, daß es ein alter und deshalb nicht so behender Mann war. Da schlossen sich auch schon seine kräftigen Hände um die Kehle des ahnungslosen Opariers, der nun buchstäblich aus dem Schacht gehoben wurde.

„Keinen Laut!" sagte der Affenmensch. „Tu genau, was man dir sagt, und dir wird nichts geschehen."

La riß das Messer aus dem Gürtel ihres Opfers, dann drückte Tarzan ihn auf den Fußboden, lockerte den Griff um seine Kehle ein wenig und drehte ihn herum, so daß er sie sehen konnte.

Ungläubiges Staunen und Überraschung spiegelten sich im Gesicht des alten Priesters, als sein Blick auf La fiel.

„Darus!" rief La.

„Gepriesen sei der Flammengott, der deine Flucht befohlen hat!" rief der Priester.

La sagte zu Tarzan: „Du brauchst Darus nicht zu fürchten, er verrät uns nicht. Unter allen Priestern in Opar gibt es keinen, der seiner Königin ergebener wäre."

„Das stimmt", sagte der alte Mann und nickte.

„Gibt es viele, die der alten Hohenpriesterin noch ergeben sind, La?" fragte Tarzan.

„Ja, sehr viele", erwiderte Darus. „Aber sie haben Angst. Oah ist eine Teufelin und Dooth ein Narr. Unter den beiden gibt es für Opar keine Sicherheit oder Glückseligkeit mehr."

„Wie viele sind es, von denen du genau weißt, daß man sich auf sie verlassen kann?“

„Oh, sehr viele“, antwortete Darus.

„Dann laß sie sich heute abend alle im Thronsaal versammeln, Darus, und wenn der Flammengott sich zu seiner Lagerstatt begibt, dann seid bereit, gegen die Feinde von La, eurer Priesterin, loszuschlagen.“

„Wirst du dort sein?“ fragte Darus.

„Ich werde dort sein“, antwortete La. „Dein Dolch hier soll das Signal sein. Wenn du siehst, wie La von Opar ihn Oah, der falschen Priesterin, ins Herz stößt, dann fallt über meine Feinde her.“

„Es soll geschehen, wie du sagt“, versicherte Darus. „Doch jetzt muß ich dem Löwen das Fleisch hier vorwerfen und wieder verschwinden.“

Vor sich hin brabbelnd und murmelnd, stieg der alte Priester bedächtig die Leiter hinab, nachdem er für den Löwen einige Knochen und Fleischstücke in den anderen Schacht geworfen hatte.

„Und du bist ganz sicher, daß du ihm vertrauen kannst, La?“ fragte Tarzan.

„Absolut“, erwiderte das Mädchen. „Darus würde für mich sterben, und ich weiß, daß er Oah und Dooth haßt.“

Endlos dehnten sich die verbliebenen Nachmittagsstunden, dann stand die Sonne tief im Westen, und die beiden mußten nun das größte Wagnis eingehen: In die Stadt hinabzusteigen, während es noch hell war, und in den Thronsaal vorzudringen, wenngleich das Risiko wesentlich durch die Tatsache verringert wurde, daß die Bewohner der Stadt zu dieser Zeit alle dort versammelt sein mußten, um den jahrhundertealten Ritus zu vollziehen, mit dem sie die Reise des Flammengotts zu seiner nächtlichen Ruhestatt beschleunigten. Ungehindert stiegen sie zum Fuß des Turmes hinab, überquerten den Hof und betraten den Tempel. La geleitete Tarzan auf Umwegen durch gewundene Gänge zu einer kleinen Tür, die hinter dem Podest, auf dem der Thron stand, in den Thronsaal führte. Hier blieb sie kurz stehen und lauschte auf die Zeremonien, die in dem großen Raum stattfanden. Sie wartete auf einen bestimmten Moment, an dem alle Anwesenden außer der Hohenpriesterin mit dem Gesicht nach unten ausgestreckt am Boden lagen.

Als dieser Moment gekommen war, stieß La die Tür auf und sprang lautlos auf das Podest hinter den Thron, auf dem ihr Opfer saß. Tarzan folgte dichtauf, und im selben Moment erkannten beide, daß sie verraten worden waren, denn auf dem Podest standen zahlreiche Priester bereit, sie zu ergreifen.

Schon faßte einer La am Arm, doch ehe er sie wegreißen konnte, war Tarzan bei ihm, packte ihn im Genick und drückte seinen Kopf so plötzlich und kraftvoll nach hinten, daß man das Knacken des Halswirbels im ganzen Raum hören konnte. Dann hob er den Körper so hoch, wie er nur konnte, und schleuderte ihn den angreifenden Priestern auf die Schädel. Während sie sich taumelnd aufrafften, ergriff er La und riß sie mit in den Korridor, durch den sie in den Thronsaal gelangt waren.

Es wäre nutzlos gewesen, zu bleiben und zu kämpfen, denn selbst wenn er sich eine Weile hätte verteidigen könne, wären sie letztendlich überwältigt worden, das wußte er genau, und wenn sie einmal Hand an La gelegt hätten, hätten sie sie in Stücke gerissen.

Den Korridor entlang folgte ihnen die geifernde Horde der Priester, unter ihnen Oah, die nach dem Blut ihres Opfers dürstete.

„Nimm den kürzesten Weg zu den Außenmauern, La", befahl Tarzan. Daraufhin beschleunigte sie ihr Tempo und rannte ihm voraus durch ein Labyrinth von Korridoren innerhalb der Ruinen, bis sie schließlich in das Gemach der sieben goldenen Säulen gelangten. Von hier an kannte Tarzan den Weg.

Da er keiner Führung mehr bedurfte, jedoch bemerkte, daß die Priester, die besser zu Fuß waren als La, sie einholten, raffte er sie in seine Arme und eilte durch widerhallende Gemächer des Tempels zur Innenmauer. Sie durchquerten sie, den anschließenden Hof und die Außenmauer, und noch immer setzten die Priester ihnen nach, angetrieben von Oahs Gekreisch. Sie flohen durch das verlassene Tal, und nun blieben die Verfolger zurück, denn ihre kurzen, krummen Beine konnten mit Tarzans weit ausgreifenden Schritten nicht mithalten, obwohl dieser noch das Gewicht von La tragen mußte.

Die plötzliche Dunkelheit der nahen Tropen, die dem Sonnenuntergang folgte, entzog sie sehr bald den Blicken der Priester. Kurze Zeit später hörten sie auch den Lärm der Verfolger nicht mehr, und Tarzan ersah daraus, daß sie die Jagd aufgegeben hatten, denn die Männer von Opar mögen die Dunkelheit der Außenwelt nicht besonders.

Nun blieb Tarzan stehen und setzte La ab, doch als er dies tat, legte sie ihre weichen Arme um seinen Hals, schmiegte sich an ihn, drückte ihre Wange an seine Brust und brach in Tränen aus.

„Weine nicht, La“, sagte er. „Wir kehren nach Opar zurück, und dann wirst du deinen Thron wiedererlangen.“

„Ich weine nicht deshalb“, antwortete sie.

„Warum dann?“ fragte er.

„Aus Freude, weil ich jetzt vielleicht lange Zeit mit dir allein sein werde“, sagte sie.

Tarzan drückte sie voller Mitleid einen Moment an sich, dann machte sie sich einmal mehr auf den Weg zur Felsenklippe.

Die Nacht verbrachten sie auf einem großen Baum im Wald am Fuß der Klippe, nachdem Tarzan für La zwischen zwei Ästen eine behelfsmäßige Lagerstatt errichtet hatte, wonach er es sich in einer Astgabel einige Fuß unter ihr selbst bequem machte.

In der Morgendämmerung erwachte er. Der Himmel war bewölkt, ein Gewitter war im Anzug. Er hatte viele Stunden nichts gegessen, und er wußte, daß auch La seit dem Morgen des gestrigen Tages nichts zu sich genommen hatte. Demnach mußte er zuerst einmal Nahrung beschaffen und damit zu La zurückkehren, ehe das Gewitter losbrach. Da er in erster Linie auf Fleisch aus war, mußte er es auch noch über einem Feuer garen, ehe sie es essen konnte, während er selbst es roh bevorzugte. Er schaute auf Las Lagerstatt und sah, daß sie noch schlief. In der Erkenntnis, daß sie nach all den Erlebnissen des gestrigen Tages sehr erschöpft sein mußte, ließ er sie weiterschlafen, schwang sich auf einen nahestehenden Baum und ging auf Nahrungssuche.

Er bewegte sich in mittlerer Höhe der Baumwipfel gegen den Wind vorwärts, und all seine Sinne waren gespannt. Wie Numa, der Löwe, war Tarzan besonders auf das Fleisch von Pacco, dem Zebra, erpicht, doch hätte er auch Bara, die Antilope, oder Horta, das Wildschwein, nicht verschmäht. Aber der Wald schien wie leergefegt zu sein, er konnte keine Spur von den Herden entdecken, nach denen er Ausschau hielt. Sein scharfer Geruchssinn erfaßte nur die Witterung der großen Katzen, vermischt mit dem mehr oder weniger menschlichen Geruch von Manu, dem Affen. Für ein jagendes Tier bedeutet Zeit nur wenig. Das gleiche galt für Tarzan, der, nachdem er sich einmal auf die Suche nach Fleisch gemacht hatte, erst zurückkehren würde, nachdem er welches gefunden hatte.

Als La erwachte, dauerte es eine Weile, ehe sie sich bewußt wurde, wo sie sich befand, aber dann lächelte sie glücklich und zufrieden.

Sie seufzte, dann flüsterte sie den Namen des Mannes, den sie liebte. „Tarzan!“ rief sie.

Keine Antwort. Wieder nannte sie ihn beim Namen, diesmal etwas lauter, und abermals erfolgte keine Antwort. Leicht beunruhigt, stützte sie sich auf einen Ellenbogen und beugte sich über ihre Lagerstatt. Der Baum unter ihr war leer.

Sie sagte sich völlig zu Recht, daß er vielleicht auf die Jagd gegangen war, dennoch war sie über seine Abwesenheit beunruhigt, und je länger sie warten mußte, desto besorgter wurde sie. Sie wußte, daß er sie nicht liebte, und daß sie für ihn eine Last sein mußte. Sie wußte ferner, daß er ein ebenso wildes Tier war wie die Löwen des Waldes, und daß ihn auch derselbe Freiheitsdrang erfüllte. Vielleicht hatte er der Versuchung nicht länger widerstehen können und sich aus dem Staub gemacht, während sie schlief.

La von Opar hatte keine große Erziehung erfahren oder ethische Grundsätze kennengelernt, als daß ihr ein solches Verhalten als außergewöhnlich erschienen wäre, denn das Leben ihrer Leute war geprägt von unbekümmerter Selbstsucht und Grausamkeit. Sie besaßen kaum das Empfindungsvermögen des zivilisierten Menschen oder den großen Edelmut, der so viele der wilden Tiere kennzeichnete. Las Liebe zu Tarzan war die einzige Schwäche in ihrem Leben als Wilde, und da sie selbst keine Bedenken hatte, ein Wesen zu verlassen, das sie nicht liebte, war sie gerecht genug, Tarzan keine Vorwürfe zu machen, weil er ihr angetan hatte, wozu sie selbst fähig war. Auch minderte das in ihren Augen keineswegs seinen edlen Charakter.

Nachdem sie vom Baum geklettert war, machte sie sich Gedanken, was sie jetzt weiter unternehmen sollte, und in diesem Moment der Einsamkeit und Niedergeschlagenheit sah sie keinen anderen Ausweg, als nach Opar zurückzukehren. So lenkte sie ihre Schritte wieder zur Stadt ihrer Geburt. Sie war jedoch noch nicht weit gegangen, als ihr bewußt wurde, wie gefährlich und sinnlos dieses Vorhaben war. Solange Oah und Dooth in Opar herrschten, bedeutete es für sie den sicheren Tod. Sie empfand eine große Bitterkeit für Darus, der sie ihrer Meinung nach verraten hatte. Sein Treubruch war für sie ein Hinweis, was sie von den anderen zu erwarten hatte, von denen sie angenommen hatte, daß sie ihr freundlich gesonnen seien. Nun erkannte sie, wie aussichtslos es war zu hoffen, daß sie den Thron von Opar ohne äußere Hilfe wiedererlangen konnte. Sie hatte kein glückliches Leben zu erwarten, doch ihr Lebenswille war noch stark ausgeprägt. Aber vielleicht war dies eher die Folge ungebrochenen Lebensmutes als jedweder Todesfurcht, die für sie nur ein anders Wort für Niederlage war.

Nachdem sie ein kurzes Stück von dem Baum, auf dem sie die Nacht verbracht hatte, Richtung Opar gegangen war, blieb sie plötzlich stehen. Da es nichts gab, von dem sie sich hätte leiten lassen können, versuchte sie, die Richtung jenes neuen Weges in die Zukunft zu bestimmen, denn ein neuer Weg würde es sein, wohin immer sie ging, und er würde sie vielleicht zu Völkern führen und ihr Erfahrungen vermitteln, die ihr so fremd waren, als sei sie plötzlich von einem anderen Planeten gekommen oder von einem längst verlorenen Kontinent ihrer Vorfahren.

Ihr kam der Gedanke, daß es vielleicht noch andere Menschen in dieser seltsamen Welt gab, die ebenso großmütig und ritterlich wie Tarzan waren. Zumindest in dieser Richtung lag Hoffnung. In Opar gab es keine mehr für sie, und so kehrte sie der Stadt den Rücken. Über ihr ballten sich schwarze Wolken, als der Sturmkönig seine Scharen um sich versammelte, und neben dem Weg, dem sie folgte, schlich ihr im Unterholz ein gelbbraunes Raubtier mit funkelnden Augen nach.

Auf vergeblicher Suche

Tarzan von den Affen hatte seine Nahrungssuche weit ausgedehnt und nahm endlich die ersehnte Witterung von Horta, dem Keiler, auf. Er blieb einen Augenblick stehen, atmete ganz tief ein und füllte die Lungen mit Luft, soweit sich die große, braune Brust ausdehnte. Schon kostete er im Geist die Früchte des Sieges aus. Das rote Blut durchpulste seinen Köper, jede Faser seines Wesens reagierte auf die gehobene Stimmung des Augenblicks - die fieberhafte Erregung des jagenden Tieres, das seine Beute witterte. Dann eilte er lautlos und rasch auf sein Opfer zu.

Da sah er es auch schon vor sich, einen jungen Keiler, kräftig und gewandt. Seine bedrohlichen Hauer blinkten, als er von einem jungen Baum die Rinde abriß. Der Affenmensch lauerte genau über ihm, durch die Blätter des großen Baumes verborgen.

Ein greller Blitz schoß aus den sich ballenden schwarzen Wolken. Donner krachte und dröhnte. Das Gewitter brach los, und im gleichen Augenblick ließ sich der Mann auf den Rücken des ahnungslosen Keilers fallen, in einer Hand das Jagdmesser seines längst verstorbenen Vaters.

Das Gewicht des Menschen warf den Keiler zu Boden, und ehe er sich wieder aufraffen konnte, hatte die scharfe Klinge seine Halsschlagader durchtrennt. Helles Blut sprudelte aus der Wunde, das Wildschwein versuchte aufzustehen und sich zum Kampf zu stellen, doch die stählernen Finger des Affenmenschen drückten es zu Boden, und einen Augenblick später starb Horta mit einem letzten krampfhaften Zucken.

Tarzan sprang auf, setzte einen Fuß auf das tote Wild, hob den Kopf gen Himmel und stieß den Siegesruf des Affenmännchens aus.

Der unheimliche Schrei kam abgeschwächt auch den marschierenden Männern zu Ohren. Die Schwarzen in der Gruppe blieben mit aufgerissenen Augen stehen.

„Was zum Teufel war das?“ fragte Zveri.

„Es klang wie ein Panther“, sagte Colt.

„Das war kein Panther“, erklärte Kitembo. „Das war der Ruf eines Affenmännchens, das getötet hat, oder...“

„Oder was?“ fragte Zveri.

Kitembo blickte ängstlich in die Richtung, aus der der Ruf gekommen war. „Wir gehen besser schnell von hier weg“, sagte er.

Abermals zuckte ein Blitz, krachte der Donner, dann brach ein mächtiger Gußregen los und übertönte alles. Die Gruppe stapfte weiter auf die Felsbarrieren von Opar zu.

La von Opar kauerte frierend und naß unter einem großen Baum, der ihrem fast nackten Körper gegen das wütende Gewitter nur dürftigen Schutz bot. Wenige Yards von ihr entfernt lag ein gelbbraunes Raubtier im dichten Unterholz und starrte sie unverwandt an.

Das in seinem kurzen Ausbruch titanische Gewitter zog weiter und hinterließ auf seiner Bahn einen dünnen Gießbach schlammigen Wassers. La war völlig ausgekühlt und eilte weiter im Bemühen, sich gründlich zu erwärmen.

Sie wußte, daß Wege irgendwohin führen mußten, und hoffte insgeheim, dieser eine würde sie in das Land von Tarzan bringen. Sie wäre schon zufrieden gewesen, wenn sie dort leben und ihn gelegentlich sehen konnte. Schon das Wissen, daß er in ihrer Nähe war, wäre besser als nichts. Natürlich hatte sie keine Ahnung, wie unendlich groß die Welt war, auf der sie umherging. Auch eine genauere Kenntnis von der Ausdehnung des sie umgebenden Waldes hätte sie nicht sonderlich erschreckt. In ihrer Vorstellung war es eine kleine Welt, auf der hier und da Reste zerfallener Städte wie Opar lagen, von Geschöpfen bewohnt, wie sie sie kannte: Mißgestaltete, knotige Männer gleich den Priestern von Opar, weiße Menschen wie Tarzan und schwarze, wie sie sie gesehen hatte, ferner große, zottige Gorillas wie Bolgani, der im Tal des Palastes der Diamanten geherrscht hatte.

Bei diesen Überlegungen kam sie schließlich an eine Lichtung, die ständig von den wärmenden Strahlen der Sonne überflutet wurde. Fast in der Mitte lag ein kleiner Felsbrocken. Dorthin lenkte sie ihre Schritte mit der Absicht, sich in den warmen Sonnenstrahlen zu baden, bis sie völlig trocken und warm war, denn durch das abtropfende Laub der Bäume war sie noch immer naß und ausgekühlt, obwohl der Regen längst aufgehört hatte.

Als sie sich hingesetzt hatte, bemerkte sie eine Bewegung am Rand der Lichtung vor ihr, und einen Augenblick später sprang ein großer Leopard in ihr Blickfeld. Er blieb bei ihrem Anblick wie angewurzelt stehen, offensichtlich ebenso überrascht wie sie. Dann erkannte er wohl, wie schutzlos dieses unerwartete Opfer war, duckte sich und kam mit zuckendem Schweif langsam angekrochen.

La erhob sich und zog das Messer aus dem Gürtel, das sie Darus abgenommen hatte. Sie wußte, es war nutzlos zu fliehen. Die gefleckte Bestie hätte sie mit wenigen Sätzen eingeholt, und selbst wenn sie zuvor hätte auf einen Baum flüchten können, hätte ihr dies wenig genützt, da er für einen Leoparden kein unüberwindbares Hindernis darstellt. Auch eine Verteidigung war sinnlos. Sich jedoch kampflos zu ergeben, entsprach nicht ihrer Natur.

Die von den sachkundigen Händen eines längst verstorbenen Goldschmiedes des alten Opar angefertigten runden Platten über ihren festen Brüsten hoben und senkten sich, während das Herz darunter vielleicht ein wenig schneller schlug. Der Leopard kam näher. Sie wußte, daß er jeden Augenblick angreifen würde. Da richtete er sich plötzlich zu voller Größe auf, machte einen Buckel, und seinem grinsenden Rachen entfuhr ein furchteinflößendes Knurren. Im gleichen Augenblick huschte jedoch ein gelbbrauner Schatten von hinten an ihr vorbei, und sie sah, wie ein großer Löwe über die gefleckte Raubkatze herfiel, die sich gerade auf sie stürzen wollte.

Im letzten Augenblick wandte sich der Leopard zur Flucht, doch zu spät. Der Löwe packte ihn im Genick und drückte seinen Kopf mit den Zähnen und einer großen Pranke nach hinten, bis der Halswirbel knackte. Nachgerade angewidert schleuderte er die tote Katze beiseite und wandte sich dem Mädchen zu.

Nun wurde La klar, was geschehen war. Der Löwe war ihrer Spur gefolgt, hatte gesehen, wie ein anderer im Begriff war, ihm sein Opfer wegzuschnappen, und war vorgesprungen, um es zu verteidigen. Sie war gerettet worden, doch nur, um nunmehr einer anderen und noch schrecklicheren Bestie anheimzufallen.

Der Löwe starrte sie an. Sie wunderte sich, warum er nicht angriff und sich seiner Beute bemächtigte, doch sie konnte nicht wissen, daß die Witterung der Frau in seinem kleinen Gehirn die Erinnerung an einen anderen Tag wachgerufen hatte, als Tarzan gefesselt auf dem Opferaltar von Opar lag und Jad-bal-ja, der goldene Löwe, bei ihm Wache hielt. Eine Frau war gekommen, dieselbe Frau, und Tarzan, sein Herr, hatte ihm befohlen, ihr nichts zuleide zu tun. Sie war daraufhin zu ihm getreten und hatte die Fesseln zerschnitten, die ihn hielten.

Daran mußte Jad-bal-ja nun denken, und er erinnerte sich auch, daß er dieser Frau nichts zuleide tun sollte, und wenn er dies nicht durfte, dann auch kein anderer. Deshalb hatte er Sheeta, den Leoparden, getötet.

All dies konnte La von Opar nicht wissen, denn sie hatte Jad-bal-ja nicht erkannt. Sie fragte sich nur, wie lange das noch gehen sollte, und als der Löwe näher kam, wappnete sie sich zur Verteidigung. Dazu war sie noch immer entschlossen. Es lag jedoch etwas in seiner Haltung, das sie nicht begreifen konnte. Er griff nicht an, sondern kam geradezu heranspaziert, und als er nur noch einige Yards von ihr entfernt war, wandte er sich ab, legte sich nieder und gähnte.

Sie stand noch immer und beobachtete ihn. Es kam ihr wie eine Ewigkeit vor. Er beachtete sie überhaupt nicht. War es möglich, daß er, seiner Beute sicher und noch nicht hungrig, einfach wartete, bis er gewillt war, sie zu töten? Der Gedanke war schrecklich, und selbst ihre eisernen Nerven begannen unter der Anspannung nachzugeben.

Sie wußte, daß sie ihm nicht entrinnen konnte. Ein schneller Tod war ihr jedoch lieber als diese Ungewißheit. Deshalb beschloß sie, der Sache rasch ein Ende zu setzen und ein für allemal herauszufinden, ob der Löwe sie bereits als seine Beute betrachtete oder zulassen würde, daß sie sich entfernte. Sie nahm allen Mut zusammen, über den sie noch verfügte, setzte die Spitze des Dolches auf ihr Herz und ging tapfer an dem Löwen vorbei. Sollte er sie angreifen, würde sie der Qual sofort ein Ende setzen, indem sie sich das Messer ins Herz stieß.

Jad-bal-ja rührte sich nicht, sondern sah mit müden, halbgeschlossenen Augen zu, wie die Frau die Lichtung überquerte und hinter einer Biegung des Weges verschwand, der wieder in den Dschungel führte.

Den ganzen Tag marschierte La mit grimmiger Entschlossenheit weiter und hielt dabei ständig nach einer zerfallenen Stadt in der Art von Opar Ausschau, wobei sie über die Ausmaße des Waldes staunte und unter ihrer Einsamkeit litt. Bestimmt würde sie bald in das Land von Tarzan kommen, glaubte sie. Sie fand Früchte und Wurzeln, um ihren Hunger zu stillen, und als der Pfad in ein Tal hinabführte, wo ein Fluß dahinplätscherte, fehlte ihr es auch nicht an Wasser. Doch der Abend brach an, und noch immer waren kein Mensch und keine Stadt zu sehen. Abermals kletterte sie auf einen Baum, um zu schlafen, nur war diesmal Tarzan von den Affen nicht da, der ihr hätte eine Lagerstatt errichten und über ihre Sicherheit wachen können.

Nachdem Tarzan den Keiler erlegt hatte, schnitt er die Keulen ab und machte sich auf den Rückweg zu dem Baum, auf dem er La zurückgelassen hatte. Das Gewitter war viel langsamer aufgezogen, als es sonst der Fall war. Ungeachtet dessen erkannte er lange vor Erreichen seines Bestimmungsortes, daß seine Jagd ihn viel weiter weggeführt hatte, als er sich vorgestellt hatte.

Als er schließlich an dem Baum stand und sah, daß La nicht mehr da war, beunruhigte er sich kurz, sagte sich aber dann, daß sie vielleicht herabgestiegen war, um nach dem Gewitter die Glieder zu strecken, und rief sie mehrmals laut beim Namen. Als er keine Antwort erhielt, machte er sich ernstlich Sorgen um ihre Sicherheit, sprang vom Baum und suchte die Umgebung nach Spuren ab. Unten am Boden waren die Fußabdrücke noch nicht vom Regen weggewaschen und deutlich zu sehen. Er bemerkte, daß sie zurück nach Opar führten, so daß er zu wissen glaubte, wohin sie gehen wollte, obwohl die Spur auf dem Weg aufhörte, auf dem das Wasser abfloß. Demzufolge schlug er die Richtung zur Felsenklippe ein.

Er konnte sich Las Abwesenheit und die Tatsache, daß sie nach Opar zurückkehrte, durchaus erklären und machte sich Vorwürfe ob der Gedankenlosigkeit, sie hier so lange allein gelassen zu haben, ohne ihr vorher seine Absicht zu jagen mitzuteilen. Er vermutete zu Recht, daß sie geglaubt hatte, er habe sie verlassen, worauf sie sich eben zu der einzigen Heimstatt auf den Weg gemacht hatte, die sie kannte, zu dem einzigen Ort in der Welt, wo sie hoffen konnte, Freunde zu finden. Allerdings bezweifelte er stark, daß ihr letzteres gelingen werde, deshalb war er fest entschlossen, sie an der Heimkehr zu hindern, bis ihr eine genügend starke Streitmacht zur Verfügung stand, mit der sie ihre Feinde davonjagen konnte.

Ursprünglich wollte er zuerst das Vorhaben jener Gruppe zunichte machen, die er auf seinem Besitztum entdeckt hatte, und dann mit La ins Land seiner Waziri gehen, wo er eine ausreichende Streitmacht ihrer berühmten Krieger aufstellen konnte, um La die sichere und erfolgreiche Rückkehr nach Opar zu ermöglichen. Von Natur aus nicht sehr mitteilsam, hatte er es unterlassen, ihr seine Absichten zu erläutern. Nun bedauerte er diesen Umstand, da er überzeugt war: Hätte er anders gehandelt, so hätte sie es nicht für nötig gehalten, die Rückkehr nach Opar ganz allein zu wagen.

Dennoch machte er sich keine großen Sorgen über den Ausgang der Dinge, da er überzeugt war, daß er sie lange vor Erreichen der Stadt einholen würde. Außerdem unterschätzte er die Gefahren des Waldes und Dschungels, da er selbst gegen sie gefeit war, wie auch wir jene Fährnisse gering achten, die uns täglich im gewohnten Ablauf unserer scheinbar eintönigen Existenz begegnen, in der der Tod ebenso unser ständiger Begleiter ist wie bei den Bewohnern des Dschungels.

Überzeugt, die Gesuchte jeden Augenblick zu entdecken, ging Tarzan den Weg zum Fuß jener Felsenbarriere zurück, die die Ebene von Opar abschirmte. Da begann er langsam zu zweifeln, denn sie konnte unmöglich in so kurzer Zeit eine derart große Entfernung zurücklegen. Er erklomm die Felswand und gelangte auf den Gipfel jenes abgeflachten Berges, von dem aus man das ferne Opar sah. Hier war nur leichter Regen gefallen, da das Gewitter unten im Tal entlanggezogen war, und auf dem Weg waren noch deutlich die von ihm und La hinterlassenen Fußabdrücke zu erkennen, als sie die Nacht zuvor aus Opar geflüchtet waren. Nirgends waren jedoch Spuren zu entdecken, die darauf hindeuteten, daß das Mädchen zurückgekehrt war. Auch konnte er keinerlei Bewegung erkennen, als er das Tal überblickte.

Was war aus ihr geworden? Wohin mochte sie sich gewendet haben? Der große Wald zu seinen Füßen wurde von unzähligen Wegen durchzogen. Irgendwo dort unten mußte ihre Spur auf der regennassen Erde deutlich zu erkennen sein, doch er war sich bewußt, daß es selbst für ihn ein langwieriges und schwieriges Unterfangen war, sie aufzunehmen.

Als er sich reichlich besorgt umwandte, um die Felsenbarriere wieder hinabzusteigen, erregte eine Bewegung unten am Rand des Waldes seine Aufmerksamkeit. Er legte sich hinter einen niedrigen Busch auf den Bauch und beobachtete die Stelle, die ihm aufgefallen war. Da sah er die Spitze einer Marschkolonne aus dem Wald tauchen und dem Fuß der Felsenbarriere zustreben.

Er hatte keine Ahnung, was sich bei Zveris erster Expedition nach Opar ereignet hatte, denn sie war unternommen worden, während er in der Zelle unter der Stadt eingekerkert gewesen war. Das geheimnisvolle Verschwinden der Gruppe, von der er wußte, daß sie sich auf dem Marsch nach Opar befand, war ihm ein Rätsel gewesen. Doch hier war sie nun wieder, und wo sie sich in der Zwischenzeit befunden hatte, war ohne Belang.

Er wünschte, er hätte seinen Bogen und Pfeile bei sich. Beides hatten die Oparier ihm abgenommen, und er hatte auch noch keine Gelegenheit gehabt, sich neue zu beschaffen, seit er entflohen war. Aber wenn er sie auch nicht zur Hand hatte, gab es doch andere Möglichkeiten, die Eindringlinge zu belästigen. Er beobachtete, wie sie sich der Klippe näherten und mit dem Aufstieg begannen.

Er wählte einen großen Felsbrocken, an denen es hier auf dem flachen Gipfel des Berges nicht fehlte, und als die Anführer der Gruppe etwa die Hälfte der Strecke zum Gipfel zurückgelegt hatten und die anderen unter ihnen nacheinander folgten, stieß er den Felsbrocken über die Kante. Dieser streifte Zveri, prallte gegen einen Vorsprung hinter ihm, sprang über Colts Kopf und riß zwei Krieger von Kitembo in den Tod. Sie zerschellten am Fuß der Felswand.

Die Aufsteigenden machten sofort halt. Einige Schwarze, die schon die erste Expedition begleitet hatten, traten überstürzt den Rückzug an. Nun drohte allgemeiner Tumult und unorganisiertes Chaos, zumal die nervliche Belastung der Männer in dem Maße wuchs, in dem sie sich Opar näherten.

„Bringt die verdammten Feiglinge zum Halten!“ rief Zveri Dorsky und Ivitch zu, die die Nachhut anführten. „Wer meldet sich freiwillig, nach oben zu steigen und zu erkunden?“

„Ich tu's“, sagte Romero.

„Dann gehe ich mit“, meldete sich jetzt auch Colt.

„Wer noch?“ fragte Zveri, aber niemand sonst verspürte die geringste Lust dazu, und schon befanden sich der Mexikaner und der Amerikaner auf dem Weg nach oben.

„Deckt unseren Aufstieg mit Gewehrfeuer“, rief Colt von oben zurück. „Das müßte sie von der Felsenkante fernhalten.“

Zveri erteilte einigen Askaris, die nicht mit zurückgeklettert waren, entsprechende Anweisungen, und als ihre Gewehre krachten, faßten diejenigen wieder Mut, die schon im Begriff waren zu fliehen, und bald hatten Dorsky und Ivitch die Männer wieder zusammengetrommelt, wurde der Aufstieg fortgesetzt.

In der klaren Erkenntnis, daß er allein das Vorrücken der Gruppe nicht aufhalten konnte, hatte sich Tarzan schnell entlang der Felsenkante zu einer Stelle zurückgezogen, wo verstreute Felsbrocken ihm Deckung boten, und wo er wußte, daß dort ein steiler Weg zum Fuß der Felsenklippe hinabführte. Da konnte er bleiben und beobachten oder, falls nötig, einen schnellen Rückzug antreten. Er sah Romero und Colt den Gipfel erreichen und erkannte in letzterem sogleich den Mann, der ihm im Hauptlager der Eindringlinge aufgefallen war. Schon zuvor hatte ihn die Erscheinung des jungen Amerikaners beeindruckt, und nun mußte er dessen unbestrittenen Mut und auch den seines Begleiters anerkennen, wie sie die Gruppe angesichts einer unbekannten Gefahr über den Gipfel der Felsenklippe führten.

Romero und Colt hielten schnell Umschau, konnten jedoch keinen Feind entdecken und gaben die Nachricht zu der aufsteigenden Gruppe durch.

Tarzan beobachtete von seinem günstigen Punkt, wie die Expedition den Gipfel erreichte und den Marsch gen Opar begann. Er war überzeugt, daß sie die Schatzkammern niemals finden würden, und da La nicht in der Stadt war, berührte ihn das Schicksal derjenigen auch nicht mehr, die sich gegen sie gewendet hatten. Auf der unfruchtbaren und öden Ebene oder in der Stadt selbst konnten sie wenig unternehmen, um die Ziele der Expedition, wie Zora Drinov sie Colt erläutert und deren beider Gespräch zu diesem Thema er mitgehört hatte, weiter zu verfolgen. Er wußte, daß sie schließlich zu ihrem Hauptlager zurückkehren mußten. In der Zwischenzeit würde er die Suche nach La fortsetzen. Während Zveri die Expedition also ein weiteres Mal gen Opar führte, glitt Tarzan von den Affen über die Kante der Felsenbarriere und stieg schnell zum Wald ab.

In ihm befand sich am Ufer des Flusses ein sehr schöner Lagerplatz. Tarzan war aufgefallen, daß die Expedition nicht von Trägern begleitet wurde, und er nahm an, daß sie in einer für den Angriff auf die Stadt günstigen Entfernung ein zeitweiliges Lager errichtet hatten. Möglicherweise wurde La dort gefangen gehalten.

Wie er erwartet hatte, war das Lager an eben dieser Stelle errichtet worden, wo auch er bei anderer Gelegenheit mit seinen Waziri-Kriegern geweilt hatte. Eine alte Umzäunung aus Dornengestrüpp, die das Lager seit Jahren umgab, war durch die Ankömmlinge ausgebessert worden. Drinnen hatte man eine große Anzahl primitiver Unterkünfte aufgebaut. In der Mitte standen die Zelte der Weißen. Die Träger dösten im Schatten der Bäume. Ein einzelner Askari tat so, als stehe er Wache, während seine Kameraden es sich bequem gemacht hatten und schlummerten, das Gewehr an der Seite. Von La war jedoch keine Spur zu entdecken.

Er ging entgegen der Windrichtung zum Lager, in der Hoffnung, ihre Witterung zu erfassen, sollte sie dort gefangen gehalten werden. Der Geruch von Rauch und die Ausdünstungen der Schwarzen waren jedoch so stark, daß er nicht sicher sein konnte, ob sie Las Witterung nicht überlagerten. Er beschloß deshalb, bis zum Einbruch der Dunkelheit zu warten. Dann konnte er eine eingehendere Durchsuchung vornehmen. Dazu wurde er auch durch den Anblick der Waffen angeregt, deren er dringend bedurfte. Alle Krieger besaßen Gewehre, einige hielten jedoch an den alten Gewohnheiten ihrer Vorfahren fest und führten außerdem Bogen und Pfeile mit sich. Außerdem gab es viele Speere.

Seit zwei Tagen waren einige Fetzen des rohen Fleisches von Horta die einzige Nahrung gewesen, die Tarzan zu sich genommen hatte, deshalb war er heißhungrig. Als er entdeckt hatte, daß La verschwunden war, hatte er das Hinterviertel des Keilers auf dem Baum verwahrt, wo sie die Nacht verbracht hatten, und sich dann auf die vergebliche Suche nach ihr gemacht. Während er jetzt auf die Dunkelheit wartete, ging er abermals jagen, und diesmal fiel Bara, die Antilope, seiner Gewandtheit zum Opfer. Er ließ das tote Wild erst liegen, nachdem er seinen Hunger gestillt hatte. Dann legte er sich auf einem nahestehenden Baum zur Ruhe und schlief.

Abu Batns Zorn auf Zveri wurzelte tief in der seiner Natur eigenen rassischen Antipathie gegen Europäer und ihre Religion. Die Schmähreden des Russen über den Mut des Arabers und seiner Begleiter hatten seinen Haß noch angestachelt.

„Dieser Hund von einem Nasrâny!“ sagte der Scheich. „Uns Bedaùwy hat er Feiglinge genannt und hier wie alte Männer und kleine Jungen zurückgelassen, um das Lager und die Frau zu bewachen.“

„Er ist nur ein Werkzeug Allahs bei dem großen Vorhaben, in dessen Ergebnis Afrika alle Nasrâny loswerden wird“, sagte einer der Araber.

„Wellah-billah!“ rief Abu Batn. „Welche Beweise haben wir, daß diese Leute ihre Versprechungen auch einhalten werden? Da ist mir die Freiheit der Wüste und jener Reichtum schon lieber, den ich mir selbst beschaffen kann, als daß ich mit diesen Nasrâny-Schweinen länger im gleichen Lager bleiben möchte.“

„Sie bringen nichts Gutes“, murmelte ein anderer.

„Ich habe mir die Frau angesehen, und sie gefällt mir sehr gut.

Ich kenne eine Stadt, wo sie viele Goldstücke einbringen würde."
„In der Truhe des Nasrâny-Häuptlings sind auch sehr viele, und Silberstücke dazu", sagte einer der Männer. „Sein Boy hat es einem Galla erzählt, und der hat es mir berichtet."
„Die Plünderung des Lagers würde uns reiche Beute bescheren", schlug ein dunkelhäutiger Krieger vor.
„Wenn wir das tun, wird unsere große Sache verloren sein", mahnte derjenige, der dem Scheich zuerst geantwortet hatte.
„Es ist die Sache der Nasrâny, und sie ist nur zu ihrem Nutzen", erwiderte Abu Batn. „Erinnert uns dieses Schwein nicht ständig an das Geld, die Frauen und die Macht, die wir haben werden, wenn wir die Engländer verjagt haben? Der Mensch läßt sich nur von seiner Gier leiten. Also wollen wir uns den Gewinn schon vorher holen und verschwinden."
Wamala bereitete für seine Mistress das Abendessen. „Neulich wurdest du mit dem braunen Bwana allein gelassen, und er war nicht gut", sagte er. „Ich halte den Scheich Abu Batn für nicht viel besser. Er ist nicht gut, und ich wünschte, Bwana Colt wäre hier."
„Ich denke auch so", sagte Zora. „Seit die Expedition aus Opar zurückgekehrt ist, sind die Araber so verschlossen und verbittert."
„Sie haben den ganzen Tag im Zelt ihres Häuptlings gesessen und miteinander geredet, und Abu Batn hat oft auf dich geblickt."
„Das bildest du dir gewiß nur ein, Wamala", erwiderte das Mädchen. „Er würde nicht wagen, mir etwas zuleide zu tun."
„Wer hätte gedacht, daß der braune Bwana es wagen würde?" erinnerte sie der Boy.
„Still, Wamala. Du hast auch nichts anderes im Sinn, als mir Angst zu machen", sagte Zora, dann fügte sie abrupt hinzu: „Sieh mal dort, Wamala! Wer ist das?"
Der schwarze Boy folgte mit den Augen ihrem Blick. Am Rand des Lagers stand eine Gestalt, die selbst einem Stoiker einen Ausruf der Überraschung entlockt hätte, die einer wunderschönen Frau, die sie eingehend betrachtete. Sie stand am Rand des Lagers - eine fast nackte Frau, deren überwältigende Schönheit ihre vorrangigste und beeindruckendste Eigenschaft darstellte. Zwei Goldplatten bedeckten ihre festen Brüste, ein schmales, mit Gold und Edelsteinen besetztes Mieder umgab ihre Hüften und wurde vorn und hinten durch breite Streifen weichen Leders gehalten, die ebenfalls mit Gold und Juwelen besetzt waren. Diese waren als eine Art Säulenfuß

gestaltet, auf dessen Spitze ein grotesker Vogel saß. Die Sandalen, die sie an den Füßen trug, waren mit Schlamm bedeckt, gleichermaßen ihre wohlgeformten Beine bis über die Knie. Ein üppiger Schopf gewellten Haares, dem die Strahlen der untergehenden Sonne einen goldenen Glanz verliehen, umrahmte halb das ovale Gesicht, und unter fein gezeichneten Brauen blickten graue Augen sie furchtlos an.

Einige der Araber hatten sie auch entdeckt und kamen jetzt zu ihr. Sie blickte schnell von Zora und Wamala auf die anderen. Da sprang die Europäerin schnell auf und ging lächelnd und mit ausgestreckten Händen auf sie zu, um bei ihr zu sein, ehe die Araber sie erreichten. La von Opar kam ihr bereitwillig entgegen, da sie das Lächeln als Zeichen freundlicher Absichten deutete.

„Wer bist du und was tust du hier allein im Dschungel?“ fragte Zora.

La schüttelte den Kopf und antwortete in einer Sprache, die Zora nicht verstand.

Diese beherrschte mehrere Sprachen, und sie probierte sie alle durch, einschließlich einiger Sätze aus verschiedenen Bantu-Dialekten. Dennoch konnte sie sich mit der Fremden nicht verständigen, deren schönes Gesicht und schöne Gestalt ihr Interesse an dieser rätselhaften Persönlichkeit nur noch steigerten. Sie war von nachgerade qualvoller Neugier erfüllt.

Die Araber redete sie in ihrer Sprache an und Wamala in seinem Stammesdialekt, doch alles war vergebens. Da legte Zora einen Arm um sie und führte sie in ihr Zelt. Hier gab ihr La von Opar durch Zeichen zu verstehen, daß sie gern baden würde. Wamala wurde angewiesen, in Zoras Zelt eine Wanne vorzubereiten, und als Zeit zur Mittagsmahlzeit war, erschien die Fremde gewaschen und erfrischt.

Als Zora Drinov der Fremden gegenüber Platz nahm, war sie fest überzeugt, nie zuvor eine so schöne Frau gesehen zu haben, und sie staunte, daß jemand, der sich in dieser Umgebung doch äußerst fehl am Platz vorkommen mußte, dennoch eine Haltung bewahrte, die eher an das majestätische Auftreten einer Königin erinnerte als an das einer Fremden, die sich unbehaglich fühlt.

Zora versuchte, sich durch Zeichen und Gesten mit ihrem Gast zu verständigen, daß selbst die königliche La lachen mußte. Dann versuchte auch sie sich darin, bis sie Zora begreiflich gemacht hatte, daß man sie mit Keulen und Messern bedroht und aus ihrer Heimat vertrieben habe. Sie habe einen langen Weg hinter sich, und einmal habe ein Löwe oder ein Leopard sie angegriffen, und sie sei sehr müde.

Als das Essen vorüber war, bereitete Wamala in Zoras Zelt ein zweites Feldbett für La vor, denn ein Ausdruck in den Gesichtern der Araber ließ die Europäerin um die Sicherheit dieser schönen Fremden bangen.

„Du mußt heute vor dem Zelteingang schlafen, Wamala", sagte sie. „Hier ist noch eine Pistole für dich."

Abu Batn, der Scheich, beratschlagte in seinem Zelt aus Ziegenfell bis spät in die Nacht mit den Anführern seines Stammes. „Die Neue wird einen Preis erzielen, wie er nie zuvor bezahlt worden ist", sagte er.

Tarzan erwachte und blickte durch die Blätter zu den Sternen auf. Er sah, daß die Nacht halb vorüber war, erhob sich und streckte sich. Dann aß er wieder ein wenig von dem Antilopenfleisch und tauchte lautlos in die Schatten der Nacht.

Das Lager am Fuß der Felsenklippe schlief. Ein einziger Askari hielt Wache und unterhielt das Feuer, das wilde Tiere abschrecken sollte. Aus einem Baum am Rande des Lagers beobachteten ihn zwei Augen, und als er wegblickte, ließ sich eine Gestalt lautlos in die Schatten fallen. Sie schlich sich hinter die Hütten der Träger und blieb gelegentlich stehen, um mit geweiteten Nasenflügeln die Luft einzuziehen. Sich stets im Schatten haltend, gelangte sie schließlich an die Zelte der Europäer. Sie riß ein Loch in die Rückseite eines jeden und kroch hinein. Es war Tarzan, der nach La suchte, doch er fand sie auch hier nicht und wendete sich enttäuscht einer anderen Sache zu.

Er schlug einen halben Bogen um das Lager, wobei er manchmal nur Zoll für Zoll auf dem Bauch kroch, damit der Askari ihn nicht sah. So gelangte er zu den Unterkünften der anderen Askaris. Hier suchte er sich einen Bogen und Pfeile sowie einen soliden Speer aus, doch auch damit gab er sich noch nicht zufrieden.

Lange Zeit saß er geduckt und wartete. Er wartete, daß der Askari am Feuer in eine bestimmte Richtung ging.

Da erhob sich der Mann auch schon, legte etwas trockenes Holz nach und schlenderte zur Unterkunft seiner Kameraden, um seine Ablösung zu wecken. Das war der Augenblick, auf den Tarzan gewartet hatte. Sein Weg führte den Askari dicht an Tarzans Versteck vorbei. Er kam näher, ging vorüber, da sprang Tarzan hoch und fiel den ahnungslosen Schwarzen an. Ein kräftiger Arm umfaßte den Mann von hinten und drückte ihn an eine breite, dunkelbraune Schulter. Wie Tarzan vorausgesehen hatte, stieß der Askari einen lauten, entsetzten Schrei aus, der seine Kameraden aufweckte. Dann wurde er auch schon schnell durch die Schatten des Lagers vom Feuer weggetragen, worauf der Affenmensch, das sich vergebens wehrende Opfer fest umklammernd, über die Umzäunung aus Dornengestrüpp sprang und im schwarzen Dschungel dahinter verschwand.

Der Angriff war so plötzlich erfolgt und so wirkungsvoll, die Überrumpelung des Mannes so vollkommen, daß dieser sein Gewehr fallen ließ, um Tarzan zu packen, als der ihn leicht über die Schulter warf.

Seine Schreie hallten durch den Wald und jagten seine verängstigten Kameraden gerade noch rechtzeitig aus den Unterkünften, um zu sehen, wie eine undeutliche Gestalt über die Umzäunung sprang und in der Dunkelheit verschwand. Sie standen einige Zeit wie gelähmt vor Entsetzen und lauschten auf die sich entfernenden Schreie ihres Gefährten, die alsbald ebenso schnell verstummten, wie sie begonnen hatten. Dann fand der Anführer die Sprache wieder.

„Simba!“ sagte er.

„Das war nicht Simba“, erklärte ein anderer. „Es rannte aufgerichtet auf zwei Beinen wie ein Mensch. Ich habe es gesehen.“

Da tönte aus dem dunklen Dschungel ein gräßlicher, langgezogener Ruf. „Das ist weder die Stimme eines Menschen noch die eines Löwen“, stellte der Anführer fest.

„Es ist ein Dämon“, flüsterte ein anderer, und sie hockten sich um das Feuer und legten trockenes Holz nach, bis es hoch aufloderte.

In der Dunkelheit des Dschungels machte Tarzan halt und legte Speer und Bogen beiseite, deren Besitz ihn genötigt hatte, bei der Entführung des Postens nur eine Hand zu benutzen. Nun schlossen sich die Finger der freien Hand um die Kehle seines Opfers und setzten seinem Geschrei ein jähes Ende. Er schnürte dem Mann nur einen Augenblick die Luft ab, und als er den Griff lockerte, gab der Schwarze keinen Laut mehr von sich aus Angst, wieder den gnadenlosen Griff dieser stählernen Hand heraufzubeschwören. Tarzan stellte den Burschen schnell auf die Füße, nahm ihm sein Messer ab, packte ihn bei seinem dichten Haar und stieß ihn vor sich her weiter in den Dschungel, nachdem er Speer und Bogen aufgehoben hatte.

Nun erst stieß er den Siegesschrei des Affenmännchens aus, um genau die Wirkung hervorzurufen, die er nicht nur bei seinem Opfer, sondern auch bei dessen Genossen im Lager auslösen wollte.

Er beabsichtigte nicht, dem Burschen ein Haar zu krümmen. Er hatte keinen Streit mit den unschuldigen schwarzen Werkzeugen der Weißen, und obwohl er nicht gezögert hätte, den Askari ins Jenseits zu befördern, falls es notwendig gewesen wäre, kannte er sie gut genug, um zu wissen, daß er seine Ziele ebensogut ohne Blutvergießen erreichen konnte.

Die Weißen waren ohne ihre schwarzen Verbündeten hilflos, und wenn Tarzan die Moral der letzteren untergraben konnte, waren die Pläne ihrer Herren ebenso zum Scheitern verurteilt, als wenn er sie vernichtet hätte, denn er war zuversichtlich, daß die Schwarzen nicht in einer Gegend bleiben würden, wo sie ständig an die Anwesenheit eines bösen, übernatürlichen Feindes erinnert wurden. Außerdem entsprach diese Politik eher seinem Empfinden für grimmigen Humor und bereitete ihm deshalb großes Vergnügen, wohingegen er keine Lust am Töten hatte.

Eine Stunde lang schob er sein Opfer in absoluter Stille vor sich her. Ihm war klar, daß auch dies seine Wirkung auf die Nerven des Schwarzen nicht verfehlen würde. Schließlich hielt er ihn an, entledigte ihn der restlichen Kleidungsstücke, nahm ihm den Lendenschurz ab und fesselte damit nachlässig seine Hände und Füße. Dann nahm er den Patronengurt und die anderen Habseligkeiten des Mannes an sich und ließ ihn liegen in der Erkenntnis, daß der Schwarze sich sehr bald von seinen Fesseln befreien würde. Überglücklich, daß ihm die Flucht gelungen war, würde er dennoch ein Leben lang die Überzeugung mit sich tragen, nur um ein Haar einem entsetzlichen Schicksal entronnen zu sein.

Befriedigt über sein nächtliches Werk, kehrte Tarzan zu dem Baum zurück, auf dem er die tote Antilope verwahrt hatte, aß noch etwas und legte sich bis zum Morgen schlafen. Dann nahm er die Suche nach La wieder auf, wobei er versuchte, ihrer Spur das Tal hinauf und über die Felsenbarriere von Opar in der allgemeinen Richtung zu folgen, in der die von ihr hinterlassenen Fußabdrücke gewiesen hatten. Wie die Dinge lagen, hatte sie genau die entgegengesetzte Richtung eingeschlagen, das Tal abwärts.

Der Verrat des Abu Batn

Die Nacht brach herein, als ein verängstigter kleiner Affe in einem Baumwipfel Zuflucht suchte. Seit Tagen war er durch den Dschungel gewandert und hatte sich in den gelegentlichen Momenten, in denen er seine geistigen Kräfte konzentrieren konnte, tiefschürfende Gedanken gemacht, wie er sein Problem lösen könne. Einen Augenblick später hatte er es vielleicht auch schon wieder vergessen und sich weiter durch die Bäume geschwungen, oder ein plötzlicher Schrecken hatte es in den Hintergrund treten lassen, wann immer diese oder jene Bedrohung seiner Existenz von irgendeinem seiner Wahrnehmungsorgane erfaßt wurde.

Wenn der Kummer ihn überwältigte, empfand er ihn als real und qualvoll, und Tränen traten ihm in die Augen, wann immer er an seinen verschwundenen Herrn dachte. Tief in seinem Inneren lauerte im Grenzland der Überzeugung der Gedanke, daß er Tarzan aus der Patsche helfen müsse. Auf irgendeine Weise mußte er Hilfe heranholen. Die großen, schwarzen Gomanganikrieger, die auch seinem Herrn dienten, waren viele Nächte entfernt, dennoch zog es ihn ganz allgemein zum Land der Waziri. Nach seinem Verständnis spielte Zeit bei der Lösung dieses oder jenes Problems keine wesentliche Rolle. Er hatte Tarzan heil und gesund in Opar eindringen sehen. Er hatte nicht gesehen, daß er getötet worden war, doch er hatte ihn auch nicht aus der Stadt herauskommen sehen. Nach den Gesetzen seiner Logik mußte Tarzan also noch am Leben und in der Stadt sein, aber weil es dort von Feinden wimmelte, befand er sich in Gefahr. Wie die Bedingungen waren, würden sie bleiben. Der kleine Nkima konnte sich keine Veränderung vorstellen, die er nicht selbst miterlebte. Demnach hatte es keine Auswirkung auf das Endergebnis, ob er die Waziri heute oder morgen ausfindig machen und herbeiholen konnte. Sie würden nach Opar kommen und Tarzans Feinde töten, und dann würde der kleine Nkima wieder bei seinem Herrn sein und brauchte vor Sheeta, Sabor oder Histah keine Angst mehr zu haben.

Die Nacht war hereingebrochen, da hörte Nkima leises Klopfen im Wald. Er richtete sich auf und lauschte gespannt. Das Klopfen wurde lauter, bis es rollend durch den Dschungel hallte. Sein Ursprung war nicht weit entfernt, und als Nkima sich dessen bewußt wurde, wuchs seine Aufregung.

Der Mond stand hoch am Himmel, doch die Schatten des Dschungels waren dicht. Nkima befand sich in einem großen Dilemma. Einerseits erfüllte ihn ein Verlangen, zu der Stelle zu gehen, aus der das Trommeln kam, andererseits fürchtete er sich vor den Gefahren, die auf dem Weg dorthin lauern mochten. Schließlich verdrängte die Neugier die Angst, und er schwang sich schnell in die Richtung, aus der der Lärm kam, wobei er darauf bedacht war, in der Sicherheit der Baumwipfel zu bleiben. Bei einer kleinen, natürlichen, etwa kreisförmigen Lichtung machte er halt.

Unter ihm spielte sich im Mondschein eine Szene ab, die er zuvor schon öfters beobachtet hatte. Die großen Affen des To-yat vollzogen den Totentanz des Dum-Dum. Im Mittelpunkt des Amphitheaters befand sich eine jener merkwürdigen irdenen Trommeln, die der primitive Mensch schon vor undenklichen Zeiten vernommen hat, die jedoch nur wenige gesehen haben. Vor der Trommel saßen zwei Weibchen, die mit kurzen Stöcken auf die hohltönende Oberfläche schlugen. Sie folgten dabei einem einfachen Rhythmus, nach dem die Männchen in einem wilden Kreis tanzten. In einem auseinandergezogenen äußeren Kreis hockten Weibchen und Junge und verfolgten die wilde Szene hingerissen. Dicht neben der Trommel lag der leblose Körper von Sheeta, dem Leoparden. Anläßlich seines Todes wurde das Dum-Dum überhaupt veranstaltet.

Gleich würden die tanzenden Männchen über den Kadaver herfallen, ihn mit schweren Stöcken schlagen, wieder wegspringen und weitertanzen. Wenn die Jagd, der Angriff und der Tod eindrucksvoll dargestellt worden waren, würden sie ihre Knüppel wegwerfen, sich zähnefletschend über die Beute stürzen und sie zerfetzen und zerfleischen, wobei sie untereinander um das größte Stück oder den besten Leckerbissen kämpfen würden.

Nun sind Nkima und seinesgleichen für ihr mangelndes Feingefühl und Urteilsvermögen ja bekannt. Wäre der kleine Affe ein wenig klüger gewesen, so hätte er sich still verhalten, bis der Tanz und das Festmahl vorüber waren, ein neuer Tag angebrochen war und die großen Männchen des Stammes von To-yat sich von der hysterischen Verzückung erholt hatten, in die die Trommel und der Tanz sie immer versetzten. Der kleine Nkima war jedoch nur ein Affe. Was er sich wünschte, wollte er auf der Stelle haben, da er nicht über jene Ausgeglichenheit verfügte, die in Geduld mündete. Deshalb ließ er sich am Schwanz von einem überragenden Zweig hängen und keifte, so laut er konnte, um die Aufmerksamkeit der großen Affen auf sich zu ziehen.

„To-yat! Ga-yat! Zu-tho!“ schrie er. „Tarzan ist in Gefahr! Kommt mit mir und rettet ihn!“

Ein großes Männchen hielt mitten im Tanz innen und blickte zu ihm auf. „Scher dich fort, Manu“, knurrte er. „Scher dich fort, oder wir töten dich!“ Doch der kleine Nkima war überzeugt, daß sie ihn nicht fangen konnten, deshalb blieb er an dem Ast hängen und schrie und kreischte, bis To-yat schließlich einen jungen Affen hinaufschickte, der den kleinen Nkima einfangen und erledigen sollte.

Das war ein Notfall, den Nkima nicht vorhergesehen hatte. Wie viele Geschöpfe war er der Meinung, daß jedermann sich gleichfalls für das interessierte, was ihn bewegte, und schon im ersten Moment, als das Dröhnen der Trommeln des Dum-Dum an sein Ohr drang, war er überzeugt gewesen, daß die Affen sich sofort auf den Weg nach Opar machen würden, wenn sie erführen, Tarzan befinde sich in Gefahr.

Jetzt wußte er es besser, und als die Folge seines Fehlverhaltens in Gestalt eines jungen Affen, der unter ihm auf den Baum sprang, zur realen Bedrohung wurde, stieß er einen schrillen Angstschrei aus und entfloh durch die Nacht. Er hielt erst keuchend und völlig erschöpft inne, als er eine gute Meile von To-yats Stamm entfernt war.

Als La von Opar im Zelt Zora Drinovs erwachte, schaute sie um sich und nahm die unbekannten Gegenstände ihrer Umgebung in sich auf. Dann ruhte ihr Blick auf dem Antlitz ihrer schlafenden Gastgeberin. Diese Menschen mußten wirklich zu Tarzans Volk gehören, denn hatten sie sie nicht freundlich und höflich behandelt? Sie hatten ihr nichts zuleide tun wollen, ihr vielmehr zu essen gegeben und Obdach gewährt. Ihr kam ein neuer Gedanke, und sofort umwölkte sich ihre Stirn, und ein wildes Funkeln trat in ihre Augen. Vielleicht war diese Frau Tarzans Gefährtin? Ihre Hand umkrampfte den Knauf von Darus' Messer, das griffbereit neben ihr lag. Doch dann verging diese Aufwallung ebenso plötzlich, wie sie gekommen war, denn sie wußte, daß sie Gutes nicht mit Bösem vergelten und jemandem etwas zuleide tun konnte, den Tarzan liebte, und als Zora die Augen aufschlug, begrüßte La sie mit einem Lächeln.

Wenn die Europäerin für La eine Quelle des Staunens war, so stellte La für Zora ein einziges Wunder und geheimnisvolles Rätsel dar. Ihre unaufdringliche, jedoch kostbare und prächtige Bekleidung deutete auf ein weit zurückliegendes Zeitalter, und das blendende Weiß ihrer Haut schien inmitten des afrikanischen Dschungels ebenso fehl am Platze wie ihre Aufmachung im zwanzigsten Jahrhundert. Hier lag ein Geheimnis vor, das Zora Drinov bei all ihrer Lebenserfahrung nicht zu enträtseln vermochte. Wie sehr wünschte sie sich, mit ihr reden zu können, doch das einzige, was sie tun konnte, war, das Lächeln des schönen Geschöpfes zu erwidern, das sie so neugierig betrachtete.

La war gewöhnt, von den niederen Priesterinnnen von Opar ein Leben lang bedient zu werden, und deshalb sehr überrascht, mit welcher Selbstverständlichkeit Zora Drinov sich um sich selbst kümmerte, als sie aufstand, um zu baden und sich anzukleiden. Die einzige Hilfeleistung, die sie in Anspruch nahm, bestand in einem Eimer heißen Wassers, den Wamala brachte und in die zusammenlegbare Wanne goß. Wenngleich man von La nie erwartet hatte, daß sie für ihre Toilette auch nur eine Hand rührte, war sie dennoch keineswegs hilflos, vielmehr schien die neue Erfahrung, für sich selbst sorgen zu müssen, ihr Freude zu bereiten.

Im Gegensatz zu den Gewohnheiten der Männer von Opar erforderten die der Frauen makellose körperliche Sauberkeit, so daß La in der Vergangenheit sehr viel Zeit auf die Toilette, die Pflege der Fingernägel, der Zähne und des Haares sowie auf die Massage mit wohlduftenden Essenzen hatte verwenden müssen - Bräuche, die aus einer kultivierten Zivilisation ältester Zeit überliefert worden waren und in dem zerfallenen Opar die Bedeutung religiöser Riten erlangt hatten.

Als die beiden Mädchen bereit waren zu frühstücken, war auch Wamala so weit, es aufzutragen, und als sie draußen im Schatten eines Baumes saßen und die schlichte Kost des Lagers zu sich nahmen, bemerkte Zora ungewöhnliche Betriebsamkeit bei den Beyts der Araber, maß diesem Umstand jedoch kaum Bedeutung bei, da diese schon öfters ihre Zelte von einem Teil des Lagers in einen anderen umgesetzt hatten.

Nach Beendigung des Frühstücks nahm Zora ihr Gewehr, zog den Lauf durch und ölte das Schloß, denn heute mußte sie frisches Fleisch beschaffen, da die Araber sich geweigert hatten zu jagen. La beobachtete sie mit offenkundigem Interesse und sah sie danach mit Wamala und zwei schwarzen Trägern im Wald verschwinden. Sie hatte nicht versucht, sich ihr anzuschließen, denn sie war dazu nicht aufgefordert worden, obwohl sie es erwartet hatte.

Ibn Dammuk war der Sohn eines Scheichs vom selben Stamm wie Abu Batn und auf dieser Expedition dessen rechte Hand. Er hatte einen Teil seines Thôb über die untere Hälfte des Gesichts gezogen, so daß nur die Augen hervorblickten, und die zwei Frauen von ferne beobachtet. Er sah Zora Drinov das Lager mit einem Gewehrträger und zwei anderen Schwarzen verlassen und konnte sich denken, daß sie auf Jagd gegangen war.

Nach ihrem Abmarsch blieb er noch eine Weile mit zwei Stammesgenossen sitzen. Dann erhob er sich und schlenderte zu La von Opar hinüber, die in Gedanken versunken vor Zoras Zelt auf einem Feldstuhl saß. Als die drei Männer herankamen, musterte La sie scharf mit dem ihr angeborenen Argwohn allen Fremden gegenüber. Je näher sie kamen, desto deutlicher waren ihre Gesichtszüge zu erkennen, und ihr Mißtrauen wuchs. Die Männer sahen verschlagen und böse aus, gar nicht wie Tarzan, so daß ihre instinktive Abneigung wuchs.

Sie blieben vor ihr stehen, und Ibn Dammuk sprach sie an. Seine Stimme klang sanft und einschmeichelnd, doch sie ließ sich nicht täuschen.

Sie musterte ihn von oben herab. Zwar verstand sie ihn nicht, aber ihr lag auch gar nicht daran, denn die Botschaft, die sie in seinen Augen las, stieß sie ab. Sie schüttelte den Kopf, um ihm klar zu machen, daß sie nicht verstand, und wandte sich ab zum Zeichen, daß sie das Gespräch als beendet ansah. Ibn Dammuk trat jedoch näher und legte ihr familiär die Hand auf die nackte Schulter.

Ihre Augen blitzten wutentbrannt. Sie sprang auf und griff nach dem Dolch. Ibn Dammuk trat zurück, doch einer seiner Männer sprang vor, um sie zu packen.

Irregeleiteter Narr! Wie eine Tigerin war sie über ihm, und noch ehe seine Freunde dazwischentreten konnte, hatte die Priesterin des Flammengottes ihm die scharfe Klinge von Darus' Messer dreimal in die Brust gestoßen. Mit einem halberstickten Schrei sank er tot zu Boden.

Die Hohenpriesterin von Opar stand mit funkelnden Augen, das blutige Messer in der Hand, bei dem Getöteten, während Abu Batn und die anderen Araber, durch den Todesschrei des getroffenen Mannes herbeigelockt, schnell herbeigerannt kamen.

„Zurück!“ rief sie. „Niemand wage es, seine entweihende Hand gegen die Person der Hohenpriesterin des Flammengottes zu erheben!“

Sie verstanden die Worte nicht, wohl aber den Blick der blitzenden Augen, und sie sahen die blutbefleckte Klinge. Erregt schnatternd standen sie in sicherer Entfernung um sie herum. „Was bedeutet das, Ibn Dammuk?“ fragte Abu Batn.

„Dogman hat sie nur kurz berührt, da fiel sie über ihn her wie El adrea, der Herr des breiten Hauptes.“

„Sie mag eine Löwin sein, dennoch dürft ihr ihr kein Haar krümmen“, sagte Abu Batn.

„Wullah!“ rief Ibn Dammuk. „Doch jemand muß sie zähmen.“

„Das überlassen wir demjenigen, der viele Goldstücke für sie zahlen wird“, erwiderte der Scheich. „Wir müssen sie nur einsperren. Umzingelt sie und nehmt ihr das Messer ab. Fesselt ihr die Hände fest auf dem Rücken, und bis die andere zurückkommt, haben wir das Lager abgebrochen und sind marschbereit.“

Ein Dutzend dunkelhäutige Burschen fielen gleichzeitig über La her. „Verletzt sie nicht! Verletzt sie nicht!“ rief Abu Batn, als La sich in der Tat wie eine Löwin verteidigte. Sie schwang den Dolch nach rechts und links, und ehe sie sie überwältigen konnten, floß noch weiteres Blut. Auch gelang ihnen dies erst, nachdem ein weiterer Araber mit durchbohrtem Herzen zu Boden gesunken war. Schließlich konnten sie ihr die Klinge doch entreißen und ihr die Hände fesseln.

Abu Batn ließ zwei Krieger zur Bewachung bei ihr und wandte seine Aufmerksamkeit jetzt den wenigen schwarzen Dienern zu, die im Lager belassen worden waren. Er zwang sie, soviel von der Lagerausrüstung und den Lebensmitteln zusammenzupacken, wie er benötigte. Während diese Arbeit unter Ibn Dammuks Aufsicht vonstatten ging, plünderte der Scheich die Zelte der Europäer, ganz besonders die von Zora Drinov und Zveri, da er dort das Gold zu finden hoffte, das der Führer der Expedition angeblich in großen Mengen aufbewahrte. Er wurde darin auch nicht allzusehr enttäuscht, denn er fand in Zoras Zelt ein Kästchen mit einem ansehnlichen Geldbetrag, wenngleich keineswegs die große Menge, die er erwartet hatte. Dies war der weisen Voraussicht

Zveris zu schulden, der das meiste seines Geldes unter seinem Zelt vergraben hatte.

Zoras Jagd verlief unerwartet erfolgreich, denn schon eine reichliche Stunde nach ihrem Aufbruch aus dem Lager traf sie auf eine Antilopenherde, und mit zwei Schüssen hatte sie zwei Tiere erlegt. Sie wartete, bis die Träger sie gehäutet und ausgeweidet hatten, und kehrte gemächlich zum Lager zurück. Die befremdliche Verhaltensweise der Araber beschäftigte sie nun doch in gewissem Maß, dennoch war sie keineswegs auf den Empfang vorbereitet, der ihr zuteil wurde, als sie sich gegen Mittag dem Lager näherte.

Sie ging voraus, dicht gefolgt von Wamala, der ihre beiden Gewehre trug. Dahinter folgten die Träger, unter ihrer schweren Last wankend. Als sie im Begriff war, die Lichtung zu betreten, sprangen zu beiden Seiten des Weges Araber aus dem Unterholz. Zwei von ihnen packten Wamala und entrissen ihm die Gewehre, während die anderen Zora ergriffen. Sie versuchte, sie abzuschütteln, und zog den Revolver, doch kam dieser Angriff so überraschend, daß sie kaum etwas zu ihrer Verteidigung unternehmen konnte, vielmehr überwältigt wurde. Auch ihr fesselte man die Hände auf dem Rücken.

„Was soll das bedeuten?" fragte sie. „Wo ist Abu Batn, der Scheich?"

Die Männer lachten sie aus. „Du wirst ihn gleich sehen", sagte einer. „Er hat gerade einen anderen Gast, mit dem er sich unterhält, deshalb war es ihm nicht möglich, dich zu empfangen." Alle lachten daraufhin wieder.

Als sie auf die Lichtung trat und ungehinderte Sicht auf das Lager hatte, war sie verblüfft über den Anblick, der sich ihr bot. Alle Zelte waren abgebaut. Die Araber lehnten abmarschbereit auf ihren Gewehren, jeder mit einem kleinen Packen versehen, während die wenigen Schwarzen, die im Lager belassen worden waren, in einer Reihe vor den schweren Lasten standen. Die restliche Lagerausrüstung, für deren Abtransport Abu Batn nicht genug Leute hatte, war inmitten der Lichtung aufgestapelt, und als sie hinblickte, sah sie, wie einige Männer gerade Fackeln daran hielten.

„Warum hast du das getan, Abu Batn?" fragte Zora.

„Allah war erzürnt, weil wir unser Land an die Nasrâny verraten wollten", erklärte der Scheich. „Wir haben sein Licht gesehen, und jetzt kehren wir zu unserem Volk zurück."

„Und was gedenkst du mit dieser Frau und mit mir zu tun?" fragte Zora.

„Wir werden euch ein kleines Stück mitnehmen", erwiderte Abu Batn. „Ich kenne einen freundlichen Mann, der sehr reich ist und euch beiden eine gute Heimstatt bieten kann."

„Soll das bedeuten, daß du uns an irgendeinen schwarzen Sultan verkaufen willst?"

Der Scheich zuckte die Schultern. „Ich würde es so nicht ausdrücken", erklärte er. „Sagen wir es lieber anders: Ich mache einem guten Freund, der ein großer Mann ist, ein Geschenk, und erspare dir und dieser anderen Frau den sicheren Tod im Dschungel, wenn wir euch hier zurücklassen würden."

„Abu Batn, du bist ein Heuchler und Verräter", rief Zora, und ihre Stimme bebte vor Verachtung.

„Die Nasrâny finden Gefallen daran, andere Leute mit Schimpfworten zu bedenken", entgegnete der Scheich spöttisch. „Wenn Zveri, dieses Schwein, uns nicht beschimpft hätte, wäre das hier vielleicht nicht geschehen."

„Also ist das die Rache, weil er dir dein feiges Verhalten bei Opar vorgeworfen hat?" fragte Zora.

„Schluß jetzt!" fuhr Abu Batn sie an. „Kommt, meine Kinder, wir wollen aufbrechen."

Als die Flammen am Rand des großen Stapels von Lebensmitteln und Ausrüstung emporzüngelten, die die Araber zurücklassen mußten, machten sich die Deserteure auf den Marsch nach Westen.

Die Frauen befanden sich ziemlich an der Spitze der Kolonne, so daß die nachfolgenden Araber und Träger ihre Spuren durch einen allgemeinen Wirrwarr von Fußabdrücken verwischten. Sie hätten die Mühseligkeiten vielleicht leichter ertragen können, hätten sie miteinander reden können. Doch La konnte überhaupt niemanden verstehen, und Zora fand kein Vergnügen daran, sich mit den Arabern zu unterhalten. Wamala und die anderen Schwarzen marschierten wiederum so weit hinten, daß sie keine Verbindung mit ihnen aufnehmen konnte, selbst, wenn ihr daran gelegen gewesen wäre.

Um die Zeit zu nutzen, kam Zora auf die Idee, ihrer Gefährtin im Elend eine europäische Sprache beizubringen, und da in der ursprünglichen Gruppe mehr Leute Englisch verstanden als irgendeine andere Sprache, wählte sie diese für ihr Experiment.

Sie wies auf sich und sagte „Frau", sodann auf La und wiederholte das Wort. Danach wies sie nacheinander auf einige Araber und sagte jedesmal „Mann". Es war offensichtlich, daß La sofort verstand, worauf sie hinaus wollte, denn sie machte begeistert und aufmerksam mit, wiederholte die zwei Worte immer wieder und zeigte dabei entweder auf einen Mann oder eine Frau.

Als nächstes wies die Europäerin auf sich und sagte „Zora". La stutzte einen Augenblick, dann lächelte sie und nickte.

„Zora", wiederholte sie und zeigte auf ihre Gefährtin. Dann tippte sie sich mit dem Zeigefinger an die Brust und sagte „La".

Das war der Anfang. Jede Stunde lernte La nun neue Wörter, zuerst nur Hauptwörter, die jeweils einen ihr vertrauten Gegenstand bezeichneten, den sie am häufigsten vor Augen hatte. Sie lernte erstaunlich schnell und bewies, daß sie über eine schnelle Auffassungsgabe, einen klugen Verstand und eine gutes Gedächtnis verfügte, denn wenn sie einmal ein Wort gelernt hatte, vergaß sie es nicht wieder. Ihre Aussprache ließ manchmal zu wünschen übrig, denn sie hatte einen ausgeprägt fremden Akzent, wie Zora Drinov nie zuvor gehört hatte. Andererseits war er so faszinierend, daß die Lehrerin nie müde wurde, ihre Schülerin zitieren zu hören.

Während der langen Marschtage erkannte Zora, daß sie kaum damit rechnen mußten, von ihren Entführern mißhandelt zu werden. Dem Scheich war offensichtlich eins völlig klar: Je besser die Verfassung, in der er sie eventuellen Käufern präsentierte, desto ansehnlicher der Preis, den er erzielen konnte.

Ihr Weg führte nach Nordwesten durch einen Teil des Galla-Landes von Abessinien, und Zora konnte Bruchstücken einer Unterhaltung, die sie mithörte, entnehmen, daß Abu Batn und seine Begleiter die auf diesem Abschnitt ihrer Reise drohenden Gefahren besonders fürchteten. Die Furcht war durchaus berechtigt, denn die Araber unternahmen schon seit vielen Menschenaltern immer wieder Einfälle ins Galla-Gebiet, um Sklaven zu erbeuten, und unter den Negern, die sie bei sich hatten, befand sich ein Galla-Sklave, den Abu Batn aus seiner Heimat in der Wüste mit hierher gebracht hatte.

Nach dem ersten Tag nahm man den Gefangenen die Handfesseln ab, doch sie waren ständig von arabischen Wachen umringt, obwohl geringe Wahrscheinlichkeit bestand, daß unbewaffnete Frauen das Wagnis eingehen könnten, in den Dschungel zu flüchten, wo ihnen Gefahr von wilden Tieren drohte und der Hungertod gewiß war. Hätte Abu Batn jedoch Gedanken lesen können, so wäre er höchst erstaunt gewesen zu erfahren, daß jede der beiden fest entschlossen war, lieber jedwedem Schicksal zu trotzen, als gehorsam einem Ziel entgegenzumarschieren, über das sich die Europäerin keinen Illusionen hingab und das auch La von Opar zumindest teilweise erriet.

Ihre Ausbildung hatte zu dem Zeitpunkt, als die Gruppe sich dem Galla-Land näherte, erstaunliche Fortschritte gemacht, doch inzwischen waren sich beide Frauen einer neuen Gefahr bewußt geworden, die La von Opar drohte. Ibn Dammuk ging oft neben ihr, und wenn er sie anblickte, war in seinen Augen eine Botschaft zu erkennen, die zu deuten es keiner Worte bedurfte. War Abu Batn in der Nähe, übersah Ibn Dammuk die schöne Gefangene geflissentlich, und das ließ Zora das Schlimmste befürchten, denn sie war sicher, daß Ibn nur auf eine Gelegenheit wartete, die ihm günstige Bedingungen für ein ganz bestimmtes Vorhaben lieferte, zu dem er schon seit langem entschlossen war. Auch hegte Zora keine Zweifel über das allgemeine Ziel seines Planes.

Am Rande des Galla-Landes gebot ein Hochwasser führender Fluß ihrem Marsch ein Ende. Nach Norden in das eigentliche Abessinien konnten sie sich nicht wenden, nach Süden wagten sie nicht vorzudringen, da sie dort zwangsläufig mit Verfolgern zu rechnen hatten. Also waren sie notgedrungen gezwungen, da zu warten, wo sie sich befanden.

Und während sie warteten, schlug Ibn Dammuk zu.

In der Todeszelle von Opar

Abermals stand Peter Zveri vor den Mauern von Opar, und abermals schwand der Mut seiner schwarzen Soldaten, als sie die gräßlichen Schreie der Bewohner dieser rätselhaften Stadt hörten. Die zehn Krieger, die noch nicht in Opar gewesen waren und sich freiwillig erboten hatten, mit in die Stadt zu gehen, blieben gleich beim ersten schrillen, durchdringenden Warnruf, der ihnen das Blut in den Adern gerinnen ließ, am ganzen Leibe zitternd stehen.

Auch diesmal führte Miguel die Eindringlinge an, gleich hinter ihm kam Wayne Colt. Nach ihrem Plan sollten die Schwarzen den beiden dichtauf folgen, während die übrigen Weißen die Nachhut heranführen sollten, sofern sie die Neger zusammenhalten, ihnen Mut einflößen oder sie notfalls sogar mit vorgehaltener Pistole dazu zwingen konnten. Die Schwarzen wollten jedoch nicht einmal durch die Öffnung in der Außenmauer klettern, so demoralisiert waren sie durch die unheildrohenden Warnschreie, die sie in ihrem Aberglauben bösen Dämonen zuschrieben, gegen die es keine Verteidigung gab und deren Wünsche zu mißachten gewiß ihre Feindschaft und den sicheren Tod bedeutete.

„Hinein mit euch, ihr elenden Feiglinge!“ rief Zveri und bedrohte die Schwarzen mit dem Revolver, um sie mit Gewalt durch die Öffnung zu treiben.

Einer der Krieger hob drohend das Gewehr. „Steck deine Waffe weg, Weißer“, sagte er. „Wir kämpfen gegen Menschen, nicht jedoch gegen die Geister von Toten.“

„Gib nach, Peter“, sagte Dorsky. „Sonst haben wir in einer Minute die ganze Bande gegen uns und werden alle dran glauben müssen.“

Zveri senkte den Revolver und legte sich aufs Verhandeln. Er versprach den Kriegern Belohnungen, die für sie wahre Reichtümer darstellten, wenn sie die Weißen in die Stadt begleiten würden. Die Freiwilligen blieben jedoch hartnäckig - nichts konnte sie veranlassen, sich nach Opar hinein zu wagen.

Zveri befürchtete, abermals einen Fehlschlag zu erleiden, war jedoch fest überzeugt, daß der Schatz von Opar ihm märchenhaften Reichtum verschaffen und seinem geheimen Plan eines Großreiches den Erfolg sichern würde. Deshalb beschloß er, Romero und Colt mit dem Rest der Männer zu folgen, und das waren wenige genug, nämlich nur noch Dorsky, Ivitch und der Filipino. „Dann müssen wir es eben allein versuchen, wenn diese feigen Hunde uns nicht helfen wollen", sagte er.

Bis die vier die Außenmauer durchquert hatten, waren Romero und Colt schon hinter der Innenmauer und außer Sicht. Abermals hallte der Warnschrei bedrohlich durch die bedrückende Stille der Ruinenstadt.

„Mein Gott!" stieß Ivitch hervor. „Was könnte das nur sein?"

„Halt die Schnauze", knurrte Zveri gereizt. „Zerbrich dir darüber nicht den Kopf, sonst kriegst du's noch genauso mit der Angst wie die verdammten Schwarzen."

Langsam durchquerten sie den Hof zur Innenmauer. Auch die übrigen zeigten wenig Begeisterung, vielmehr war jeder bestrebt, dem anderen den Vortritt zu lassen. Tony hatte gerade die Öffnung erreicht, als von der anderen Seite der Mauer ein irrsinniger Lärm über sie hereinbrach - ein gräßlicher Chor von Kriegsrufen, vermischt mit dem Geräusch eilender Schritte. Ein Schuß krachte, dann noch einer und ein weiterer.

Tony blickte zurück, um zu sehen, ob seine Gefährten ihm folgten. Sie standen mit kreideweißen Gesichtern und lauschten.

Dann machte Ivitch plötzlich kehrt. „Zur Hölle mit dem Gold!" sagte er und rannte schnell zur Außenmauer zurück.

„Komm zurück, du räudiger Hund", rief Zveri und setzte ihm nach. Dorsky folgte ihm dicht auf den Fersen. Tony zögerte einen Augenblick und lief ihnen dann auch hinterdrein, und alle blieben erst stehen, als sie jenseits der Außenmauer waren. Dort holte Zveri Ivitch ein und packte ihn bei den Schultern. „Ich sollte dich umlegen", rief er zornbebend.

„Du warst ebenso froh wie ich, dort 'rauszukommen", knurrte Ivitch. „Was hat es für einen Sinn, in die Stadt einzudringen? Wir würden nur getötet werden wie Colt und Romero. Ihrer waren zu viele. Hast du sie nicht gehört?"

„Ich denke, Ivitch hat recht", sagte Dorsky. „Es ist ja ganz schön, den Tapferen zu spielen, aber wir müssen an unsere Sache denken - wenn wir getötet werden, ist alles verloren."

„Aber das Gold!" sagte Zveri. „Denkt an das Gold!"

„Das nützt uns gar nichts, wenn wir tot sind", gab Dorsky zu bedenken.

„Was wird aus unsere Genossen?“ fragte Tony. „Sollen wir sie im Stich lassen, so daß sie vielleicht draufgehen?“

„Zur Hölle mit dem Mexikaner“, sagte Zveri. „Und was den Amerikaner anbetrifft, da denke ich mir, sein Geld wird durchaus noch verfügbar sein, solange wir verhindern, daß die Nachricht von seinem Tod an die Küste gelangt.“

„So willst du nicht einmal versuchen, sie zu retten?“ fragte Tony.

„Allein kann ich es nicht tun“, sagte Zveri.

„Ich komme mit“, erklärte Tony.

„Wir beide können auch nicht viel ausrichten“, murmelte Zveri. Dann trat er in einem seiner plötzlichen Wutanfälle drohend auf den Filipino zu. Seine große Gestalt überragte die des anderen.

„Was glaubst du, wer du bist?“ fragte er herrisch. „Ich habe hier das Kommando. Wenn ich deinen Rat brauche, werde ich dich darum bitten.“

Als Romero und Colt die Innenmauer durchquert hatten, schien das Tempelinnere, soweit sie es überblicken konnten, verlassen zu sein. Dennoch spürten sie Bewegung in den dunkleren Ecken und Öffnungen der zerfallenen Galerien, die auf den Hof blickten.

Colt schaute zurück. „Sollen wir auf die anderen warten?“ fragte er.

Romero zuckte die Schultern. „Ich denke mir, wir werden allein den Ruhm davontragen, Genosse“, sagte er mit einem Grinsen.

Colt lächelte zurück. „Dann wollen wir die Sache hinter uns bringen. Noch kann ich nichts besonders Bedrohliches entdecken.“

„Doch da drinnen ist was“, sagte Romero. „Ich habe Bewegung gesehen.“

„Ich auch“, sagte Colt.

Mit schußbereiten Gewehren traten sie unverzagt in den Tempel, doch sie waren noch gar nicht so weit gegangen, als aus den schattigen Bogengängen und aus zahllosen dunklen Türen eine Horde gräßlicher Menschen hervorbrach und die Stille der alten Stadt von entsetzlichem Kriegsgeschrei gestört wurde.

Colt ging vor Romero weiter und feuerte einen Schuß über die Köpfe der grotesken Kriegerpriester. Romero sah eine Anzahl davon an der Seite des großen Raumes entlanglaufen, in dem sie beide sich jetzt befanden. Offensichtlich wollten sie ihnen den Rückweg abschneiden. Er fuhr herum und schoß, aber nicht mehr über die Köpfe. Ihre Lage war zu bedrohlich, deshalb mußte er töten, und nun tat Colt es ihm nach, mit dem Ergebnis, daß das Geschrei mehrerer Verwundeter sich mit den Kriegsrufen ihrer Gefährten vermischte.

Romero war gezwungen, einige Schritte zurückzuweichen, um die Oparier davon abzuhalten, daß sie ihn umzingelten. Er schoß jetzt schneller, und es gelang ihm auch, das Umgehungsmanöver an ihrer Flanke zum Halten zu bringen. Ein schneller Blick auf Colt zeigte ihm, daß er die Stellung hielt, doch im gleichen Moment sah er eine Keule durch die Luft fliegen und den Amerikaner am Kopf treffen. Der fiel wie ein Baum um, und sofort wimmelten die gräßlichen kleinen Männern von Opar auf ihm herum.

Miguel Romero sagte sich, daß sein Gefährte verloren, wenn nicht bereits tot war. Als Einzelner konnte er nichts zu seiner Rettung tun. Er mußte sich glücklich schätzen, wenn er die eigene Haut rettete. So wich er ständig feuernd zu der Öffnung in der Innenmauer zurück.

Die Oparier hatten nun einen der Eindringlinge gefaßt, sahen den anderen zurückweichen und fürchteten das weiterhin verheerende Feuer aus der schrecklichen Waffe ihres nunmehr einzigen Gegners. Deshalb zögerten sie.

Romero durchquerte die Innenmauer, wandte sich um und rannte schnell zur äußeren. Einen Augenblick später war er bei seinen Gefährten in der Ebene.

„Wo ist Colt?“ fragte Zveri.

„Sie haben ihn mit einer Keule niedergeschlagen und ihn gefangengenommen“, sagte Romero. „Wahrscheinlich ist er schon tot.“

„Und du hast ihn im Stich gelassen?“ fragte Zveri.

Der Mexikaner fuhr seinen Anführer wütend an: „Das wagst du zu fragen?“ schrie er. „Ihr seid kreidebleich davongelaufen, noch ehe ihr den Feind gesehen habt. Hättet ihr uns unterstützt, so wäre Colt vielleicht nicht verloren gegangen. Statt dessen laßt ihr uns allein dort hineingehen, wo wir gegen diese Horde Wilder nicht die geringste Chance hatten. Und du wirfst mir Feigheit vor?“

„Ich habe nichts dergleichen gesagt“, antwortete Zveri kleinlaut. „Ich habe nie behauptet, du wärst ein Feigling.“

„Du wolltest es jedoch andeuten“, gab Romero zurück. „Aber ich will dir eins sagen, Zveri: Damit kommst du nicht durch, weder bei mir und noch bei allen anderen, die mit dir in Opar waren.“

Hinter den Mauern hervor ertönte wildes Siegesgeschrei, und während es noch in den Ruinenhallen von Opar widerhallte, kehrte Zveri der Stadt niedergeschlagen den Rücken. „Es hat keinen

Zweck“, sagte er. „Ich kann Opar nicht allein einnehmen. Wir kehren zum Lager zurück.“

Die kleinen Priester wimmelten auf Colt herum, nahmen ihm die Waffen ab und fesselten ihm die Hände auf dem Rücken. Er war noch bewußtlos, deshalb hoben sie ihn einem ihrer Stammesgenossen auf die Schulter und trugen ihn ins Innere des Tempels.

Als Colt das Bewußtsein wiedererlangte, lag er auf dem Boden eines großen Gemachs. Es war der Thronsaal des Tempels von Opar, wohin man ihn gebracht hatte, damit Oah, die Hohenpriesterin, sich den Gefangenen ansehen konnte.

Als seine Bewacher sahen, daß er wieder zu Bewußtsein gekommen war, rissen sie ihn grob hoch und stießen ihn zum Fuß des Podestes, auf dem Oahs Thron stand.

Die Wirkung des Bildes, das er jetzt vor Augen hatte, weckte bei ihm den Eindruck, Opfer einer Halluzination oder eines Traums zu sein. Der äußere Raum der Ruine, in die er gestürmt war, ließ die Größe und halb barbarische Pracht dieses gewaltigen Saales nicht ahnen, dessen majestätischer Glanz durch den jahrhundertelangen Verfall kaum beeinträchtigt wurde.

Vor ihm saß auf einem reich verzierten Thron eine junge Frau von außerordentlicher Schönheit, umgeben vom halb barbarischen Prunk einer uralten Zivilisation. Groteske, behaarte Männer und schöne Jungfrauen bildeten ihr Gefolge. Ihre Augen, die jetzt auf ihm ruhten, blickten kalt und grausam, ihr Gesichtsausdruck war hochmütig und verächtlich. Ein untersetzter Krieger, dessen Körperbau mehr dem eines Affen als eines Menschen glich, redete sie in einer Sprache an, die der Amerikaner nicht kannte.

Als er geendet hatte, erhob sich die Frau vom Thron, zog ein langes Messer aus dem Gürtel und reckte es hoch über den Kopf, während sie schnell und fast wild etwas sagte, die Augen fest auf den Gefangenen gerichtet.

Aus einer Gruppe von Priesterinnen rechts von Oahs Thron betrachtete ein Mädchen, gerade erst dem Kindesalter entwachsen, den Gefangenen durch halbgeschlossene Augen, und unter den Goldplatten, die ihre glatten, weißen Brüste bedeckten, schlug Naos Herz bei den Gedanken, die die Betrachtung dieses fremden Kriegers in ihr wachrief.

Als Oah ihre Rede beendet hatte, wurde Colt weggeführt, ohne zu wissen, daß er soeben sein Todesurteil mit angehört hatte, das die

Hohenpriesterin des Flammengottes über ihn gefällt hatte. Die Wachen brachten ihn in eine Zelle gleich am Eingang eines Tunnels, der vom Opferhof zu den Höhlen unter der Stadt führte, und da sie nicht gänzlich unterirdisch lag, gelangten frische Luft und Licht durch ein Fenster und die vergitterten Öffnungen der Tür. Hier ließ die Wache ihn zurück, nachdem sie ihm die Handfesseln abgenommen hatte.

Durch das kleine Fenster seiner Zelle hatte er einen Blick auf den Innenhof des Tempels der Sonne. Ringsum an den Wänden sah er die in mehreren Etagen bis zur Oberkante der Mauer verlaufenden Galerien. Er entdeckte den Steinaltar in der Mitte des Hofes, und die braunen Flecken darauf und auf dem Pflaster davor sagten ihm beredt, was er den unverständlichen Worten von Oah nicht hatte entnehmen können. Einen Augenblick glaubte er, sein Herz werde stocken, und er schauderte, da er keine Möglichkeit sah, dem Schicksal zu entrinnen, das ihm hier bevorstand. Der Zweck des Altars war nicht mißzuverstehen, wenn man ihn in Verbindung mit den grinsenden Totenschädeln früherer Menschenopfer betrachtete, die ihn aus Nischen in den Wänden ringsum anstarrten.

Wie gelähmt von der grauenvollen Situation, in der er sich befand, schaute er eine Weile auf den Altar und die Schädel, doch dann erlangte er seine Selbstkontrolle wieder und schüttelte die Todesangst ab, indes bedrückte ihn die Aussichtslosigkeit seiner Lage nach wie vor. Er mußte an seine Gefährten denken. Wie mochte es Romero ergangen sein? Er war wirklich ein tapferer und mutiger Genosse gewesen, im Grunde der einzige Angehörige der Gruppe, der einen guten Eindruck auf ihn gemacht und in dessen Gesellschaft er sich wohlgefühlt hatte. Die anderen schienen entweder unwissende Fanatiker oder geldgierige Opportunisten zu sein, während das Auftreten und die Redeweise des Mexikaners ihn als einen leichtfertigen Glücksritter gekennzeichnet hatten, der frohen Mutes sein Leben für jede Sache hingab, die im Moment seine Phantasie gepackt hielt, wobei ihm mehr an der Aufregung und dem Abenteuer gelegen war als an irgendeinem ernsten Zweck. Natürlich wußte Wayne Colt nicht, daß Zveri und die anderen ihn im Stich gelassen hatten. Er war jedoch überzeugt, daß Romero das nie tun würde, es sei denn, seine Sache wäre völlig aussichtslos oder er selbst getötet oder gefangen worden.

Er verbrachte den Rest des langen Nachmittags in Betrachtung seiner hoffnungslosen Lage. Die Dunkelheit brach an, und noch war nichts von seinen Feinden zu sehen. Er fragte sich, ob sie ihn hier ohne Nahrung und Wasser eingesperrt halten wollten, oder ob die Zeremonie, bei der er auf dem gräßlichen, blutbefleckten Alter geopfert werden sollte, in Kürze beginnen sollte, so daß sie es nicht für nötig hielten, sich mit seinen physischen Bedürfnissen zu befassen.

Er legte sich auf den harten Steinboden der Zelle und versuchte, im Schlaf kurze Erholung zu finden, als seine Aufmerksamkeit durch ein schwaches Geräusch geweckt wurde. Es kam aus dem Hof von der Stelle, wo der Altar stand. Er lauschte und gelangte zu der Überzeugung, daß sich jemand näherte. Leise erhob er sich, trat ans Fenster und blickte hinaus. In der schattigen Dunkelheit der Nacht, die nur durch den schwachen Lichtschein der hohen Sterne erhellt wurde, sah er, wie etwas den Hof in Richtung auf seine Zelle überquerte, aber ob es ein Mensch oder ein Tier war, konnte er nicht erkennen. Dann ertönte von irgendwoher hoch oben aus den Ruinen, die Stille der Nacht zerreißend, der langgezogene Schrei, der seiner Überzeugung nach ebenso Teil der geheimnisvollen Stadt Opar war wie die zerfallenden Ruinen.

Niedergeschlagen und mutlos machte sich die Gruppe auf den Rückweg zum Lager am Waldrand unter der Felsenbarriere von Opar, und als sie anlangten, erwartete sie nur noch größere Enttäuschung und Entmutigung.

Unverzüglich unterbreitete man den Expeditionsteilnehmern die Geschichte von dem Posten, der nachts von einem Dämon in den Dschungel verschleppt wurde und diesem gerade noch entkommen konnte, ehe er verschlungen wurde. Die Erinnerung an die unheimlichen Umstände von Raghunath Jafars Tod war ihnen noch frisch in Erinnerung. Dieser Vorgang zerrte noch an den Nerven derjenigen, die vor den Mauern von Opar gewesen waren, so daß in dieser Nacht eine sehr aufgeregte Gruppe unter den dunklen Bäumen am Rande des düsteren Waldes biwakierte und mit einem Seufzer der Erleichterung den Anbruch der Morgendämmerung begrüßte.

Als sie den Marsch zum Hauptlager fortsetzten, beruhigten sich die Gemüter der Schwarzen allmählich wieder. Sie erholten sich von der Spannung, unter der sie tagelang gestanden hatten. Es wurde gesungen und gelacht. Die Weißen jedoch gingen in sich gekehrt und verdrossen. Zveri und Romero redeten nicht miteinander, während

Ivitch wie alle schwachen Charaktere gegen jedermann einen Groll hegte, da er sich bei dem Fiasko vor Opar selbst sehr feige verhalten hatte.

Der kleine Nkima sah die Gruppe aus dem Inneren eines hohlen Baumes, in dem er sich versteckt hatte, vorüberziehen. Als die Luft rein war, verließ er seinen Zufluchtsort, tanzte auf einem Ast umher, schrie ihnen ganz furchtbare Drohungen nach und bedeckte sie mit wüsten Schmähreden.

Tarzan von den Affen lag ausgestreckt bäuchlings auf dem Rücken von Tantor, dem Elefanten, stemmte die Ellenbogen auf dessen breiten Schädel und stützte das Kinn mit den hohlen Händen. Vergeblich hatte er nach einer Spur von La gesucht. Es war, als hätte die Erde sich aufgetan und sie verschluckt.

Er war erst heute auf den Riesen gestoßen und hatte sich, einer Gewohnheit aus seiner Kindheit folgend, die Zeit für jene schweigende Gemeinsamkeit mit dem weisen, alten Patriarchen des Waldes genommen, der dem Menschen stets etwas von seiner großen Charakterstärke und Ruhe zu vermitteln schien. Stets umgab ihn eine Atmosphäre gelassener Ausgeglichenheit, die der Affenmensch als sehr erholsam empfand. Tantor begrüßte seinerseits die Gesellschaft des Herrn des Dschungels. Von allen zweibeinigen Geschöpfen brachte er nur ihm Freundschaft und Zuneigung entgegen.

Die Tiere des Dschungels erkennen keinen Herrn an, am wenigsten jenen grausamen Tyrannen, der den zivilisierten Menschen von der Wiege bis zur Bahre in überstürztem Wettlauf dahinjagt - die Zeit, den Herren über unzählige Millionen von Sklaven. Dieser meßbare Aspekt der Dauer war für Tarzan und Tantor bedeutungslos. Von allen unerschöpflichen Hilfsmitteln, die die Natur den Menschen zur Verfügung gestellt hatte, war sie mit der Zeit am verschwenderischsten umgegangen, denn sie hatte jedem so viel zugeteilt, wie er in seinem Leben nur nutzen konnte, ganz gleich, wie anspruchsvoll er sein mochte. Der Vorrat, über den sie verfügten, konnte nie aufgebraucht werden, denn es gab stets mehr davon, bis zum Augenblick des Todes. Danach hörte sie mit allen anderen Dingen auf, für den einzelnen von Wichtigkeit zu sein. Tantor und Tarzan verschwendeten daher keine Zeit, wenn sie in schweigender Meditation miteinander Umgang pflegten. Denn obwohl Zeit und Raum ewig fortdauern, sei es in Kurven oder geradlinig, müssen alle anderen

Dinge enden. Genauso wurden die Ruhe und der Frieden, den die beiden Freunde jetzt genossen, plötzlich durch das aufgeregte Geschrei eines winzigen Affen im Blattwerk eines großen Baumes über ihnen jählings beendet.

Es war Nkima. Er hatte Tarzan gefunden, und in seiner Erleichterung und Freude riß er mit seiner kleinen, schrillen Stimme den ganzen Dschungel aus der Ruhe. Tarzan drehte sich träge auf den Rücken und blickte zu dem schnatternden Artgenossen auf. Daraufhin ließ sich Nkima, der nun nicht im geringsten mehr zu zweifeln brauchte, daß er es wirklich mit seinem Herrn zu tun hatte, von dem Baum herab und landete auf dem dunkelbraunen Körper des Affenmenschen. Er schlang seine dünnen, behaarten Ärmchen um Tarzans Hals und schmiegte sich eng an diesen Zufluchtsort, der ihm jene kurzen Momente im Leben verschaffte, an denen er sich zeitweilig eines Überlegenheitskomplexes erfreuen konnte. Auf Tarzans Schulter sitzend, kannte er fast keine Furcht und konnte ungestraft die ganze Welt beschimpfen.

„Wo warst du denn, Nkima?“ fragte Tarzan.

„Ich habe nach Tarzan gesucht“, erwiderte der Affe.

„Was hast du gesehen, seit ich dich an den Mauern von Opar verließ?“ fragte der Affenmensch.

„Viele Dinge. So habe ich die großen Mangani im Mondschein um den toten Körper von Sheeta tanzen sehen. Ich habe die Feinde Tarzans durch den Wald marschieren sehen. Und ich habe Histah gesehen, wie sie den Kadaver von Bara verschlang.“

„Hast du eine weibliche Tarmangani gesehen?“ fragte Tarzan.

„Nein“, erwiderte Nkima. „Weder unter den Gomanganis noch den Tarmangani-Feinden von Tarzan waren weibliche Wesen. Nur Männchen, und sie marschierten zu dem Ort zurück, wo Nkima sie zuerst gesehen hat.“

„Wann war das?“ fragte Tarzan.

„Kudu war erst ein kleines Stück aus der Dunkelheit zum Himmel aufgestiegen, als Nkima die Feinde von Tarzan zu jenem Ort zurückmarschieren sah, wo er sie zuerst gesehen hat.“

„Dann sollten wir besser nachschauen, was sie vorhaben“, sagte der Affenmensch. Er tätschelte Tantor liebevoll mit der flachen Hand, um Lebewohl zu sagen, sprang auf die Füße und schwang sich gewandt in die überhängenden Zweige eines Baumes, während sich weit entfernt von ihm Zveri und seine Truppe durch den Dschungel zum Hauptlager schleppten.

Tarzan von den Affen folgte keinen Wegen am Boden, sondern blieb, wo der dichte Wald ihm die freien Bahn durch das Blattwerk ermöglichte und er sich mit einer Schnelligkeit von einem Punkt zum anderen bewegen konnte, die seine Feinde oft in Verlegenheit brachte.

Jetzt schwang er sich in fast gerader Linie vorwärts, so daß er die Expedition einholte, als sie ihr Nachtlager aufschlug. Er sah sie sich aus der Deckung der Blätter hoch in den Wipfeln genau an und stellte voller Überraschung fest, daß sie keine Schätze aus Opar mit sich führten.

Da das Gedeihen und das Glück der Dschungelbewohner, ja, überhaupt ihr ganzes Leben weitgehend von ihrer Beobachtungsfähigkeit abhängen, hatte Tarzan diese Eigenschaft zur Vollendung entwickelt. Bei seiner ersten Begegnung mit dieser Gruppe hatte er sich die Gesichter, den Körperbau und die Verhaltensweise ihrer Hauptanführer und vieler der einfacheren Krieger und Träger eingeprägt, mit dem Ergebnis, daß ihm eins sofort auffiel: Colt war nicht mehr bei der Expedition. Die Erfahrung ermöglichte es ihm, ein ziemliches genaues Bild der Geschehnisse in Opar zu entwerfen und das Schicksal des vermißten Mannes zu ahnen.

Vor Jahren hatte er gesehen, wie selbst seine tapferen Waziris bei ihrer ersten Begegnung mit den unheimlichen Warnrufen aus der Ruinenstadt umgekehrt waren und die Flucht ergriffen hatten. So konnte er sich leicht vorstellen, daß Colt versucht hatte, die Eindringlinge in die Stadt zu führen, dann im Stich gelassen worden war und entweder den Tod gefunden hatte, oder im düsteren Inneren eingekerkert worden war. Das berührte Tarzan jedoch nicht weiter. Zwar hatte er sich durch die feine und unsichtbare Kraft, die man als persönliche Ausstrahlung kennt, zu Colt hingezogen gefühlt. Dennoch betrachtete er ihn noch immer als einen seiner Feinde. War dieser jetzt tot oder gefangen, so wurde Tarzans Vorhaben dadurch nur erleichtert.

Nkima blickte von Tarzans Schulter auf das Lager herab, verhielt sich jedoch still, wie Tarzan es ihm befohlen hatte. Der kleine Affe sah viele Dinge, die er sich gern angeeignet hätte. Besonders hatte es ihm das rote Kattunhemd angetan, das einer der Askaris trug. Seiner Ansicht nach sah es überwältigend aus, zumal es aus der unverhüllten Nacktheit der meisten Schwarzen besonders hervorstach. Am liebsten wäre ihm gewesen, wenn sein Herr herabgestiegen und alle getötet hätte, besonders den Mann mit dem Kattunhemd. In seinem Innersten war Nkima nämlich sehr blutdürstig. Zum Glück für den Frieden des Dschungels war er nicht als Gorilla geboren worden. Tarzan stand der Sinn jedoch nicht nach einem Blutvergießen. Er verfügte über andere Mittel, die Aktivitäten dieser Fremden zunichte zu machen. Während des Tages hatte er Wild erlegt, nun zog er sich in sichere Entfernung vom Lager zurück und stillte seinen Hunger, während Nkima nach Vogelnestern, Früchten und Insekten suchte.

So brach die Nacht herein, und als sie den Dschungel in undurchdringliches Dunkel gehüllt hatte, das nur durch die Feuer im Lager verdrängt wurde, mit denen die Männer wilde Tiere abwehren wollten, kehrte Tarzan zu einem Baum zurück, von wo aus er die Tätigkeiten der biwakierenden Expedition überwachen konnte. Er beobachtete sie schweigend geraume Zeit, dann stieß er plötzlich einen langen Schrei aus, der dem gräßlichen Warnruf der Verteidiger von Opar täuschend ähnlich klang.

Die Wirkung auf das Lager folgte augenblicklich. Gespräche, Gesang und Gelächter hörten auf. Die Männer saßen einen Augenblick wie gelähmt vor Entsetzen. Dann ergriffen sie ihre Waffen und rückten näher ans Feuer.

Mit der Spur eines Lächelns auf den Lippen tauchte Tarzan wieder in den Dschungel.

Die Liebe einer Priesterin

Lange hatte Ibn Dammuk auf eine Gelegenheit gewartet, und da war sie endlich, hier in dem Lager am angeschwollenen Fluß nahe der Grenze zum Galla-Land. Die Beaufsichtigung der Gefangenen war etwas gelockert worden, weil Abu Batn sich sagte, daß die zwei Frauen sich schwerlich den Gefahren des Dschungels aussetzen würden, indem sie ihren Entführern entflohen, die ja gleichzeitig ihre Beschützer vor noch größeren Gefahren waren. Er rechnete jedoch nicht mit dem Mut und dem Einfallsreichtum der beiden Frauen, die ihrerseits ständig auf eine Fluchtmöglichkeit lauerten.
Genau diese Tatsache spielte jedoch Ibn Dammuk in die Hände.

Mit großer Weitsicht hatte er sich der Dienste eines der Schwarzen versichert, die gezwungen worden waren, sie vom Hauptlager aus zu begleiten, und der praktisch selbst ein Gefangener war. Ibn Dammuk versprach ihm die Freiheit und erlangte dadurch leicht die Einwilligung dieses Mannes bei dem Vorhaben mitzuwirken, mit dem er sich trug.

Für die beiden Frauen war ein besonderes Zelt aufgeschlagen worden. Davor saß ein einzelner Posten, dessen Anwesenheit Abu Batn für mehr als ausreichend erachtete und der vielleicht eher deshalb postiert wurde, um die Frauen vor den Anhängern des Scheichs zu beschützen, als einen höchst unwahrscheinlichen Fluchtversuch zu unterbinden.

Die Nacht, die Ibn Dammuk für seine Schurkerei ausersehen hatte, war genau so, wie er sie sich gewünscht hatte, denn er entdeckte, daß einer seiner eigenen Leute den Wachdienst vor dem Zelt der Gefangenen versah, ein Angehöriger seines Stammes, der ihm durch vererbte Loyalitätsgesetze zu absolutem Gehorsam verpflichtet war. Ibn Dammuk wartete mit zwei weiteren Stammesgenossen, vier Sklaven, die sie aus der Wüste mitgebracht hatten, und dem schwarzen Träger, der sich durch diese Nachtarbeit die Freiheit erwerben wollte, im Wald gleich hinter dem Lager.

Das Zelt, das für Zora und La errichtet worden war, wurde durch eine Papierlaterne erhellt, in der trübe eine Kerze brannte. Die beiden unterhielten sich bei dem gedämpften Licht - La mit ihrem neu erworbenem Englisch, das sie bestenfalls radebrechte. Dennoch war dies viel besser, als wenn sie sich überhaupt nicht hätten verständigen können. Es verschaffte beiden auch das einzige Vergnügen, das sie jetzt hatten. Vielleicht war es kein Zufall, daß sie ausgerechnet an diesem Abend über Fluchtmöglichkeiten sprachen und auf die Idee kamen, ein Loch in die Rückwand des Zeltes zu schneiden, durch das sie in den Dschungel entwischen konnten, nachdem sich das Lager zur Ruhe begeben hatte und der Posten vor dem Eingang vor sich hin dämmerte. Während sie noch darüber sprachen, erhob sich die Wache vor dem Zelt und schlenderte davon. Einen Augenblick später hörten sie ein Kratzen an der Rückwand des Zeltes. Sie starrten wie gebannt auf die Stelle, wo sich die Zeltbahn unter dem Druck dieser Behandlung von außen bewegte.

Da hörten sie eine Stimme flüstern: „Memsahib Drinov!"

„Wer ist das? Was willst du?" fragte Zora in gedämpftem Ton.

„Ich habe einen Fluchtweg entdeckt. Ich kann euch helfen, wenn ihr wollt."

„Wer bist du?" fragte Zora.

„Ich bin Bukula." Zora wußte, daß dies der Name eines der Schwarzen war, die Abu Batn gezwungen hatte, ihn vom Hauptlager hierher zu begleiten.

„Löscht eure Laterne", flüsterte Bukula. „Der Posten ist weggegangen. Ich komme hinein und erläutere euch meinen Plan."

Zora erhob sich und blies die Kerze aus. Einen Augenblick später sahen die zwei Gefangenen Bukula ins Zelt kriechen. „Hör zu, Memsahib", sagte er. „Die Boys, die Abu Batn dem Bwana Zveri geraubt hat, laufen heute nacht fort. Wir kehren zu der Safari zurück. Wenn ihr zwei mitkommen wollt, dann bitte."

„Natürlich kommen wir mit", sagte Zora.

„Gut!" erwiderte Bukula. „Nun paßt auf, was ich euch sage. Der Posten wird nicht zurückkommen, doch wir können nicht alle auf einmal weglaufen. Ich werde die eine Memsahib mit in den Dschungel nehmen, wo die Boys warten. Dann komme ich zurück und hole dich. Du kannst dich mit ihr verständigen. Sage ihr, sie soll mit mir gehen und keinen Lärm machen."

Zora wandte sich an La. „Geh mit Bukula", sagte sie. „Wir flüchten heute nacht, ich komme nach."

„Ich verstehe", erwiderte La.

„Das geht in Ordnung, Bukula", sagte Zora. „Sie versteht."

Bukula trat zum Zelteingang und schaute schnell in die Runde. „Komm!“ sagte er und verschwand aus Zoras Blickfeld, gefolgt von La.

Wohl war sich Zora des Risikos bewußt, das sie eingingen, wenn sie allein mit diesen halbwilden Schwarzen in den Dschungel gingen. Gleichwohl vertraute sie ihnen weit mehr als den Arabern. Außerdem glaubte sie, daß sie seitens der Neger keinen Verrat zu gewärtigen hatten, da sie wußte, daß die meisten von ihnen loyal und treu sein würden. Als sie in der Stille und Einsamkeit des dunklen Zeltes wartete, kam es ihr vor, als brauche Bukula unnötig lange, um sie nachzuholen, und als eine Minute nach der anderen verstrich und noch nichts von dem Schwarzen oder der Wache zu sehen war, machte sie sich ernstlich große Sorgen. Da beschloß sie, nicht länger auf Bukula zu warten, sondern selbst in den Dschungel zu gehen und nach der Gruppe der Flüchtlinge zu suchen. Vielleicht hatte Bukula nicht zurückkehren können, ohne eine Entdeckung zu fürchten, und deshalb warteten jetzt alle außerhalb des Lagers auf eine günstige Gelegenheit, sie zu holen. Als sie aufstand, um ihre Absicht in die Tat umzusetzen, hörte sie Schritte nahen und zögerte, des Glaubens, es sei Bukula. Statt seiner erblickte sie jedoch das flatternde Gewand und die langläufige Flinte eines Arabers. Beides hob sich gegen die etwas hellere Außenwelt ab, als der Mann den Kopf ins Zelt steckte. „Wo ist Hajellan?“ fragte er. Das war der Name des verschwundenen Postens.

„Woher sollen wir das wissen?“ erwiderte Zora mit verschlafener Stimme. „Warum weckst du uns mitten in der Nacht? Sollen wir auf deine Gefährten aufpassen?“

Der Bursche brummte etwas zur Antwort, wandte sich dann um und rief laut etwas durchs Lager, um allen, die ihn hören konnten, mitzuteilen, Hajellan sei verschwunden, und ob jemand ihn gesehen habe. Andere Krieger kamen angeschlendert, dann hub ein großes Rätselraten an, was wohl mit ihm geschehen sein mochte. Der Name des Vermißten wurde mehrmals laut gerufen, ohne daß eine Antwort erfolgte. Schließlich kam der Scheich selbst und befragte jeden. „Sind die Frauen noch im Zelt?“ erkundigte er sich bei dem neuen Posten.

„Ja“, erwiderte der Mann. „Ich habe mit ihnen gesprochen.“

„Das ist seltsam“, sagte Abu Batn. Dann rief er laut: „Ibn Dammuk! Wo bist du? Hajellan war einer deiner Leute." Keine Antwort. „Wo ist Ibn Dammuk?"

„Er ist nicht da", sagte ein Mann, der neben dem Scheich stand.

„Fodil und Dareyem sind auch weg", erklärte ein anderer.

„Durchsucht das Lager und seht nach, wer fehlt", befahl Abu Batn, und als seine Weisung ausgeführt worden war, stand fest, daß Ibn Dammuk, Hajellan, Fodil, Dareyem sowie fünf von den Schwarzen fehlten.

„Ibn Dammuk hat uns verlassen", sagte Abu Batn. „Nun gut, soll er. Dann sind es paar weniger, mit denen wir die Summe zu teilen haben, die wir für den Verkauf der zwei Frauen erzielen werden", sagte er. Er schien sich mit dem Verlust von vier guten Kämpfern abzufinden, ging zu seinem Zelt zurück und legte sich wieder schlafen.

Zora verbrachte eine fast schlaflose Nacht, weil das Schicksal von La und die Enttäuschung über das Fehlschlagen ihrer eigenen Flucht sie belasteten, doch für ihren Seelenfrieden war es eher ein Glück, daß sie die Wahrheit nicht kannte.

Bukula drang lautlos in den Dschungel ein, gefolgt von La. Als sie ein kurzes Stück vom Lager entfernt waren, sah sie die dunklen Gestalten mehrerer Männer, die in einer kleinen Gruppe vor ihnen standen. Die Araber hatten sich ihrer verräterischen Thôbs wegen im Unterholz versteckt, doch ihre Sklaven hatten die weißen Gewänder ausgezogen und waren samt Bukula bis auf die Tangas völlig nackt, so daß La die Überzeugung gewann, nur die schwarzen Gefangenen von Abu Batn warteten auf sie. Als sie zu ihnen trat, erkannte sie ihren Fehler, doch war es zu spät, als daß sie sich hätte retten können, denn sie wurde schnell von vielen Händen gepackt und geknebelt, ehe sie Alarm schlagen konnte. Nun tauchte Ibn Dammuk mit seinen arabischen Kumpanen auf, und lautlos setzte sich die Gruppe durch den dunklen Wald flußabwärts in Marsch. Zuvor hatten sie der ergrimmten Hohenpriesterin des Flammengottes jedoch noch die Hände auf dem Rücken gefesselt und einen Strick um den Hals geworfen.

Sie flohen die ganze Nacht, denn Ibn Dammuk konnte sich gut vorstellen, daß Abu Batn wütend sein würde, wenn er am Morgen entdeckte, wie übel man ihm mitgespielt hatte. Beim Morgengrauen waren sie schon weit vom Lager entfernt, doch nach einem kurzen

Halt für ein eiliges Frühstück drängte Ibn schon wieder zum Aufbruch.

Schon seit langem hatte man La den Knebel aus dem Mund genommen, und nun ging Ibn Dammuk neben ihr her und weidete sich an seiner Beute. Er sprach sie an, doch sie konnte ihn nicht verstehen und ging mit hochmütiger Miene weiter, während sie auf eine Gelegenheit wartete, Rache zu üben, und im stillen unter ihrer Trennung von Zora litt, für die in ihrer wilden Brust eine seltsame Zuneigung entstanden war.

Gegen Mittag bog die Gruppe von dem Wildpfad ab, dem sie bis jetzt gefolgt war, und schlug nahe dem Fluß ein Lager auf. Hier beging Ibn Dammuk einen elementaren Fehler. Die Nähe dieser schönen Frau, nach der er ein unbändiges Verlangen empfand, stachelte seine Leidenschaft in einem Maße an, daß er unbedingt mit ihr allein sein wollte. Also führte er sie parallel zum Fluß einen kleinen Pfad entlang, um außer Sichtweite seiner Kumpane zu kommen. Als sie etwa einhundert Yards vom Lager entfernt waren, umfaßte er sie mit beiden Armen und versuchte, sie auf die Lippen zu küssen.

Ebenso hätte er eine Löwin umarmen können. In der Hitze seiner Leidenschaft vergaß er vieles, darunter auch den Dolch, der an seiner Seite hing. La von Opar hatte ihn jedoch nicht übersehen. Sie hatte ihn bei Tagesanbruch entdeckt und seitdem immer getrachtet, ihn an sich zu bringen. Als der Mann sie nun derart an sich preßte, tastete sie danach und bekam auch den Griff zu fassen. Einen Augenblick lang schien sie aufgeben zu wollen. Sie erschlaffte, dann sah es aus, als wolle sie seine Umarmung erwidern, wobei sie mit der einen Hand nach seiner rechten Schulter griff und mit der anderen unter seinem linken Arm durchfaßte. Doch nach wie vor verweigerte sie ihm ihre Lippen, und als er weiter darum kämpfte, sie zu küssen, packte die Hand auf seiner Schulter ihn plötzlich an der Kehle. Ihre schlanken, schönen Finger, die so weich und weiß waren, hatten sich plötzlich in stählerne Krallen verwandelt, die ihm die Luft abschnürten. Zugleich stieß die andere Hand, die so sanft unter seinen linken Arm durchgeglitten war, ihm den eigenen langen Dolch unter dem Schulterblatt tief ins Herz.

Der Schrei, den er von sich geben wollte, erstickte in seiner Kehle. Einen Augenblick lang stand Ibn Dammuk steif und aufrecht, dann kippte er nach vorn, und sie ließ ihn zu Boden gleiten. Dann stieß sie ihn einmal mit dem Fuß an, nahm seinen Gürtel und die Scheide für den Dolch an sich, wischte die blutige Klinge an dem Thôb des Mannes ab und eilte den kleinen Pfad am Fluß entlang, bis sie im Unterholz eine Lücke entdeckte, die vom Strom wegführte. Sie ging immer weiter, bis die Müdigkeit sie überwältigte, da erklomm sie mit der ihr verbliebenen Kraft einen Baum auf der Suche nach der dringend benötigten Ruhestätte.

Wayne Colt beobachtete die verschwommene Gestalt, die sich dem Ausgang des Korridors näherte, wo seine Zelle lag. Er fragte sich, ob dies vielleicht der Todesbote war, der ihn zum Opferplatz führen wollte. Immer näher kam die Gestalt, bis sie vor dem Gitter seiner Zellentür stehenblieb. Dann flüsterte eine sanfte Stimme ihm leise etwas in einer Sprache zu, die er nicht verstand, aber er hörte, daß sein Besucher eine Frau war.

Von Neugier getrieben, trat er ans Gitter. Eine weiche Hand langte herein und berührte ihn fast liebkosend. Der Vollmond stieg über den hohen Mauern auf, die den Opferhof umschlossen, und ergoß plötzlich sein silbernes Licht über den Ausgang des Korridors und den Eingang zu Colts Zelle, und in seinem Lichtschein sah der Amerikaner eine jungen Frau, die sich an das kalte Eisen des Gitters schmiegte. Sie brachte ihm zu essen, und als er es entgegennahm, streichelte sie seine Hand, zog sie zu den Gitterstangen und drückte ihre Lippen darauf.

Wayne Colt war wie vor den Kopf geschlagen. Er konnte nicht wissen, daß Nao, die kleine Priesterin, sich in dem Moment in ihn verliebt hatte, als sie ihn das erste Mal sah, und daß er in ihren Augen, die sonst nur an den Anblick von Männern in Gestalt der behaarten, grotesken Priester von Opar gewöhnt waren, einer Gottheit glich, die er für sie auch war.

Ein leichtes Geräusch lenkte ihre Aufmerksamkeit auf den Hof, und als sie sich umwandte und das Mondlicht auf ihr Gesicht fiel, sah der Amerikaner, daß sie sehr reizvoll war. Dann wandte sie sich wieder zu ihm und blickte ihn mit ihren dunklen Augen bewundernd an. Ihre vollen, sinnlichen Lippen bebten vor Leidenschaft, als sie, noch immer seine Hand umklammernd, in leisen Tönen hastig auf ihn einsprach.

Sie wollte ihm begreiflich machen, daß er am Mittag des zweiten Tages dem Flammengott zum Opfer gebracht werden sollte; daß sie seinen Tod jedoch nicht wünschte und ihm nach Möglichkeit helfen wolle, nur wisse sie nicht, wie sie das bewerkstelligen könne.

Colt schüttelte den Kopf. „Ich kann dich nicht verstehen, meine Kleine", sagte er, und Nao sah die Vergeblichkeit ihrer Bemühungen ein, wenn sie seine Worte auch nicht deuten konnte. Dann hob sie eine Hand und beschrieb mit dem Zeigefinger in vertikaler Ebene einen großen Kreis von Ost nach West. Damit wollte sie die Sonnenbahn am Himmel darstellen. Danach zeichnete sie in der Luft einen zweiten Kreis, der jedoch im Zenit stoppte. Das sollte der Mittag des zweiten Tages sein. Einen Augenblick lang reckte sie die Hand dramatisch nach oben. Dann schlossen sich ihre Finger, als umklammerten sie den Griff eines imaginären Opfermessers, das sie auf einen unsichtbaren Punkt tief in ihrer Brust stieß.

„So will Oah dich vernichten", sagte sie, langte durch die Gitterstäbe und berührte Colts Brust über dem Herzen.

Der Amerikaner glaubte, die Bedeutung ihrer Pantomime verstanden zu haben, die er daraufhin wiederholte, wobei er sich das imaginäre Messer in die Brust stieß und sie fragend ansah.

Nao nickte bekümmert als Antwort, und Tränen traten ihr in die Augen.

Colt erkannte so deutlich, als habe er ihre Worte verstanden, daß er hier eine Freundin vor sich hatte, die ihm nach Möglichkeit helfen wollte. Er langte durch die Stäbe, zog sie sanft an sich und drückte seine Lippen auf ihre Stirn. Nao legte ihm leise schluchzend die Arme um den Hals und preßte ihr Gesicht an das seine. Dann gab sie ihn ebenso plötzlich frei, wandte sich um und eilte auf leisen Sohlen davon, um in den düsteren Schatten des Bogenganges an einer Seite des Opferhofes zu verschwinden.

Colt aß die Speisen, die sie ihm gebracht hatte, lag danach lange wach und dachte über die unerklärlichen Kräfte nach, die die Handlungen der Menschen bestimmen. Welche Reihe von Umständen, die aus rätselhafter Vergangenheit herrührten, hatten dieses einzige menschliche Wesen in einer Stadt von Feinden hervorgebracht, in dem von allen unbemerkt stets ein Keim freundschaftlicher Zuneigung für ihn, einen völlig Fremden, gesteckt haben mußte, von dessen Existenz sie bis zu diesem Tag ganz bestimmt keine Ahnung gehabt hatte. Er versuchte, sich einzureden, daß dieses Mädchen sich in ihrer Handlungsweise vielleicht vom Mitleid für sein

Schicksal leiten ließ, aber eine innere Stimme sagte ihm, daß ein viel machtvolleres Motiv ausschlaggebend war.

Colt hatte sich zu vielen Frauen hingezogen gefühlt, doch niemals richtig geliebt. Deshalb fragte er sich, ob dies wohl der Weg sei, auf dem die Liebe kam, und ob sie sich seiner eines Tages ebenso bemächtigen würde, wie sie es bei diesem Mädchen getan hatte. Er fragte sich ferner, ob er sich auch so stark zu ihr hingezogen gefühlt hätte, wären die Umstände anders gewesen. Wenn nicht, dann war in der Anordnung der Dinge etwas falsch, und während er noch über dieses Rätsel aller Zeiten grübelte, sank er auf dem harten Boden seiner Zelle in tiefen Schlaf.

Am Morgen erschien der behaarte Priester wieder, gab ihm zu essen und Wasser zu trinken, und während des Tages kamen andere und schauten ihn sich an, als wäre er ein wildes Tier in einer Menagerie. So zog sich der Tag in die Länge, und abermals brach die Nacht herein - seine letzte Nacht.

Er versuchte, sich die Abschlußzeremonie vorzustellen. Ihm erschien es nahezu unglaublich, daß man ihn im zwanzigsten Jahrhundert irgendeiner heidnischen Gottheit als Opfer darbrachte, doch die Pantomime des Mädchens und der konkrete Beweis des blutigen Altars und der grinsenden Schädel versicherten ihm, daß genau dies das Schicksal war, das ihn am Morgen erwartete. Er dachte an seine Familie und seine Freunde zu Hause. Nie würden sie erfahren, was aus ihm geworden war. Er wog dieses Opfer gegen die Mission ab, die er unternommen hatte, und bedauerte nichts, denn er wußte, daß es nicht vergeblich gewesen war. Die Nachricht, die er durch den Eilboten abgeschickt hatte, war gewiß schon in der Nähe der Küste, also weit weg. Sie war die Garantie, daß er auf seinem Gebiet um des hehren Prinzips willen, für das er, wenn nötig, bereitwillig sein Leben gegeben hätte, nicht versagt hatte. Er war froh, daß er so prompt reagiert und die Nachricht abgesandt hatte, denn nun konnte er am Morgen ohne Bedauern in den Tod gehen.

Er wollte nicht sterben, und er schmiedete den ganzen Tag über Pläne, um auch die geringste Gelegenheit zu nutzen, die ihm eine Fluchtmöglichkeit eröffnete.

Er fragte sich, was wohl aus dem Mädchen geworden war, und ob sie wiederkommen werde, jetzt, da es dunkel war. Er wünschte, sie käme, denn er sehnte sich in seinen letzten Stunden nach der Gesellschaft einer Freundin. Doch die Nacht verstrich langsam, und er gab die Hoffnung auf und versuchte, im Schlaf Vergessenheit zu finden.

Während Wayne Colt sich ruhelos auf seinem harten Lager hin und her warf, schnarchte Firg, ein niederer Priester, auf seinem Strohlager in dem kleinen, dunklen Winkel, der sein Schlafgemach darstellte. Er war der Schlüsselverwalter und von der Bedeutung dieses Amtes so erfüllt, daß er niemandem gestattete, die geheiligten Kennzeichen seiner Würde auch nur anzurühren. Wahrscheinlich hatte man sie ihm auch deshalb anvertraut, weil alle wußten, daß er sie bis zum letzten Atemzug verteidigen würde. Keinesfalls hätte er Anspruch auf einen hohen Intelligenzgrad erheben können, hätte er gewußt, daß es so etwas gab. Er war ein ausgesprochenes Untier von einem Mann und stand, wie viele Menschen, noch weit unter den sogenannten Tieren, was seine geistigen Aktivitäten anbetraf, denn wenn er schlief, schliefen auch all seine Fähigkeiten, und das gilt nicht für den Schlaf der wilden Tiere.

Firgs Zelle befand sich in einem der oberen Stockwerke der Ruinen, die noch unversehrt geblieben waren. Sie lag auf einem Korridor, der den Haupthof des Tempels umgab - ein Korridor, der nun in dichte Schatten gehüllt war, seit der Mond, der ihn bereits früh am Abend besucht hatte, weitergezogen war. So kam es, daß nur derjenige die Gestalt bemerkt hätte, die sich vorsichtig Firgs Kammer näherte, der zufällig in der Nähe gewesen wäre. Sie bewegte sich ganz leise, doch zielstrebig, bis sie an die Tür kam, hinter der Firg schlummerte. Hier blieb sie stehen und lauschte, und als sie sein gewaltiges Schnarchen vernahm, trat sie schnell ein, begab sich sofort zu dem Schläfer, kniete sich hin und tastete mit einer Hand leicht seinen Körper ab, während die andere ein langes, scharfes Messer bereit hielt und ständig über der behaarten Brust des Priesters schwebte.

Da fand sie, was sie suchte - einen großen Ring, auf den mehrere riesige Schlüssel aufgereiht waren. Er war mit einem Lederriemen an Firgs Gürtel befestigt, und nun versuchte die nächtliche Gestalt, ihn mit ihrer scharfen Klinge zu zerschneiden. Da bewegte sich Firg, und sofort erstarrte das Wesen an seiner Seite zur Salzsäule. Der Priester warf sich unruhig hin und her und schnarchte dann weiter, und abermals sägte der Dolch an dem Lederriemen. Dann zertrennte er ihn plötzlich und berührte ganz leicht den Metallring, doch es reichte aus, daß die Schlüssel ein wenig klirrten.

Sofort war Firg hellwach, doch er richtete sich nicht auf. Er sollte sich überhaupt nie wieder aufrichten.

Noch ehe die stupide Kreatur die Gefahr erkannt hatte, drang ihr die scharfe Klinge des Dolches lautlos ins Herz.

Er sank ohne einen Laut zusammen. Sein Mörder blieb einen Augenblick mit erhobenem Dolch stehen, als wolle er sich vergewissern, daß sein Werk wohl gelungen war. Dann wischte er die verräterischen Flecken an der Klinge des Dolches mit dem Lendenschurz des Opfers ab und verließ eilig die Zelle, in der einen Hand die großen Schlüssel an dem goldenen Ring.

Colt bewegte sich im Schlaf unruhig hin und her und erwachte mit einmal. Im schwindenden Mondlicht sah er eine Gestalt am Gitter seiner Zelle. Er hörte, wie sich ein Schlüssel in dem schweren Schloß drehte. War es möglich, daß sie ihn schon holen kamen? Er stand auf, wobei sein letzter bewußter Gedanke nun völlig von ihm Besitz ergriff - zu fliehen. Und als sich die Tür auftat und eine leise Stimme zu ihm sprach, wußte er, daß das Mädchen zurückgekehrt war.

Sie trat in die Zelle, legte ihm die Arme um den Hals und drückte ihre Lippen auf die seinen. Einen Augenblick hielt sie ihn so umklammert, dann gab sie ihn frei, ergriff seine Hand und drängte ihn, ihr zu folgen. Doch er war nur zu bereit, die bedrückende Atmosphäre der Todeszelle zu verlassen.

Auf leisen Sohlen führte Nao ihn schräg über den Opferhof und durch einen dunklen Torbogen in einen düsteren Korridor. Viele Biegungen und Kehren hinter sich lassend und sich stets im Schatten haltend, durchquerten sie die Ruinen in weitem Bogen, bis das Mädchen schließlich nach einer Zeit, die Colt wie eine Ewigkeit vorkam, eine niedrige, solide Holztür öffnete und ihn in die große Eingangshalle des Tempels zog, durch deren mächtiges Portal er die Innenmauer der Stadt sehen konnte.

Hier blieb Nao stehen, trat dicht zu ihm und blickte ihm in die Augen. Abermals legte sie die Arme um seinen Hals, und abermals preßte sie ihre Lippen auf die seinen. Ihre Wangen waren naß von Tränen, und ihre Stimme brach vor Schluchzen immer wieder ab, wenngleich sie es zu unterdrücken suchte, während sie dem Mann, der sie nicht verstehen konnte, Liebesbeteuerungen ins Ohr raunte.

Sie hatte ihn hergebracht, um ihm die Freiheit zu verschaffen, konnte ihn jedoch noch nicht gehen lassen. Sie schmiegte sich an ihn, liebkoste ihn und sprach zärtlich zu ihm.

Eine Viertelstunde stand sie so, und Colt hatte nicht das Herz, sie von sich weg zu schieben. Schließlich gab sie ihn jedoch frei und wies auf die Öffnung in der Innenmauer.

„Geh und nimm Naos Herz mit dir", sagte sie. „Ich werde dich nie wiedersehen, doch ich werde die Erinnerung an diese Stunde mein Lebtag in meinem Herzen tragen."

Wayne bückte sich und küßte ihre Hand, jene schlanke, kleine Hand, die soeben getötet hatte, damit der Geliebte leben konnte. Aber das konnte er natürlich nicht wissen.

Sie drückte ihm Dolch samt Scheide in die Hand, damit er nicht unbewaffnet in die Wildnis ging, dann wandte er sich von ihr ab und ging langsam zur Innenmauer. Am Eingang zur Öffnung blieb er stehen und drehte sich noch einmal um. Im Mondschein sah er verschwommen die Gestalt der kleinen Priesterin sehr aufrecht im Schatten der alten Ruinen stehen. Er hob die Hand und winkte ihr ein letztes Mal zum Abschied.

Eine große Traurigkeit bemächtigte sich seiner, als er durch die Innenmauer ging und den Hof zur Freiheit durchquerte, denn er wußte, daß er ein Herz voller Trauer und ohne Hoffnung hinter sich ließ, das Herz eines Menschen, der vielleicht das eigene Leben riskiert hatte, um ihn zu retten - eine echte Freundin, von der er jedoch nur die unklare Erinnerung an ein kaum richtig betrachtetes, reizvolles Gesicht mitnahm, eine Freundin, deren Namen er nicht kannte, und von der ihm als einziges Andenken die Erinnerung an heiße Küsse und der spitze Dolch geblieben war.

Während er die vom Mondlicht überflutete Ebene von Opar durchquerte, wurde die Freude über sein Entkommen durch traurige Gedanken gemindert, wenn er an die unglückliche kleine Priesterin dachte, wie sie im Schatten der Ruinen stand.

Im Dschungel verirrt

Nachdem der unheimliche Schrei das Lager der Verschwörer in Aufruhr versetzt hatte, dauerte es einige Zeit, ehe die Männer sich wieder zur Ruhe legen konnten.

Zveri war der Meinung, eine Gruppe Oparierkrieger habe sie verfolgt und plane jetzt einen Nachtangriff, deshalb ließ er überall im Lager Posten aufstellen. Die Schwarzen waren wiederum überzeugt, dieser überirdische Schrei könne keiner menschlichen Kehle entstammen.

Bedrückt und entmutigt setzten die Männer am nächsten Morgen ihren Marsch fort. Sie brachen zeitig auf und langten, da sie die Schwarzen ständig antrieben, kurz vor Einbruch der Dunkelheit am Hauptlager an. Der Anblick, der sich ihnen hier bot, beunruhigte sie aufs äußerste. Das Lager war verschwunden, und in der Mitte der Lichtung, auf der es errichtet worden war, deutete ein Haufen Asche auf das Unglück, das die hier zurückgelassene Gruppe ereilt hatte.

Dieser neue Schicksalsschlag versetzte Zveri in maßlose Wut, doch war niemand da, dem er die Schuld anlasten konnte, und so mußte er sich darauf beschränken, voller Ingrimm auf und ab zu stampfen, während er sein Los in lauten Worten und verschiedenen Sprachen verfluchte.

Tarzan beobachtete ihn aus dem Baum. Auch er wußte nicht, wie er sich das Unglück erklären sollte, das während der Abwesenheit der Hauptgruppe über das Lager hereingebrochen war, aber da er sah, daß es den Anführer an den Rand der Verzweiflung brachte, war er höchst zufrieden.

Die Schwarzen sahen darin jedoch nur einen weiteren Beweis für den Zorn des bösen Geistes, der sie heimsuchte, und alle waren dafür, den vom Schicksal geschlagenen Weißen zu verlassen, dessen Unternehmungen stets in einem Fehlschlag oder einem Unglück endeten.

Man muß Zveris Führungsqualitäten Respekt zollen, denn es gelang ihm, seine Männer durch Drohungen und Schmeichelei umzustimmen, so daß sie die schon ins Auge gefaßte Meuterei unterließen und bei ihm blieben. Er beauftragte sie, für die ganze Gruppe Unterkünfte zu errichten, und schickte unverzüglich Boten an seine verschiedenen Agenten ab, durch die er sie aufforderte, die dringend benötigten Dinge sofort loszuschicken. Er wußte, daß einige der angeforderten Ausrüstungsstücke bereits auf dem Weg von der Küste zu ihm waren - Uniformen, Gewehre und Munition. Er brauchte jedoch vor allem Lebensmittel und Handelswaren. Zwecks Aufrechterhaltung der Disziplin beschäftigte er seine Männer ununterbrochen. Sie mußten das Lager wohnlich gestalten, die Lichtung vergrößern oder frisches Wild jagen.

So wurden Tage zu Wochen, und Tarzan wartete mit ihnen und beobachtete sie. Er hatte keine Eile, denn die gehört nicht zu den Merkmalen der Tiere. Oft streifte er in beträchtlicher Entfernung von Zveris Lager durch den Dschungel, doch er kehrte immer wieder zurück, nicht, um sie zu belästigen, sondern um sie in Sicherheit zu wiegen und ihnen ein Gefühl der Ruhe zu vermitteln. Würde er sie dann zu geeigneter Zeit aus diesem Zustand reißen, so würde die Auswirkung auf ihre Moral um so größer sein. Er kannte sich in der Psychologie des Terrors gut aus, und mittels Terror gedachte er sie zu besiegen.

Spione, die Abu Batn von seinem Lager an der Grenze des Galla-Landes ausgeschickte hatte, ließen ihm Nachricht zukommen, die Galla-Krieger sammelten sich, um seinen Durchmarsch durch ihr Territorium zu verhindern. Durch die Flucht so vieler Männer geschwächt, konnte der Scheich nicht wagen, es mit den tapferen und zahlreichen Galla-Männern aufzunehmen, aber er wußte, daß er weiterziehen mußte, da er sonst rechnen mußte, daß Verfolger ihn von hinten einholten, falls er länger an Ort und Stelle blieb.

Endlich meldeten ihm Kundschafter, die er am gegenüberliegenden Ufer flußaufwärts gesandt hatte, daß auf einer nördlicheren Route ein Weg nach Westen frei zu sein schien. Also brach Abu Batn das Lager ab und marschierte mit seiner Gefangenen nach Norden.

Groß war sein Zorn gewesen, als er entdeckt hatte, daß Ibn Dammuk La geraubt hatte. Nun verdoppelte er seine Vorsichtsmaßnahmen, um Zora Drinov eine Flucht unmöglich zu machen. Sie wußte, welches Schicksal Abu Batn für sie ausersehen hatte, und trug sich nun niedergeschlagen und resignierend mit dem Plan, ihrem Leben ein Ende zu setzen. Eine Zeitlang hegte sie die Hoffnung, Zveri würde die Araber einholen und sie retten, aber dann gab sie sie auf, da ein Tag nach dem anderen verging, ohne daß die ersehnte Rettung eintrat.

Sie konnte natürlich nicht wissen, in welchen Schwierigkeiten

Zveri selbst steckte. Er hatte nicht gewagt, einen Suchtrupp seiner Männer nach ihr auszuschicken, da er befürchten mußte, daß sie in ihrer aufrührerischen Verfassung denjenigen seiner Stellvertreter ermorden würden, dem er die Führung des Trupps anvertraut hätte, und zu ihrem Stamm zurückkehren würden, von wo aus sich die Kunde von seiner Expedition und ihren Aktivitäten wie ein Lauffeuer verbreiten und schließlich seine Feinde erreichen könnte. Andererseits konnte er nicht mit seiner ganzen Streitmacht zu dem Unternehmen aufbrechen und das Kommando selbst übernehmen, da er im Hauptlager auf die Ausrüstung warten mußte, die nach seiner Erkenntnis jeden Tag eintreffen mußte.

Hätte er von der großen Gefahr gewußt, die Zora drohte, so hätte er vielleicht alle anderen Bedenken beiseite gelassen und wäre zu ihrer Rettung geeilt. Da er jedoch der Loyalität der Menschen von Natur aus mißtraute, hatte er sich eingeredet, daß Zora ihn vielleicht absichtlich verlassen habe - eine halbherzige Überzeugung, die zumindest die Wirkung hatte, daß sie sein ohnedies unangenehmes Naturell noch unerträglicher machte, so daß diejenigen, die in Stunden der Not seine Gefährten und seine Stütze sein sollten, ihm nach Möglichkeit aus dem Weg gingen.

Während dieser Geschehnisse eilte der kleine Nkima in besonderem Auftrag durch den Dschungel. Befand er sich im Dienst seines geliebten Herrn, konnte er einen einzelnen Gedanken über einen beträchtlichen Zeitabschnitt im Kopf behalten und einen bestimmten geradlinigen Handlungsstrang verfolgen. Wohl wurde seine Aufmerksamkeit bestimmt hier und da durch irgendeinen äußeren Umstand abgelenkt. Dann vergaß er für mehrere Stunden alles, was man ihm in Zusammenhang mit seinem Auftrag eingeschärft hatte. Fiel es ihm dann wieder ein, so verfolgte er ihn unbeirrt weiter, ohne sich der Tatsache bewußt zu sein, daß in der Kontinuität seiner Bestrebungen ein Bruch vorlag.

Tarzan kannte diese Schwäche seines kleinen Freundes natürlich zur Genüge. Er wußte jedoch aus Erfahrung auch: Wie viele Unterbrechungen auch eintreten mochten, Nkima würde ein Vorhaben nie ganz aufgeben, wenn es sich einmal in seinem Kopf festgesetzt hatte, und da Tarzan die Versklavung des modernen zivilisierten Menschen durch die Zeit nicht kannte, war er geneigt, Nkimas sprunghafte Pflichterfüllung als einen Makel anzusehen, dessen Konsequenzen geringfügig waren. Eines Tages würde der kleine Affe an seinem

Bestimmungsort eintreffen. Vielleicht würde es zu spät sein. Doch falls der Affenmensch dergleichen überhaupt in Erwägung zog, ließ er den Gedanken schulterzuckend fallen.

Für den zivilisierten Menschen ist Zeit jedoch ein Wesensmerkmal vieler Dinge. Er regt sich auf, ärgert sich und schränkt seine geistige und physische Wirksamkeit ein, wenn er etwas Konkretes nicht während einer gewissen Spanne jenes Mediums schafft, das für ihn wie ein dahinströmender Fluß ist, dessen Wasser vergeudet werden, falls man sie nicht nutzt, während sie vorüberziehen.

Auch Wayne Colt erlag solch wahnsinnigem Zeitverständnis. Schwitzend torkelte er auf der Suche nach seinen Gefährten durch den Dschungel, als hänge das Schicksal des Universums von der äußerst geringen Chance ab, daß er sie ohne den Verlust auch nur einer Sekunde erreichen könnte.

Die Nutzlosigkeit seines Vorhabens wäre ihm auf der Stelle klar geworden, hätte er wissen können, daß er in der falschen Richtung suchte. Er hatte sich verirrt. Glücklicherweise wußte er es nicht. Zumindest noch nicht. Diese lähmende Erkenntnis sollte später kommen.

Tage vergingen, und noch immer stieß er auf kein Lager. Es kostete ihn große Mühe, Nahrung zu finden, sein Speisezettel war mager, und oft kehrte sich ihm der Magen um, denn er nahm nur Früchte zu sich, die er schon kannte, und solche Nagetiere, die er nur unter größten Schwierigkeiten und einem erschreckenden Zeitaufwand einfangen konnte, und Zeit war für ihn noch immer das kostbarste Gut. Er hatte sich einen soliden Stock abgeschnitten und legte sich neben einem schmalen Pfad auf die Lauer, wo er nach seiner Erfahrung am ehesten Beute finden konnte, bis irgendein ahnungsloses Getier sich ihm so weit näherte, daß er zuschlagen konnte. Er fand heraus, daß die Morgen- und Abenddämmerung die beste Zeit für die Jagd auf die einzigen Tiere waren, die er so erlegen konnte, und er lernte auch noch andere Dinge, während er sich durch den Dschungel schlug, und alles war Bestandteil seines Überlebenskampfes. So hatte er zum Beispiel gelernt, daß es klüger war, auf einen Baum zu klettern, wenn er ein unbekanntes Geräusch hörte. Gewöhnlich gingen ihm die Tiere jedoch aus den Weg, wenn er sich ihnen näherte. Einmal griff ihn allerdings ein Nashorn an, ein andermal stolperte er beinahe über einen Löwen, der bei seiner Beute lag. Die Vorsehung war ihm jedesmal gewogen, und er entkam mit heiler Haut. Aber so lernte er, vorsichtig zu sein.

Eines Tages zur Mittagszeit kam er an einen Fluß, der sein weiteres Vordringen in der bisher eingeschlagenen Richtung verhinderte. Zu dem Zeitpunkt war ihm schon endgültig klar, daß er sich verirrt hatte, und da er nicht wußte, in welche Richtung er weitergehen sollte, beschloß er, der Linie des geringsten Widerstandes zu folgen und flußabwärts zu wandern, denn seiner Überzeugung nach mußte er so früher oder später auf ein Eingeborenendorf stoßen.

Er hatte, einem festgetretenen Pfad folgend, den zahllose Tiere schon vor ihm entlanggetrottet waren, noch gar kein großes Stück in der neuen Richtung zurückgelegt, als seine Aufmerksamkeit durch ein Geräusch geweckt wurde, das aus großer Entfernung undeutlich an sein Ohr drang. Es kam aus der Richtung vor ihm, und sein Gehör, das inzwischen viel empfindlicher geworden war als je zuvor, sagte ihm, daß sich da etwas näherte. Der üblichen Praxis folgend, die er fürs Überleben als dienlich erkannt hatte, seit er einsam und unbewaffnet den Gefahren des Dschungels ausgesetzt war, schwang er sich schnell auf einen Baum und suchte einen günstigen Punkt, von dem aus er den Weg unten überblicken konnte. Weit voraus hatte er keine Sicht, weil der Pfad sich durch den Dschungel schlängelte. So würde er das, was da kam, erst sehen, wenn es direkt unter ihm war, aber das war bedeutungslos. Seine Dschungelerfahrung hatte ihn Geduld und vielleicht auch etwas von der Wertlosigkeit der Zeit gelehrt, denn er machte es sich auf dem Baum bequem, um in Ruhe zu warten.

Das Geräusch war wenig mehr als ein undeutliches Rascheln, doch dann nahm es an Lautstärke zu und erlangte neue Bedeutung, so daß er jetzt sicher war, daß jemand schnell den Weg entlanggerannt kam, und nicht nur einer, sondern zwei - er vernahm deutlich, wie sich die Schritte einer schwereren Person mit denjenigen vermischten, die er zuerst gehört hatte.

Dann hörte er eine Männerstimme „Halt!“ rufen, und nun waren die Geräusche sehr nahe, gleich hinter der nächsten Biegung vor ihm. Das Tappen eilender Schritte wurde von Gerangel und fremden Flüchen abgelöst, die die Männerstimme ausstieß.

Dann sagte eine Frauenstimme: „Laß mich gehen! Du bringst mich nie lebendig dorthin.“

„Dann werde ich dich jetzt für mich nehmen“, sagte der Mann.

Colt hatte genug gehört. Die Frauenstimme kam ihm bekannt vor. Lautlos ließ er sich zu Boden fallen, zog den Dolch und ging schnell auf die Stelle zu, wo der Wortwechsel stattfand.

Als er um die Biegung kam, sah er nur den Rücken eines Mannes vor sich - dem Thôb und Thorîb nach ein Araber. Doch er wußte, daß die Frau, die der Mann umklammert hielt, durch das wehende Gewand des Angreifers verdeckt wurde.

Er sprang vor, packte den Burschen an der Schulter und drehte ihn herum. Als der Mann ihm gegenüber stand, sah er, daß es Abu Batn war, und nun erkannte er auch, warum die Frauenstimme ihm so vertraut gewesen war - es war Zora Drinov.

Abu Batn lief purpurrot an bei seinem Dazwischentreten, doch so groß wie sein Zorn war auch seine Überraschung, als er den Amerikaner vor sich sah. Im ersten Moment glaubte er, er sei möglicherweise nur der erste einer ganzen Gruppe von Verfolgern und Rächern aus Zveris Lager, aber als er bemerkte, in welch verwahrlostem, ungepflegten Zustand der unbewaffnete Colt war, wurde ihm klar, daß der Mann allein war und sich zweifellos verirrt hatte.

„Du Hund von einem Nasrâny!" schrie er und entwand sich Colts Griff. „Leg keine Hand an einen wahren Gläubigen." Gleichzeitig machte er Anstalten, seine Pistole zu ziehen, doch in diesem Moment war Colt wieder bei ihm, und beide Männer fielen auf dem schmalen Pfad zu Boden, der Amerikaner obenauf.

Was nun folgte, geschah sehr schnell. Als Abu Batn die Pistole zog, verfing sich der Hahn in den Falten seines Thôb, so daß sich die Waffe entlud. Die Kugel fuhr in die Erde, ohne Schaden anzurichten, doch der Knall machte Colt auf die drohende Gefahr aufmerksam. In Notwehr zog er sein Messer und schnitt dem Scheich die Kehle durch.

Als er langsam aufstand, packte Zora Drinov ihn am Arm. „Schnell!" sagte sie. „Der Schuß wird die anderen heranbringen. Sie dürfen uns nicht finden."

Er dachte auch nicht daran, erst noch groß Fragen zu stellen, sondern nahm schnell Abu Batns Waffen und die Munition einschließlich der langen Muskete an sich, die auf dem Weg neben ihm lag. Dann rannten beide schnell den Pfad entlang in die Richtung, aus der sie gekommen waren.

Als er dann doch nichts von einer Verfolgung hörte, blieb er stehen.

„Kannst du klettern?" fragte er.

„Ja, warum?" antwortete sie.

„Wir schwingen uns besser in die Bäume. Dann könnten wir ein Stück in den Dschungel dringen und sie abschütteln."

„Gut!" sagte sie und kletterte mit seiner Hilfe ins Astwerk des Baumes, unter dem sie standen.

Glücklicherweise standen mehrere große Bäume dicht beieinander, so daß sie sich relativ leicht volle hundert Fuß von dem Pfad entfernen konnten. Auf einem besonders großen Baum kletterten sie ganz hoch, so daß sie durch die Blätter wirksam nach allen Seiten verborgen waren.

Als sie schließlich nebeneinander in einer großen Astgabel saßen, sagte Zora zu Colt: „Genosse Colt, was ist geschehen? Was tust du hier allein? Hast du nach mir gesucht?"

Er grinste. „Ich habe nach der ganzen Gruppe gesucht", erklärte er. „Seit wir in Opar eingedrungen sind, habe ich keinen mehr gesehen. Wo ist das Lager, und warum hat Abu Batn dich verfolgt?"

„Wir sind ein großes Stück vom Lager entfernt", erwiderte Zora. „Ich weiß nicht, wie weit, doch ich könnte zurückkehren, wären die Araber nicht dort." Dann erzählte sie ihm in Kürze von Abu Batns Verrat und ihrer Gefangennahme. „Der Scheich ließ heute kurz nach Mittag ein provisorisches Lager errichten. Seine Männer waren sehr müde und ließen zum ersten Mal seit Tagen in ihrer Wachsamkeit nach. Ich erkannte, daß endlich der Zeitpunkt gekommen war, auf den ich so begierig gewartet hatte, und während sie schliefen, entkam ich in den Dschungel. Sie müssen meine Abwesenheit jedoch kurz danach entdeckt haben, denn Abu Batn holte mich ein. Den Rest kennst du."

„Das Schicksal hat doch sehr schön mitgespielt und alles wunderbar gefügt", sagte er. „Wenn man sich überlegt, daß deine einzige Chance, gerettet zu werden, von meiner zufälligen Gefangennahme in Opar abhing!"

Sie lächelte. „Das Schicksal fängt viel früher an", sagte sie. „Angenommen, du wärst gar nicht geboren worden?"

„Dann hätte Abu Batn dich in den Harem irgendeines schwarzen Sultans verschleppt, oder ein anderer Mann wäre in Opar gefangen worden."

„Ich bin froh, daß du geboren wurdest", sagte Zora.

„Vielen Dank", erwiderte Colt.

Während sie leise miteinander sprachen, lauschten sie ständig auf Anzeichen einer Verfolgung. Colt berichtete ausführlich über die

Ereignisse, die zu seiner Gefangenschaft geführt hatten, ließ jedoch aus einem Gefühl der Loyalität für das unbekannte Mädchen, das ihm geholfen hatte, einige Details seiner Flucht weg. Auch betonte er Zveris mangelnde Kontrolle über seine Männer nicht sonderlich oder die unentschuldbare Feigheit, die nach Colts Ansicht darin bestand, daß er ihn und Romero ihrem Schicksal innerhalb der Mauern von Opar überlassen hatte, ohne ihnen zu Hilfe zu eilen. Er glaubte, daß Zora Zveris Freundin sei, und wollte sie nicht kränken.

„Was ist aus dem Genossen Romero geworden?“ fragte sie.

„Das weiß ich nicht. Das letzte, was ich von ihm sah, war, daß er sich verbissen der mißgestalteten kleinen Dämonen erwehrte“, antwortete er.

„Allein?“ fragte sie.

„Ich hatte selbst alle Hände voll zu tun“, sagte er.

„Das meine ich nicht“, antwortete sie. „Natürlich weiß ich, daß du mit Romero dort warst, und mit wem noch?“

„Die anderen sind nicht nachgekommen“, sagte Colt.

„Du meinst, ihr zwei seid allein gegangen?“ fragte sie.

Colt zögerte. „Ja, weißt du, die Schwarzen weigerten sich, in die Stadt einzudringen, so mußten wir anderen gehen oder den Versuch aufgeben, an die Schätze zu kommen.“

„Doch nur du und Miguel seid hineingegangen. Stimmt das nicht?“

„Ich wurde sehr bald ausgeschaltet, weißt du“, sagte er lachend. „Da entsinne ich mich wirklich nicht mehr so genau, was vorging.“

Die Augen des Mädchens verengten sich. „Das war eine Schweinerei!“ sagte sie.

Während ihres Gesprächs ruhten seine Augen oft auf ihrem Antlitz. Wie reizvoll war sie doch, selbst in den schmutzigen Lumpen, den äußeren Kennzeichen ihrer Gefangenschaft bei den Arabern. Seit er sie das letzte Mal gesehen hatte, war sie ein wenig schmaler geworden, ihre Augen sahen müde aus und ihr Gesicht war gezeichnet von den Entbehrungen und der Sorge. Doch vielleicht wurde ihre Schönheit durch eben diesen Gegensatz besonders hervorgehoben. Er wollte einfach nicht glauben, daß sie diesen groben, lautstarken Zveri lieben konnte, der in jeder Beziehung die Antithese zu ihr darstellte.

Sie brach das kurze Schweigen. „Wir müssen versuchen, zum Hauptlager zurückzukommen“, sagte sie. „Es ist ganz wichtig, daß ich dort bin. So viel ist zu erledigen, Dinge, die kein anderer tun kann.“

„Du denkst nur an die Sache, niemals an dich. Du bist ihr sehr ergeben“, sagte er.

„Das stimmt“, sagte sie leise. „Ich verhalte mich loyal zu dem Vorhaben, das zu vollenden ich geschworen habe.“

„Ich fürchte, ich habe in den vergangenen Tagen mehr an mein eigenes Wohlergehen gedacht als an das des Proletariats.“

„Ich glaube, innerlich bist du noch ein Bourgeois“, sagte sie. „Du bringst es einfach nicht fertig, das Proletariat ohne Verachtung zu betrachten.“

„Wie kommst du darauf?“ fragte er. „Ich weiß genau, daß ich nichts gesagt habe, was dies bestätigen könnte.“

„Oft verändert die geringfügige, unbewußte Modulation eines Wortes die Bedeutung einer ganzen Erklärung und offenbart die geheimsten Gedanken des Sprechers.“

Er lachte gutmütig. „Wenn man mir dir redet, muß man ja aufpassen. Du bist eine gefährliche Person“, sagte er. „Werde ich nun bei Sonnenaufgang erschossen?“

Sie blickte ihn ernst an. „Du bist anders als der Rest“, sagte sie. „Ich glaube, du hast keine Ahnung, wie mißtrauisch sie sind. Was ich gesagt habe, soll dir nur als Warnung dienen, jedes Wort genau abzuwägen, wenn du mit ihnen redest. Einige von ihnen sind beschränkt und unwissend, und sie mißtrauen dir allein wegen deiner Vorfahren. Eifersüchtig wachen sie über die neue Bedeutung, die ihre Klasse ihrer Meinung nach erlangt hat.“

„Ihre Klasse?“ fragte er. „Mir ist, als hättest du mir einmal gesagt, du stammst aus dem Proletariat?“

Wenn er geglaubt hatte, sie damit außer Fassung zu bringen, dann irrte er sich. Sie schaute ihm fest in die Augen und wich seinem Blick nicht aus. „Das stimmt, dennoch erkenne ich auch die Schwächen meiner Klasse“, erwiderte sie.

Er blickte sie längere Zeit ruhig an, und der Schatten eines Lächelns spielte um seine Lippen. „Ich glaube einfach nicht...“

„Sprich doch weiter“, sagte sie. „Was glaubst du nicht?“

„Entschuldige, ich habe nur laut gedacht“, sagte er.

„Sei vorsichtig, Genosse Colt“, warnte sie ihn. „Laut zu denken kann manchmal üble Folgen haben.“ Sie milderte die Worte durch ein Lächeln.

Die weitere Unterhaltung wurde durch den Klang von Männerstimmen in der Ferne beendet. „Sie kommen“, sagte sie.

Colt nickte, und beide verhielten sich still und lauschten auf die sich nähernden Stimmen und Schritte. Als die Männer auf gleicher

Höhe mit ihnen waren, blieben sie stehen, und Zora, die Arabisch beherrschte, hörte einen von ihnen sagen: „Die Spur hört hier auf. Sie müssen in den Dschungel eingedrungen sein."

„Wer mag der Mann sein, der bei ihr ist?" fragte ein anderer.

„Es ist ein Nasrâny, ich sehe es an seinen Fußabdrücken", antwortete jemand.

„Bestimmt wollen sie zum Fluß, das ist der Weg, den auch ich einschlagen würde, wenn ich versuchte zu fliehen."

„Wullah! Du sprichst Worte der Weisheit", sagte der erste Sprecher. „Wir wollen uns hier verstreuen und das Gelände bis zum Fluß absuchen, aber gebt auf den Nasrâny acht, er hat die Pistole und die Muskete des Scheichs."

Die zwei Flüchtlinge hörten, wie der Lärm der Verfolger in der Ferne verebbte, während sie sich einen Weg durch den Dschungel zum Fluß bahnten. „Ich glaube, wir machen uns besser aus dem Staub, und wenn das Gebüsch die Fortbewegung auch stark behindert, meine ich doch, es ist besser, eine Weile durchs Unterholz zu dringen und uns vom Fluß fernzuhalten", sagte Colt.

„Ganz richtig", erwiderte Zora. „Das ist auch die allgemeine Richtung, in der das Lager liegen muß." So begannen sie ihren langen und beschwerlichen Weg, um ihre Genossen zu suchen.

Sie arbeiteten sich noch durch den dichten Dschungel, als die Nacht hereinbrach. Ihre Kleidung war zerfetzt, ihre Haut an vielen Stellen zerkratzt und aufgerissen, eine stumme und schmerzliche Erinnerung an den dornenreichen Weg, den sie zurückgelegt hatten.

Hungrig und durstig errichtete sie zwischen den Ästen eines Baumes eine trockene Lagerstatt. Colt baute eine primitive Plattform für Zora, dann schickte er sich an, am Fuße des großen Baumes auf dem Boden zu schlafen. Dagegen erhob sie Einwände.

„Das geht unter keinen Umständen", sagte sie. „Wir sind nicht in der Lage, jeder törichten Konvention Genüge zu tun, die unser Leben in zivilisierter Umgebung gewöhnlich bestimmt. Ich schätze deine Rücksichtnahme, aber mir wäre lieber, du würdest bei mir hier oben auf dem Baum schlafen als dort unten, wo der erste beste auf Jagd befindliche Löwe dich erwischen könnte."

So errichtete Colt mit ihrer Hilfe eine weitere Plattform dicht bei der ihren, und als die Dunkelheit hereinbrach, streckten sie ihre müden Glieder auf den harten Lagerstätten und versuchten zu schlafen.

Bald war Colt eingenickt, und im Traum sah er die schlanke Gestalt einer Göttin mit strahlenden, sterngleichen Augen, deren Wangen naß waren von Tränen. Aber als er sie in die Arme nahm und küßte, war es Zora Drinov. Dann ließ ein gräßlicher Laut aus dem Dschungel unter ihnen ihn mit einem Ruck auffahren. Die Muskete des Scheichs schußbereit haltend, sah er nach.

„Ein jagender Löwe", sagte das Mädchen leise.

„Mein Gott! Ich muß wirklich eingeschlafen sein, denn mich durchfuhr vielleicht ein Schreck."

„Ja, du hast geschlafen", sagte das Mädchen. „Und im Schlaf geredet." Er hörte das Lachen, das in ihrer Stimme lag.

„Und was habe ich gesagt?" fragte er.

„Vielleicht möchtest du das lieber nicht hören. Es könnte dich in Verlegenheit bringen", sagte sie.

„Ach was, komm, sag's mir."

„Du hast 'Ich liebe dich' gesagt."

„Wirklich?"

„Ja. Ich frage mich nur, wen du damit gemeint hast", erklärte sie schelmisch.

„Das frage ich mich auch", erwiderte er und entsann sich, daß die Gestalt des einen Mädchens in seinem Traum mit der der anderen verschmolzen war.

Der Löwe hörte ihre Stimmen und trollte sich brummend. Er machte keine Jagd auf die verhaßten Menschwesen.

Über Wege des Schreckens

Endlos dehnten sich die Tage für den Mann und die Frau, die nach ihren Genossen suchten - Tage voller ermüdender Anstrengungen, die zumeist darauf gerichtet waren, Nahrung und Wasser zu beschaffen, um am Leben zu bleiben. Colt wurde zunehmend von dem Charakter und der Persönlichkeit seiner Gefährtin gefesselt. Mit Sorge vermerkte er, daß sie unter den Entbehrungen und der dürftigen und unzureichenden Nahrung, die er für sie beschaffen konnte, immer schwächer wurde. Aber sie hielt sich tapfer und versuchte, diesen Zustand vor ihm zu verbergen. Kein einziges Mal hörte er sie klagen. Nie machte sie ihm durch Worte oder Blicke Vorwürfe, weil er nicht mehr Nahrung aufbringen konnte, ein Mangel, den er als persönliches Versagen betrachtete. Sie wußte nicht, daß er selbst oft hungerte, damit sie zu essen hatte, indem er ihr bei der Rückkehr von der Nahrungssuche weismachte, er habe seinen Teil bereits verzehrt, als er ihn fand, ein Täuschungsmanöver, das durch die Tatsache ermöglicht wurde, daß er sie bei seiner Jagd oft an vergleichsweise sicherem Ort zurückließ, wo sie keinen unnötigen Ängsten ausgesetzt war.

Auch diesmal hatte er sie in der Sicherheit eines großen Baumes neben einem sich windenden Strom zurückgelassen. Sie war sehr müde. Ihr war, als sei sie jetzt ständig müde. Der Gedanke, den Marsch fortsetzen zu müssen, schreckte sie ab, dennoch wußte sie, daß sie das tun mußten. Sie fragte sich, wie lange sie es wohl noch durchhalten könne, ehe sie zum letzten Mal erschöpft zu Boden sank. Indes bangte sie nicht so sehr um sich als um diesen Mann - diesen Sproß des Reichtums, des Kapitalismus' und der Macht, dessen ständige Rücksichtnahme, Aufmunterung und Zuwendung etwas völlig Neues für sie war. Sie wußte genau: Würde sie nicht weitermarschieren können, so würde er bei ihr bleiben und dadurch die eigenen Chancen aufs Spiel setzen, diesem grimmigen Dschungel zu entrinnen. Vielleicht war er dann ihretwegen für immer verloren. Sie hoffte um seinetwillen, daß der Tod sie schnell ereilte und ihn so der Verantwortung enthob. Dann konnte er auf der Suche nach dem verlorenen Lager, das für sie inzwischen kaum mehr als ein bedeutungsloser Mythos geworden war, schneller vorankommen. Doch der Gedanke an den Tod ließ sie erschaudern, nicht, weil sie ihn fürchtete, sondern aus einem völlig neuen Grund, und diese Einsicht versetzte ihr einen deutlichen Schock. Die Tragödie dieser plötzlichen Selbsterkenntnis lähmte sie, sie schrak davor zurück. Es war ein Gedanke, den sie verscheuchen mußte, den sie keinen Augenblick in sich aufkommen lassen durfte. Und dennoch ließ er sich nicht verjagen, setzte er ihr mit stumpfer Beharrlichkeit zu, die ihr Tränen in die Augen trieb.

Colt hatte sich bei seiner Nahrungssuche an diesem Morgen weiter entfernt als gewöhnlich, denn er hatte eine Antilope gesichtet. Er malte sich aus, wie viel Fleisch allein dieses Stück Wild für Zora und ihn bedeuten würde und folgte dem Tier verbissen, wobei er dadurch weitergelockt wurde, daß er seine Beute immer wieder in einiger Entfernung flüchtig sehen konnte.

Die Antilope war sich eines Verfolgers nur instinktiv bewußt, denn Colt pirschte sich gegen den Wind an, so daß sie ihn noch nicht gewittert hatte, und sein gelegentliches Sichtbarwerden hatte eher ihre Neugier geweckt, so daß sie sich zwar entfernte, jedoch oft stehenblieb und sich umwandte, um ihre Neugier zu befriedigen. Einmal wartete sie jedoch einen Augenblick zu lange. In seiner Verzweiflung versuchte Colt einen Fernschuß, und als das Tier zu Boden fiel, konnte er einen lauten Freudenschrei kaum unterdrücken.

Zora hatte jedes Zeitgefühl verloren, doch als Colt sich noch immer nicht blicken ließ, machte sie sich zunehmend Sorgen. Nie zuvor hatte er sie so lange allein gelassen. Nun malte sie sich alle möglichen Unglücksfälle aus, die ihm vielleicht zugestoßen waren. Sie wünschte sich, doch mit ihm gegangen zu sein. Hätte sie es für möglich gehalten, seiner Spur zu folgen, so wäre sie vielleicht aufgebrochen. Aber sie wußte, daß sie dazu nicht imstande war. Die erzwungene Untätigkeit machte sie jedoch ruhelos. Auch empfand sie die verkrampfte Haltung auf dem Baum als unerträglich. Vom Durst gepeinigt, ließ sie sich zu Boden fallen und ging zum Fluß.

Als sie getrunken hatte und zu dem Baum zurückkehren wollte, hörte sie, daß sich etwas aus der Richtung näherte, in der Colt gegangen war. Ihr Herz hüpfte vor Freude, ihre Niedergeschlagenheit und sogar ihre Mattigkeit schienen zu schwinden, und sie wurde sich plötzlich bewußt, daß sie sich ohne ihn sehr einsam gefühlt hatte. Wie sehr wir auf die Gesellschaft unserer Mitmenschen angewiesen sind, wird uns häufig erst klar, wenn wir zur Einsamkeit verdammt sind. Tränen des Glücks stiegen ihr in die Augen, als sie Colt entgegenging. Dann teilte sich das Gebüsch, und eine ungeheuerer, behaarter Affe tauchte vor ihr auf, bei dessen Anblick sie vor Schreck erstarrte.

To-yat, der Affenkönig, war nicht minder überrascht, doch seine Reaktionen waren genau entgegengesetzt. Er betrachtete die weiche, weiße Mangani ohne Schrecken. Sie las in seinen Augen nur Wildheit, doch in seiner Brust regten sich ganz andere Gefühle. Er kam auf sie zugetorkelt. Doch da wandte sich Zora zur Flucht, als sei die momentane Lähmung von ihr abgefallen. Wie vergeblich das war, erkannte sie in dem Augenblick, als eine behaarte Hand sie grob an der Schulter packte. Sie hatte die Pistole des Scheichs einen Augenblick vergessen, die Colt ihr zur Selbstverteidigung dagelassen hatte, zog sie nun aus dem Halfter und wandte sich zu dem Tier um. Doch To-yat sah in der Waffe einen Knüppel, mit dem sie ihn offensichtlich angreifen wollte, entwand sie ihr mühelos und schleuderte sie zur Seite. Dann nahm er sie lässig unter den Arm, obwohl sie sich widersetzte und freizukommen versuchte, und stampfte mit ihr in der Richtung, aus der er gekommen war, in den Dschungel zurück.

Colt hielt sich mit seiner Jagdbeute nur so lange auf, wie nötig war, um den Kopf, die Läufe und die Eingeweide zu entfernen, um auf diese Weise das Gewicht der Last zu vermindern, die er zu ihrem Zufluchtsort tragen mußte, denn er war sich bewußt, daß die lange Zeit der Entbehrung seine Kräfte stark vermindert hatte.

Er nahm die Antilope auf die Schulter und machte sich auf den Rückweg, wobei der Gedanke ihn frohlocken ließ, daß er endlich einmal mit einer großen Menge Kräfte spendenden Fleisches zurückkehrte. Während er unter dem Gewicht der kleinen Antilope dahinstolperte, schmiedete er Pläne, die der Zukunft einen rosigen Schimmer verliehen. Sie würden sich ausruhen, bis sie wieder genug bei Kräften waren, und während dieser Ruhepause würden sie alles Fleisch des Tieres räuchern, das sie nicht sofort aufessen konnten. So würden sie über einen reichlichen Fleischvorrat verfügen, der es ihnen ermöglichte, eine lange Strecke zurückzulegen. Zwei Ruhetage mit viel Nahrung würde ihnen neue Hoffnung und Lebenskraft einflößen, davon war er überzeugt.

Als er sich den Weg zu ihrem Obdach zurückschleppte, dämmerte ihm, daß er sich viel weiter entfernt hatte, als er geglaubt hatte, aber es war der Mühe wert gewesen. Er befürchtete keine Minute, sein Ziel nicht zu erreichen, auch wenn er in einem Zustand äußerster Erschöpfung bei Zora anlangte. So überzeugt war er von seiner Ausdauer und Willensstärke.

Als er endlich unter ihrem Baum stand, blickte er hinauf und rief sie beim Namen. Keine Antwort. Und in diesem ersten, kurzen Augenblick des Schweigens stieg die dunkle, Übelkeit erregende Vorahnung in ihm auf, daß etwas Schlimmes geschehen war.
Er legte die Antilope ab und blickte eilends in die Runde.

„Zora! Zora!" rief er, doch nur die Stille des Dschungels antwortete ihm. Da entdeckte sein forschender Blick Abu Batns Pistole an der Stelle, wo To-yat sie hingeschleudert hatte. Nun nahmen seine schlimmsten Befürchtungen Gestalt an, denn er sagte sich: Wäre Zora aus eigenem Antrieb weggegangen, so hätte sie die Waffe mitgenommen. Sie war von jemandem angegriffen und weggeschleppt worden, davon war er überzeugt. Und als er den Erdboden genauer untersuchte, entdeckte er die Abdrücke eines großen, menschenähnlichen Fußes.

Die Entdeckung trieb ihn fast zum Wahnsinn. Die Grausamkeit des Dschungels und die Ungerechtigkeit der Natur versetzten ihn in maßlosen Zorn. Er wollte das Wesen töten, das Zora Drinov geraubt hatte. Mit eigenen Händen und mit seinen Zähnen wollte er es in Stücke reißen. Alle wilden Instinkte des Urmenschen stiegen in ihm auf. Er vergaß völlig das Fleisch, das noch vor einem Moment so viel für ihn bedeutet hatte, und stürzte kopfüber in den Dschungel, der schwachen Spur von To-yat, dem Affenkönig, folgend.

Nachdem La von Opar Ibn Dammuk und seinen Kumpanen entwischt war, bahnte sie sich mühsam einen Weg durch den Dschungel. Sie fühlte sich nach ihrer Heimatstadt hingezogen, obwohl ihr klar war, daß sie sich dort in große Gefahr begab, aber welchen Ort gab es sonst, den sie aufsuchen konnte? Langsam gewann sie eine Vorstellung von der unendlichen Größe der Welt. Nach dem Verlassen von Opar war sie nun ununterbrochen umhergewandert, doch allmählich sah sie ein, wie sinnlos es war, weiter nach Tarzan zu suchen. Deshalb wollte sie in die Nähe von Opar zurückkehren, vielleicht würde Tarzan eines Tages wieder dorthin kommen. Daß ihr auf dem Weg große Gefahren drohten, nahm sie in Kauf, denn ein Leben, das ihr so wenig Glück beschert hatte, war ihr gleichgültig. Sie lebte, weil sie lebte. Wohl würde sie trachten, dieses Leben nicht abreißen zu lassen, einfach weil das ein Gesetz der Natur war, die selbst die unglücklichsten Geschöpfe mit einem mächtigen Drang ausstattete, ihr Elend zu verlängern, so wie sie auch die wenigen Glücklichen, die fröhlich und zufrieden sind, mit einem ähnlichen Lebenswillen ausstattet.

Da spürte sie, daß ihr jemand nachpirschte, steigerte die Geschwindigkeit und schaffte es auch, daß sich der Abstand zu den Verfolgern nicht verringerte. Sie stieß auf einen Weg und folgte ihm, wobei sie sich im klaren war: Wenn sie dadurch schneller vorankam, galt das auch für ihre Verfolger. Auch würde sie sie nicht mehr so deutlich hören können wie zuvor, als sie sich einen Weg durch den Dschungel bahnen mußten. Noch war sie zuversichtlich, daß sie sie nicht einholen würden. Aber als sie schnell weiter und um eine Wegbiegung rannte, blieb sie mit einem Ruck stehen, denn vor ihr stand ein großer Löwe mit mächtiger Mähne und blockierte den weiteren Fluchtweg. Diesmal erinnerte sie sich des Tieres, obwohl sie ihn nicht als Jad-bal-ja, Tarzans Jagdgenossen, erkannte, sondern als denselben Löwen, der sie vor dem Leoparden gerettet hatte, nachdem Tarzan sie verlassen hatte.

Löwen waren ihr vertraut. In Opar wurden sie oft von den Priestern im frühesten Alter geraubt, und es war nicht ungewöhnlich, einige von ihnen gelegentlich als Haustiere aufzuziehen, bis ihre anwachsende Wildheit sie zu einer Gefahr werden ließ. Daher wußte sie, daß Löwen sich mit Menschen zusammentun können, ohne sie zu verschlingen. Und da sie kürzlich erlebt hatte, wie dieser Löwe gesonnen war, und sich ebenso wenig vor ihm fürchtete wie Tarzan, setzte sie ihren Weg fort und ging direkt auf das große Tier zu, dessen Haltung sie keine unmittelbare Bedrohung ablesen konnte. Sie war genug Kind der Natur, um zu wissen, daß der Tod in der Umarmung eines Löwen schnell und schmerzlos kommt, deshalb war sie nicht ängstlich, nur sehr neugierig.

Jad-bal-ja hatte ihre Witterung schon lange aufgenommen, da sie sich auf dem Dschungelpfad mit dem Rücken zum Wind fortbewegte, und sie deshalb erwartet, wobei seine Neugier eher durch die schwächere Witterung der Männer erregt wurde, die sie verfolgten. Als La nun auf ihn zukam, trat er zur Seite, so daß sie vorbei konnte, und rieb seinen mähnenbedeckten Nacken an ihren Beinen wie eine große Katze.

La blieb stehen, legte ihm die Hand auf den Kopf und redete leise mit ihm in der Sprache des ersten Menschen - der Sprache der großen Affen, die die Sprache ihres Volkes war wie auch die Tarzans.

Hajellan ging den Männern voraus, die La verfolgten, umrundete die Wegbiegung und blieb wie angewurzelt stehen. Er sah einen großen Löwen vor sich, der ihn anstarrte, einen Löwen, der nun zornig knurrend die Zähne bleckte, und neben ihm stand, die eine Hand in der dicken, schwarzen Mähne vergraben, die weiße Frau.

Sie sagte nur ein Wort zu der Raubkatze und in einer Sprache, die Hajellan nicht verstand. „Töte!" sagte sie in der Sprache der großen Affen.

Die Hohenpriesterin des Flammengottes war so ans Befehlen gewöhnt, daß ihr gar nicht in den Sinn kam, Numa könnte etwas anderes tun als zu gehorchen. Deshalb sah sie es als selbstverständlich an, daß der Löwe sich duckte und angriff, da sie ja nicht wissen konnte, daß sie Jad-bal-ja den Befehl in derselben Weise erteilt hatte, wie er es von Tarzan kannte.

Fodil und Dareyem standen dicht hinter ihrem Kumpan und waren außer sich vor Entsetzen, als sie den Löwen vorspringen sahen. Sie wandten sich zur Flucht und prallten dabei auf die Schwarzen hinter ihnen. Nur Hajellan stand wie gelähmt vor Angst, als Jad-bal-ja sich auf den Hinterpranken aufrichtete, ihn packte und seinen Kopf samt Schultern mit seinen riesigen Kiefern umschloß, daß der Schädel wie eine Eierschale zerplatzte. Er schüttelte den Körper mächtig durch und ließ ihn fallen. Dann drehte er sich um und blickte La fragend an.

Diese empfand für ihre Feinde keineswegs mehr Sympathie als Jad-bal-ja, doch sie wollte sie nur schnell loswerden. Es kümmerte sie nicht, ob sie am Leben blieben oder starben. Deshalb hetzte sie den Löwen nicht weiter auf diejenigen, die entwischt waren, sondern fragte sich vielmehr, was er jetzt tun würde, nachdem er den Menschen getötet hatte. Da sie wußte, daß man die Nähe eines fressenden Löwen besser mied, wandte sie sich um und ging den Weg weiter. Aber Jad-bal-ja war kein Menschenfresser. Nicht, daß er moralische Skrupel gehabt hätte. Er war einfach jung und voller Kraft, hatte also keine Schwierigkeiten, Beute zu machen, die ihm besser schmeckte als das salzige Fleisch des Menschen. Deshalb ließ er Hajellan liegen, wo er ihn hatte fallen lassen, und folgte La auf den schattigen Dschungelwegen.

Ein Schwarzer, der, nackt bis auf den Tanga, von der Küste eine

Nachricht für Zveri brachte, legte an einer Wegkreuzung eine kurze Pause ein. Der Wind kam von links und trug seinen empfindsamen Riechorganen einen schwachen Geruch zu, der auf die Anwesenheit eines Löwen deutete. Ohne einen Augenblick zu zögern, verschwand der Mann im Blattwerk eines Baumes, der über den Pfad hing. Vielleicht war Simba nicht hungrig, vielleicht befand er sich gar nicht auf der Jagd. Der schwarze Bote wollte es jedoch nicht darauf ankommen lassen. Er wußte genau, daß der Löwe sich näherte, und wollte hier warten, wo er beide Wege überblicken konnte, bis er herausfand, welchen Simba einschlug.

Er beobachtete mehr oder weniger gleichgültig, da er sich in seiner Zufluchtsstätte sicher fühlte, und war dadurch keineswegs auf den Anblick gefaßt, der sich ihm kurz darauf bot und bei ihm einen Schock auslöste. Nicht einmal in seiner abergläubischsten Vorstellung hatte er sich je ein solches Bild ausgemalt, wie er es jetzt vor sich hatte, und er blinzelte mehrmals, um sich zu vergewissern, daß er nicht träumte. Doch nein, ein Irrtum war ausgeschlossen: Es war in der Tat eine fast nackte weiße Frau - sah man von dem goldenen Schmuck und dem weichen Leopardenfell ab, das sie unter ihrem engen Mieder trug -, die neben einem riesigen goldenen Löwen ging und eine Hand in der schwarzen Mähne vergraben hatte.

Sie kamen den Weg entlang und bogen an der Kreuzung nach links in den, den er gegangen war. Als sie nicht mehr zu sehen waren, betastete der Schwarze den Fetisch, der ihm an einer Schnur um den Hals hing, und betete zu Mulungo, dem Gott seines Volkes. Als er sich dann wieder zu seinem Zielort auf den Weg machte, wählte er eine andere Route, obwohl es ein Umweg war.

Nach Einbruch der Dunkelheit kam Tarzan öfters zum Lager der Verschwörer, hockte auf einem Baum über ihnen und hörte zu, wie Zveri den Kumpanen seine Pläne erläuterte. Daher war er genauestens über ihre Absichten informiert, bis ins kleinste Detail.

Da er nun wußte, daß sie einige Zeit nicht in der Lage sein würden loszuschlagen, durchstreifte er den vom Anblick und den Ausdünstungen der Menschen verschonten Teil des Dschungels und genoß den Frieden und die Freiheit, die sein Leben darstellten. Er wußte, daß Nkima inzwischen seinen Bestimmungsort erreicht und die Nachricht abgeliefert haben mußte, mit der Tarzan ihn losgeschickt hatte. Noch immer rätselte er über das seltsame Verschwinden von

La und ärgerte sich über sein Unvermögen, ihre Spur ausfindig zu machen. Er machte sich wirklich Sorgen über ihren Verbleib, denn er hatte bereits einen Plan entworfen, wie er sie wieder auf den Thron setzen und ihre Feinde bestrafen konnte. Indes gab er sich keinen trübsinnigen Gedanken hin, die ja doch nichts gefruchtet hätten, sondern schwang sich aus reiner Lebensfreude durch die Bäume, und wenn ihn der Hunger plagte, pirschte er sich lautlos und gespannt an die Beute heran wie ein auf Jagd befindliches Raubtier.

Manchmal dachte er an den gutaussehenden jungen Amerikaner, der ihm ungeachtet der Tatsache, daß er ihn als Feind betrachten mußte, so sympathisch war. Hätte er von Colts nun fast aussichtsloser Lage gewußt, so wäre er vielleicht zu seiner Rettung geeilt. Aber er hatte ja keine Ahnung.

Allein und ohne einen Freund stolperte Wayne Colt zutiefst verzweifelt auf der Suche nach Zora Drinov und ihrem Entführer durch den Dschungel. Längst hatte er die schwache Spur verloren. To-yat aber stürmte weit rechts von ihm jeder Verfolgung entronnen mit seiner Gefangenen durch den Wald.

Völlig geschwächt vor Erschöpfung und vom Schock, außerdem durch und durch verängstigt angesichts ihrer aussichtslosen Lage, hatte Zora das Bewußtsein verloren. To-yat befürchtete, sie sei tot. Dessen ungeachtet schleppte er sie weiter, um sich zumindest die Befriedigung zu verschaffen, sie dem Stamm als Beweis für seine Gewandtheit vorzuzeigen und vielleicht einen Vorwand für ein weiteres Dum-Dum zu liefern. Seiner Macht sicher und im Bewußtsein, daß es nur wenige Feinde gab, die es wagen konnten, ihn ungestraft zu behelligen, ließ er die üblichen Vorsichtsmaßregeln außer acht und stampfte, der Gefahren nicht achtend, laut durch den Dschungel.

Es gab jedoch viele scharfe Augen und empfindsame Riechorgane, die ihren Besitzern die Kunde seiner Annäherung mitteilten, doch nur einer erachtete die seltsame vermischte Witterung des Affenmännchens und einer weiblichen Mangani als weiterer Nachforschungen wert. Während To-yat unbekümmert durch den Wald stampfte, folgte ihm ein anderes Geschöpf des Dschungels lautlos auf schnellen Sohlen und ließ nicht von ihm ab, und als seine scharfen Augen von einem günstigen Punkt aus den zottigen Affen und das schlanke, feingliedrige Mädchen entdeckten, verzogen sich seine Lippen zu einem lautlosen Knurren. Einen Augenblick später wurde To-yat zu jähem Halt gebracht, als die hünenhafte Gestalt eines dunkelbraunen Tarmangani sich diesmal laut knurrend vor ihm aus dem Blattwerk eines Baumes fallen ließ, ein lebendes Wesen, das ihm seine Beute streitig machen wollte.

Die bösen Augen des Affenmännchens spien Feuer und Haß. „Scher dich weg", sagte er. „Ich bin To-yat. Scher dich weg, oder ich töte dich."

„Leg die weibliche Tarmangani ab", forderte Tarzan.

„Nein", bellte To-yat. „Sie gehört mir."

„Leg sie ab", wiederholte Tarzan. „Und geh deiner Wege, oder ich töte dich. Ich bin Tarzan von den Affen, Herr des Dschungels!"

Er zückte das Jagdmessers seines Vaters und ging geduckt auf den Affen zu. To-yat knurrte. Er sah, daß er um einen Kampf nicht herumkommen würde, und warf das reglose Mädchen beiseite, damit es ihn nicht behinderte. Während sich die beiden noch umkreisten und jeder auf einen günstigen Moment wartete, trug der Wind ihnen plötzlich ein schreckliches, furchteinflößendes Prasseln zu.

Tantor, der Elefant, hatte tief im sicheren Wald geschlafen und war durch das Knurren von zwei Tieren aufgeschreckt worden. Seine Riechorgane erfaßten auch schon eine vertraute Witterung - die seines geliebten Tarzans, und seine Ohren sagte ihm, daß er sich im Kampf mit einem großen Mangani befand, dessen Witterung gleichfalls deutlich in seinen Rüssel stieg.

Unter dem Knacken und Biegen der Bäume stürmte der große Bulle durch den Wald, und als er plötzlich auftauchte und sie überragte, erkannte To-yat, der Königsaffe, den Tod in seinen zornigen Augen und weiß blinkenden Stoßzähnen, machte kehrt und floh in den Dschungel.

Der Löwenmensch

Peter Zveri erlangte das zeitweise verlorene Vertrauen auf den letztendlichen Erfolg seines Unternehmens in gewissem Maße wieder. Seinen Agenten war es endlich gelungen, ihm die dringend benötigten Vorräte zukommen zu lassen. Sie wurden von Kontigenten unzufriedener Schwarzer begleitet, mit denen er seine Kräfte in genügender Weise auffüllen konnte, um der geplanten Invasion von Italienisch-Somaliland den Erfolg zu sichern. Er wollte einen schnellen und überraschenden Vorstoß unternehmen, Eingeborenendörfer zerstören, ein oder zwei Außenposten gefangennehmen und dann schnell über die Grenze zurückkehren. Dort wollten sie die französischen Uniformen für etwaige künftige Wiederverwendung wegpacken und sich dem Sturz Ras Tafaris in Abessinien widmen, wo den Aussagen seiner Agenten zufolge die Bedingungen für eine Revolution gegeben waren. Hatten sie dieses Land unter ihre Kontrolle gebracht, konnte es als Sammelpunkt dienen. Die Agenten versicherten ihm, die Eingeborenenstämme ganz Nordafrikas würden zu seinen Fahnen eilen.

Im fernen Bokhara wurde eine Luftflotte von zweihundert Maschinen - Bomber, Aufklärungs- und Kampfflugzeuge, durch die Gier der amerikanischen Kapitalisten ihnen verfügbar gemacht - zu einem plötzlichen Vorstoß über Persien und Arabien zu seiner Basis in Abessinien bereitgestellt. Mit dieser Unterstützung für seine große Eingeborenenarmee fühlte er, daß seine Position mehr als gefestigt war; die unzufriedenen Massen Ägyptens würden sich ihm anschließen, und Europa würde in einen Krieg verwickelt werden, der jegliche gemeinsame Aktion gegen ihn verhindern würde. Dann konnte er seinen Traum von einem Großreich verwirklichen und seine Position für alle Zeiten unerschütterlich machen.

Vielleicht war es ein wahnwitziger Traum, vielleicht war Peter Zveri wahnsinnig - aber welcher große Welteroberer war nicht ein kleines bißchen wahnsinnig gewesen?

Er sah seine Grenzen weit nach Süden verschoben, indem er seinen Herrschaftsbereich allmählich ausdehnte, bis er eines Tages einen großen Kontinent regieren würde - Peter I., Kaiser von Afrika.

„Du scheinst glücklich zu sein, Genosse Zveri", sagte der kleine Antonio Mori.

„Und warum sollte ich es nicht sein, Tony?“ fragte der Träumer. „Ich sehe unseren Erfolg greifbar nahe. Wir sollten alle glücklich sein, und später werden wir alle noch viel glücklicher sein.“

„Stimmt, wenn die Philippinen frei sind, bin ich bestimmt sehr glücklich“, sagte Tony. „Glaubst du nicht, ich könnte dann dort ein sehr großer Mann werden, Genosse Zveri?“

„Das wohl, ab er du könntest ein noch größerer werden, wenn du hier bleiben und für mich arbeiten würdest“, sagte der Russe. „Würde es dir nicht zusagen, Großfürst zu werden, Tony?“

„Großfürst?“ fragte der Filipino verwundert. „Ich dachte, es gäbe keine mehr.“

„Vielleicht gibt es sie bald wieder.“

„Aber das waren doch böse Menschen, die die Arbeiterklasse unterdrückten“, sagte Tony.

„Und nun einer zu sein, der die Reichen unterdrückt und Geld von ihnen nimmt, wäre doch gar nicht so schlecht“, sagte Peter. „Großherzöge sind sehr reich und mächtig. Möchtest du nicht gern reich und mächtig sein, Tony?“

„Aber natürlich, wer würde das nicht?“

„Dann tu immer das, was ich dir sage, Tony. Eines Tages werde ich dich dann zum Großherzog machen“, erklärte Zveri.

Im Lager herrschte jetzt ständig große Betriebsamkeit, denn Zveri hatte einen Plan ausgearbeitet, um seinen eingeborenen Rekruten so etwas wie militärische Ordnung und Disziplin beizubringen. Da Romero, Dorsky und Ivitch über militärische Erfahrung verfügten, sah man im Lager bald nur noch exerzierende Männer, die antraten, angriffen, sich wieder sammelten, sich mit den Dienstvorschriften befaßten und in den Grundlagen der Schießdisziplin unterwiesen wurden.

Am Tage nach seinem Gespräch mit Zveri half Tony dem Mexikaner, der sich mit einer Kompanie schwarzer Rekruten abmühte.

Als beide während einer Ruhepause rauchten, sagte der Filipino zu seinem Gefährten: „Du bist doch viel in der Welt herumgekommen, Genosse. Vielleicht kannst du mir sagen, was für eine Art Uniform ein Großherzog trägt.“

„Soviel ich weiß, tragen viele von ihnen in Hollywood und New York neuerdings Küchenschürzen“, erwiderte Romero.

Tony verzog das Gesicht. „Ich glaube nicht, daß ich dann gern ein Großherzog werden möchte.“

Die Schwarzen im Lager, die man genug motivierte und mit Gefechtsübungen beschäftigte, damit sie nichts Dummes anstellten, die ausreichend verpflegt wurden und für die Gefechte und Märsche noch in weiter Zukunft lagen, waren zufrieden und glücklich. Diejenigen von ihnen, die die belastenden Erfahrungen von Opar und jene anderen den Menschen aus dem seelischen Gleichgewicht bringenden Vorfälle hinter sich hatten, hatten ihr Selbstvertrauen wiedergewonnen. Nach Zveris Ansicht war dies ganz allein sein Verdienst, denn er war überzeugt, dies alles sei seinen bemerkenswerten Führungsqualitäten zuzuschreiben. Dann traf ein Läufer mit einer Nachricht für ihn im Lager ein und erzählte eine unheimliche Geschichte, wonach er eine Weiße gesehen hatte, die gemeinsam mit einem goldenen, schwarzmähnigen Löwen im Dschungel auf Jagd ging. Dies reichte aus, um den Schwarzen die anderen unheimlichen Vorfälle in Erinnerung zu rufen und ihnen vor Augen zu führen, daß in diesem Gebiet übernatürliche Kräfte am Werk waren; daß es von Geistern und Dämonen bevölkert war, und daß man jeden Augenblick mit großem Unheil rechnen müsse.

Doch wenn diese Geschichte lediglich die seelische Ausgeglichenheit der Schwarzen beeinträchtigte, so löste die Nachricht, die der Bote Zveri überbrachte, bei diesem einen Gefühlsausbruch auf Russisch aus, der an einen Tobsuchtsanfall grenzte. Laut fluchend ging er vor seinem Zelt auf und ab. Er dachte aber auch nicht daran, irgendeinem seiner Stellvertreter den Grund seines Zorns zu erläutern.

Und während Zveri tobte, sammelten sich andere Kräfte gegen ihn. Durch den Dschungel rückten einhundert ebenholzschwarze Krieger vor. Ihre geschmeidige, glatte Haut, die ausgeprägten Muskeln und der elastische Schritt deutete auf physische Leistungsfähigkeit. Sie waren bis auf ein schmales Lendentuch aus Leoparden- oder Löwenfell sowie Schmuckstücke, die dem Herzen der Wilden teuer sind - Fußknöchelringe und Armreifen aus Kupfer und Ketten aus Löwen- oder Leopardenkrallen unbekleidet und trugen einen Kopfputz mit vielen weißen Federn. Doch damit hörte die Primitivität ihrer Ausrüstung auf, denn ihre Waffen waren die moderner Armeen: Weittragende Gewehre, Revolver und Patronengurte. Es war in der Tat eine beeindruckend aussehende Streitmacht, die lautlos und stetig durch den Dschungel zog, und auf der Schulter des schwarzen Häuptlings, der sie anführte, hockte ein kleiner Affe.

Tarzan war erleichtert, als Tantors unvermutetes Auftreten To-yat in den Dschungel jagte, denn er hatte keine Freude daran, mit Manganis handgemein zu werden, die er vor allen anderen Geschöpfen als seine Brüder betrachtete. Er vergaß nie, daß Kala, das Affenweibchen, ihn gestillt hatte, und daß er im Stamm von Kerchak, dem Affenkönig, zum Mann gereift war. Von frühester Kindheit bis in eben jenes Alter hatte er sich stets für einen Affen gehalten, und selbst jetzt war es für ihn oft leichter, die Motive der großen Mangani zu verstehen und zu beurteilen, als die der Menschen.

Auf ein Zeichen von Tarzan blieb Tantor stehen und nahm die gewohnte ruhige Haltung an, obwohl er noch immer wachsam nach etwaigen Gefahren Ausschau hielt, die seinem Freund drohen konnten. Er schaute zu, wie der Affenmensch sich umwandte und neben dem Mädchen niederkniete. Tarzan hatte sie zuerst für tot gehalten, aber dann entdeckt, daß sie nur ohnmächtig war. Er nahm sie auf die Arme und sagte einige Worte zu dem großen Dickhäuter, der sich daraufhin umwandt, den Kopf senkte und geradewegs in den dichten Dschungel stampfte. Dadurch entstand ein Pfad, auf dem Tarzan das bewußtlose Mädchen entlangtragen konnte.

Schnurgerade marschierte Tantor zum Ufer eines ziemlich großen Flusses, wo er stehen blieb. Auf der anderen Seite war ein Ort, den Tarzan als Bleibe für To-yats unglückliche Gefangene ausersehen hatte. Er hatte sie sofort als die junge Frau wiedererkannt, die er im Hauptlager der Verschwörer gesehen hatte. Eine flüchtige Untersuchung hatte ihm gezeigt, daß sie infolge von Unterernährung, Schock und Überanstrengung am Rande des Todes schwebte.

Abermals sagte er etwas zu Tantor. Der riesige Dickhäuter legte den Rüssel um sie beide und hob sie sanft auf seinen breiten Rücken. Dann stieg er in den Fluß und watete zum gegenseitigen Ufer. Die Fahrrinne in der Mitte war tief, die Strömung stark, und selbst Tantor wurde weggerissen und eine beträchtliche Strecke flußabwärts getragen, ehe er wieder Grund unter den Beinen hatte, doch schließlich gelangte er hinüber. Abermals ging er voraus und bahnte den Weg, bis er schließlich an einem breiten, deutlich sichtbaren Wildpfad gelangte.

Nun übernahm Tarzan wieder die Führung, und Tantor folgte. Während sie schweigend ihrem Bestimmungsort zustrebten, schlug Zora Drinov die Augen auf. Sogleich erinnerte sie sich wieder ihrer aussichtslosen Lage, doch fast gleichzeitig spürte sie, daß ihre

Wange, die an der Schulter ihres Entführers ruhte, kein struppiges Fell berührte, sondern die glatte Haut eines menschlichen Körpers. Daraufhin hob sie den Kopf und sah das Profil des Wesens, von dem sie getragen wurde.

Zunächst glaubte sie, Opfer einer Sinnestäuschung zu sein, hervorgerufen durch die vergangenen Schrecken. Zwangsläufig konnte sie nicht wissen, wie lange sie ohnmächtig gewesen war und was sich in dieser Zeit zugetragen hatten. Das letzte, woran sie sich erinnerte, war, daß sie sich in den Armen eines großen Affen befand, der sie in den Dschungel trug. Sie hielt die Augen geschlossen, und als sie sie wieder öffnete, hatte sich der Affe in einen gutaussehenden Halbgott des Waldes verwandelt.

Sie schloß die Augen abermals und wandte den Kopf, so daß sie dem Mann über die Schulter blicken konnte. Ihre Absicht war, die Augen einen Moment fest geschlossen zu halten, sie dann zu öffnen und allmählich noch einmal dem Gesicht jenes Wesens zuzuwenden, das sie so mühelos den Dschungelpfad entlangtrug. Vielleicht würde es sich diesmal wieder in einen Affen verwandeln, dann war gewiß, daß sie wirklich wahnsinnig geworden war oder träumte.

Und als sie die Augen aufschlug, überzeugte das Bild, das sich ihr bot, sie davon, daß sie wirklich einen Alptraum hatte, denn direkt hinter ihr stampfte ein riesiger Elefantenbulle den Pfad entlang.

Tarzan spürte an der Bewegung ihres Kopfes, daß sie das Bewußtsein wiedererlangt hatte, wandte sich ihr zu und sah sie ungläubig staunend auf Tantor blicken. Danach drehte sie sich wieder um, und ihre Blicke begegneten sich.

„Wer bist du?“ fragte sie leise. „Träume ich?“ Aber der Affenmensch schaute nur wieder geradeaus und antwortete nicht.

Sie spielte mit dem Gedanken, sich aus seiner Umarmung zu befreien, sah jedoch ein, daß sie zu schwach und hilflos war, ergab sich schließlich in ihr Geschick und legte den Kopf erneut an seine dunkelbraune Schulter.

Auf einer kleinen Lichtung, durch die ein schmaler Bach glasklares Wasser führte, blieb Tarzan schließlich stehen und setzte seine Last ab. Gewaltige Baumwipfel wogten über ihnen, und durch die Blätter sprenkelte die große Sonne das Gras mit Lichtflecken.

Als Zora Drinov ausgestreckt am Boden lag, erkannte sie zum ersten Mal, wie schwach sie war, denn als sie versuchte, aufzustehen, mißlang ihr dies. Sie ließ den Blick in die Runde schweifen, und abermals kam ihr alles wie ein Traum vor - der große Elefantenbulle, der fast über ihr stand, und die braune Gestalt eines fast nackten Hünen, der neben dem kleinen Bach hockte. Sie sah, wie er ein großes Blatt zu einer Art Füllhorn zusammenrollte, es mit Wasser vollaufen ließ und zu ihr kam. Wortlos bückte er sich, legte ihr den Arm um die Schulter, richtete sie zu einer sitzenden Position auf und gab ihr aus dem improvisierten Gefäß zu trinken.

Sie trank lange, denn sie war sehr durstig. Dann blickte sie in das gutaussehende Gesicht über ihr und äußerte Dankesworte, aber da der Mann nicht antwortete, nahm sie an, er verstehe sie nicht. Als sie ihren Durst gestillt und er sie wieder sanft ins weiche Gras gelegt hatte, schwang er sich auf einen Baum und verschwand im Wald. Doch über ihr ragte der riesige Elefant wie ein Wachposten, und sein riesiger Leib schwankte sanft hin und her.

Die Ruhe und der Frieden ringsum wirkten beruhigend auf ihre Nerven, doch tief in ihrem Inneren hatte sich die Überzeugung festgesetzt, daß sie sich in einer höchst bedrohlichen Lage befand. Der Mann war ihr ein Rätsel, und während ihr natürlich einleuchtete, daß der Affe, der sie geraubt hatte, sich nicht auf wundersame Weise in einen gutaussehenden Waldgott verwandelt hatte, fand sie für seine Anwesenheit und für das Verschwinden des Affen einfach keine Erklärung, es sei denn, sie ging von der Hypothese aus, daß die beiden zusammengearbeitet hatten. Der Affe hatte sie für diesen Mann geraubt, der sein Herr war. Doch nichts an dessen Haltung hatte darauf hingedeutet, daß er gedachte, ihr ein Leid anzutun. Dennoch war sie so daran gewöhnt, alle Menschen nach den Normen der zivilisierten Gesellschaft zu bewerten, daß sie sich nicht vorstellen konnte, er verfolge keine anderweitigen Pläne.

Für ihren analytischen Verstand stellte dieser Mann ein Paradoxon dar, das ihre Vorstellungskraft beschäftigte, da er in diesem wilden afrikanischen Dschungel scheinbar absolut fehl am Platze war, während er gleichzeitig im völligen Übereinklang mit seiner Umgebung zu stehen schien, in der er sich offensichtlich völlig heimisch und sicher fühlte, eine Tatsache, deren Eindruck sich bei ihr noch durch die Gegenwart des wilden Elefantenbullen verstärkte, dem der Mensch nicht mehr Beachtung schenkte als unsereiner einem Schoßhund. Wäre er ungepflegt und schmutzig gewesen und hätte er sich äußerlich vernachlässigt, dann hätte sie ihn sofort jenen sozialen Randfiguren zugeordnet, die, gewöhnlich halb debil, zumeist weit von den menschlichen Wohnstätten entfernt aufgefunden werden und das Leben wilder Tiere führen, deren hohe Verhaltens- und Reinlichkeitsnormen sie geflissentlich übersehen. Dieses Wesen erinnerte mehr an einen gut trainierten Athleten, für den Reinlichkeit Fetischcharakter trug. Auch deuteten sein wohlgeformter Kopf und die intelligenten Augen auf alles andere denn geistigen oder moralischen Verfall.

Während sie noch darüber nachdachte, kehrte der Mann mit einer großen Ladung gerader Äste zurück, von denen er kleinere Zweige und Blätter entfernt hatte. Mit einer Geschwindigkeit und Geschicklichkeit, die auf jahrelange Übung deutete, errichtete er am Rand des Flüßchens eine Unterkunft. Er sammelte breite Blätter, die das Dach bildeten, und belaubte Zweige, die sie auf drei Seiten einschlossen, so daß sie gegen die vorherrschenden Winde Schutz bot. Den Boden bedeckte er mit Blättern, kleinen Zweigen und trockenem Gras. Dann kam er zu ihr, nahm sie in die Arme und trug sie zu der urtümlichen Laubhütte, die er errichtet hatte.

Abermals ließ er sie allein. Dann kehrte er mit einer kleinen Frucht zurück, die er ihr in winzigen Stückchen verabreichte, denn er vermutete, daß sie lange nichts zu essen gehabt hatte, man ihren Magen deshalb nicht überlasten durfte.

Bei alledem sagte er kein Wort, und obwohl sie noch nie miteinander geredet hatten, wuchs bei Zora Drinov die Überzeugung, daß er völlig vertrauenswürdig war.

Als er sie das nächste Mal allein ließ, blieb er ziemlich lange weg, doch der Elefant stand auf der Lichtung wie eine titanische Schildwache.

Bei seiner Rückkehr trug der Mann diesmal Wild auf der Schulter. Dann sah Zora ihn nach Art primitiver Menschen ein Feuer entfachen. Als das Fleisch darüber briet, stieg der Duft in ihre Nase und machte ihr bewußt, was sie für einen Bärenhunger hatte. Als das Fleisch gar war, kam der Mann zu ihr, hockte sich neben sie, schnitt mit seinem scharfen Jagdmesser kleine Stücke ab und fütterte sie, als sei sie ein hilfloses Baby. Er gab ihr immer nur wenig auf einmal und ließ sie oft sich ausruhen, und während sie aß, redete er zum ersten Mal, aber nicht zu ihr oder in einer Sprache, die sie schon einmal gehört hatte. Er sprach zu dem großen Elefanten, und der riesige Dickhäuter drehte sich langsam um die eigene Achse und verschwand im Dschungel, aus dem sie noch lange das immer schwächer werdende Prasseln hörte, bis es schließlich in der Ferne verstummte. Noch ehe sie die Mahlzeit beendet hatte, war es völlig dunkel, so daß sie im flackernden Licht des Feuers zu Ende essen mußte, das die braune Haut ihres Begleiters rot erscheinen ließ und sich in den geheimnisvollem grauen Augen spiegelte, die den Eindruck hinterließen, als erkennten sie alles, selbst ihre innersten Gedanken. Er brachte ihr danach Wasser zum Trinken, hockte sich außerhalb der Laubhütte hin und ging daran, den eigenen Hunger zu stillen.

Die offensichtliche Fürsorge ihres seltsamen Beschützers hatte in ihr allmählich ein Gefühl der Sicherheit entstehen lassen. Doch jetzt überkamen sie wieder gewisse Befürchtungen, und sie empfand eine seltsame, neue Angst vor dem schweigsamen Hünen, in dessen Gewalt sie sich befand, denn sie sah, daß er rohes Fleisch zu sich nahm und es riß wie ein wildes Tier. Als er dann hörte, wie sich im Dschungel gleich jenseits des Lichtkreises des Feuers etwas bewegte, hob er den Kopf und schaute um sich, und seinem Mund entfuhr ein wildes, warnendes Knurren. Sie schloß die Augen und vergrub ihr Gesicht in den Armen, so entsetzt und abgestoßen war sie auf einmal. Aus dem dunklen Dschungel hörte man ein Knurren als Antwort, doch dann entfernte es sich, und alles war wieder still.

Zora wagte lange nicht, die Augen wieder zu öffnen, und als sie es tat, sah sie, daß der Mann seine Mahlzeit beendet hatte und sich auf dem Gras zwischen ihr und dem Feuer ausgestreckt hatte. Sie fürchtete sich vor ihm. Andererseits konnte sie nicht leugnen, daß seine Anwesenheit ihr ein Gefühl der Sicherheit vermittelte, wie sie es nie zuvor im Dschungel empfunden hatte. Während sie dies noch zu ergründen versuchte, vermischten sich ihre Gedanken, und sie schlief ein.

Die junge Sonne spendete dem Dschungel schon wieder Wärme, als Zora erwachte. Der Mann hatte das Feuer neu entfacht, saß davor und briet kleine Stücke Fleisch. Neben ihm lagen einige Früchte, die er gesammelt haben mußte, nachdem er aufgewacht war. Als sie ihm zusah, mußte sie abermals seine physische Schönheit wie auch die vornehme Haltung bewundern, die im völligen Übereinklang mit seinem Auftreten und seinen intelligenten, grauen Augen stand. Sie wünschte, sie hätte ihn nicht das Fleisch verschlingen sehen wie ein - ja, das war es - wie ein Löwe. Wie sehr glich er doch diesem Raubtier mit seiner Kraft, seiner Würde, seinem majestätischen Auftreten und der jeder Handlung zugrunde liegenden leisen Andeutung von Wildheit. So kam es, daß sie ihn fortan als ihren Löwenmenschen betrachtete und zwar versuchte, ihm Vertrauen entgegenzubringen, ihn jedoch gleichzeitig nicht wenig fürchtete.

Abermals fütterte er sie und brachte ihr Wasser, ehe er den eigenen Hunger stillte. Bevor er jedoch damit begann, erhob er sich und stieß einen langen, tiefen Ruf aus. Dann hockte er sich wieder hin und verschlang sein Essen. Obwohl er das Fleisch in den kräftigen, braunen Händen hielt und es roh verzehrte, bemerkte sie jetzt, daß er langsam aß und mit derselben ruhigen Würde, die jede seiner Handlungen kennzeichnete, so daß sie ihn jetzt weniger abstoßend fand. Abermals versuchte sie, mit ihm zu reden, sprach ihn in mehreren Sprachen und afrikanischen Dialekten an, doch hätte sie ebenso ein stummes Tier anreden können, denn nichts deutete darauf hin, daß er sie verstand. Zweifellos wäre ihre Enttäuschung höchster Empörung gewichen, hätte sie gewußt, daß sie es mit einem englischen Lord zu tun hatte, der jedes ihrer Worte ausgezeichnet verstand, es jedoch aus Gründen, die er selbst am besten kannte, vorzog, ihr gegenüber das stumme Tier zu spielen, die er als Feindin betrachtete.

Doch war es nur zu ihrem Guten, daß sich alles so verhielt, denn es war der englische Lord gewesen und nicht das wilde Raubtier, der ihn veranlaßt hatte, sie zu retten, weil sie allein, hilflos und eine Frau war. Das Tier in ihm hätte sie zwar niemals angegriffen, allerdings nicht beachtet und es dem Gesetz des Dschungels überlassen, mit ihr wie mit all seinen Geschöpfen zu verfahren.

Kurz nachdem Tarzan seine Mahlzeit beendete hatte, kündigte ein Prasseln im Dschungel Tantors Rückkehr an, und als er auf der Lichtung auftauchte, wurde Zora klar, daß er dem Ruf des Menschen gefolgt war, und sie staunte abermals.

So vergingen die Tage, und langsam kam Zora Drinov wieder zu Kräften, wobei sie nachts durch den schweigenden Waldgott und tagsüber durch den großen Elefantenbullen bewacht wurde. Das einzige, was ihr Sorgen bereitete, war das Schicksal von Wayne Colt. An ihn mußte sie am meisten denken. Auch war ihre Besorgnis keineswegs unbegründet, denn der junge Amerikaner erlebte üble Tage.

Nachdem die Sorge um ihre Sicherheit ihn fast um den Verstand gebracht hatte, hatte er seine Kräfte in vergeblicher Suche nach ihr und ihrem Entführer erschöpft und kaum an sich selbst gedacht, bis der Hunger und die Müdigkeit ihren Tribut von ihm gefordert hatten.

Endlich dämmerte ihm die Erkenntnis, daß sein Zustand äußerst gefährlich war. Doch gerade jetzt, da er der Nahrung am meisten bedurfte, schien das Wild, das er zuvor reichlich genug vorgefunden hatte, das Land verlassen zu haben. Selbst die kleineren Nager, die einst ausgereicht hatten, ihn am Leben zu halten, waren entweder zu vorsichtig oder überhaupt nicht mehr hier. Gelegentlich fand er Früchte, die er essen konnte, doch sie konnten ihm kaum zu neuer Kraft verhelfen. Schließlich sah er ein, daß er die Grenze seiner Ausdauer und Kräfte erreicht hatte, und daß nur noch ein Wunder ihn vor dem Tod retten konnte. Er war so schwach, daß er nur wenige Schritte gehen konnte, dann sank er zu Boden und mußte sich lange ausruhen, ehe er sich wieder erheben konnte. Ständig belastete ihn die Erkenntnis, daß er einmal überhaupt nicht mehr werde aufstehen können.

Doch er wollte nicht aufgeben. Etwas Stärkeres als bloßer Lebenswille trieb ihn weiter. Er durfte nicht sterben, solange Zora Drinov in Gefahr war. Endlich stieß er auf einen gut ausgetretenen Weg, wo er sicher sein konnte, früher oder später einem eingeborenen Jäger zu begegnen oder möglicherweise zum Lager seiner Gefährten zu finden. Er konnte nur noch kriechen, denn ihm fehlte die Kraft, um aufzustehen. Und dann kam plötzlich der Zeitpunkt, dem zu entrinnen er so lange versucht hatte - der Zeitpunkt, der das Ende kennzeichnete, obwohl es in einer Gestalt auftrat, die er nur unklar als eine von vielen in Betracht gezogen hatte, welche den Vorhang über sein irdisches Dasein herablassen würden.

Als er noch auf dem Weg lag und sich ausruhte, um sich vielleicht doch noch ein Stück weiterzuschleppen, spürte er plötzlich, daß er nicht allein war. Er hatte kein Geräusch gehört, denn sein Gehör hatte wohl infolge der Erschöpfung gleichfalls nachgelassen. Es war etwas in ihm, das jeder von uns schon einmal in seinem Leben gespürt hat, und das wir gemeinhin als siebenten Sinn bezeichnen, und dieses Etwas sagte ihm, daß ihn Augen anstarrten.

Mit großer Mühe hob er den Kopf und blickte um sich. Da stand ein großer Löwe vor ihm auf dem Weg, zog zornig knurrend die Lefzen zurück, und seine gelbgrünen Augen funkelten unheildrohend.

Niedergeschossen

Tarzan ging fast täglich zum Lager seiner Feinde, um zu beobachten. Dabei bewegte er sich schnell auf Wegen durch den Dschungel, die den Menschen unbekannt waren. Er sah, daß die Vorbereitungen für den ersten kühnen Schlag fast beendet waren, und einmal beobachtete er, daß an alle Angehörigen der Gruppe Uniformen ausgegeben wurden, die er sofort als solche der französischen Kolonialtruppen erkannte. Nun wußte er, daß die Zeit gekommen war, wo er etwas unternehmen mußte. Er hoffte, der kleine Nkima hatte seine Nachricht an den Mann gebracht, wenn nicht, würde er schon einen anderen Weg finden.

Zora Drinov kam langsam wieder zu Kräften. Heute war sie das erste Mal aufgestanden und hatte auf der sonnigen Lichtung ein paar Schritte getan. Der große Elefant hatte sie beobachtet. Sie fürchtete ihn schon lange nicht mehr, wie sie auch vor dem fremden Weißen keine Angst mehr hatte, der so freundlich zu ihr war. Langsam näherte sie sich dem großen Tier, und Tantor betrachtete sie mit seinen kleinen Augen, während er den Rüssel hin und her schwenkte.

Er war die ganzen Tage, an denen er sie bewacht hatte, so gelehrig und harmlos gewesen, daß Zora sich einfach nicht vorstellen konnte, er wäre imstande, ihr auch nur ein Haar zu krümmen. Aber als sie jetzt in seine kleinen Augen blickte, lag ein Ausdruck darin, der sie mit einemmal stehenbleiben ließ. Ihr wurde klar, daß er trotz allem nur ein wilder Elefantenbulle war, und sie sah ein, wie übereilt sie gehandelt hatte. Sie stand schon so dicht bei ihm, daß sie hätte die Hand ausstrecken und ihn berühren können. Das hatte sie auch im Sinn gehabt, des Glaubens, sie könnte so mit ihm Freundschaft schließen.

Schon wollte sie einen ehrenvollen Rückzug antreten, da schoß der hin und her schwingende Rüssel plötzlich nach vorn und umfaßte sie. Sie schrie nicht, hielt nur die Augen geschlossen und wartete. Dann spürte sie, wie sie hochgehoben wurde, und einen Augenblick später hatte der Elefant die kleine Lichtung überquert und sie in ihre Laubhütte gebracht. Dann begab er sich wieder gemächlich auf seinen Posten.

Er hatte sie nicht verletzt. Eine Mutter hätte ihr Kind nicht sanfter hochheben können, doch er hatte Zora Drinov zu verstehen gegeben, daß sie eine Gefangene war und er ihr Bewacher. Im Grunde führte er nur Tarzans Anweisungen aus, die nichts mit einer gewaltsamen Verwahrung zu tun hatten, sondern nur eine Vorsichtsmaßnahme waren, um zu verhindern, daß sie in den Dschungel ging und vielleicht anderen Gefahren zum Opfer fiel.

Sie hatte ihre Kräfte noch nicht völlig zurückerlangt, und die soeben gemachte Erfahrung ließ sie zittern. Zwar hatte sie nun gesehen, daß ihre plötzlichen Befürchtungen um ihre Sicherheit unbegründet waren, dennoch beschloß sie, sich gegenüber ihrem mächtigen Bewacher keine weiteren Freiheiten herauszunehmen.

Nicht lange danach kehrte Tarzan zurück, an diesem Tag viel früher, als es sonst seine Gewohnheit war. Er sprach nur zu Tantor, und das große Tier tippte ihn fast zärtlich mit seinem Rüssel an, wandte sich um und stampfte in den Wald. Dann trat Tarzan zu Zora, die in der Öffnung ihrer Laubhütte saß, hob sie mühelos auf und legte sie sich über die Schulter. Nun schwang er sich zu ihrer größten Überraschung auf einen Baum und folgten dem Dickhäuter oben durch den Dschungel. Seine Körperkräfte und Gewandtheit waren ihr ein Rätsel.

Tantor wartete am Rand jenes Flusses auf sie, den sie zuvor schon überquert hatten, und beförderte sie wieder sicher ans andere Ufer. Seit Tarzan das Lager für Zora errichtet hatte, hatte er den Fluß täglich zweimal durchquert. Doch wenn er allein war, brauchte er keine Hilfe von Tantor, dann schwamm er einfach hinüber, wobei er scharf Ausschau und das Messer stets einsatzbereit hielt, sollte Gimla, das Krokodil, ihn angreifen. Um die Frau über den Fluß zu bringen, hatte er sich jedoch der Dienste Tantors versichert, so daß ihr die Gefahren und Mühseligkeiten der anderen Überquerungsweise erspart blieben.

Als Tantor das schlammige Ufer emporgestampft war, entließ Tarzan ihn mit einem Wort, ehe er sich mit dem Mädchen in seinen Armen auf einen nahestehenden Baum schwang.

Der Flug durch den Dschungel war eine Erfahrung, die Zora Drinov noch lange im Gedächtnis haften blieb. Daß ein menschliches Wesen derartige Kräfte und eine solche Gewandtheit entwickeln konnte wie dieses Geschöpf, das sie trug, erschien ihr unglaublich, und sie hätte ihm beinahe übernatürliche Fähigkeiten zugeschrieben, hätte sie nicht das Leben unter der warmen Haut gespürt, an die sie gedrückt wurde. Von Ast zu Ast springend und sich über atemberaubende Lücken schwingend, trug er sie schnell durch die mittlere

Höhe der Baumwipfel. Zuerst hatte sie große Angst, aber dann spürte sie, wie diese absolutem Vertrauen wich, das Tarzan von den Affen schon in so mancher Brust geweckt hatte. Schließlich machte er halt, setzte sie auf dem Ast ab, auf dem er stand, und wies durch das sie umgebende Blattwerk nach vorn. Zora schaute hin und sah zu ihrer Verwunderung das Lager ihrer Genossen vor sich. Der Affenmensch nahm sie noch einmal in die Arme und ließ sie leicht auf einen breiten Weg fallen, der am Fuße des Baumes vorbeiführte, auf dem er haltgemacht hatte. Mit einer Handbewegung gab er ihr zu verstehen, daß sie unbehelligt zum Lager gehen könne.

„Oh, wie kann ich dir danken?“ rief sie. „Wie kann ich dir jemals begreiflich machen, wie großartig du gewesen bist, und wie ich all das zu schätzen weiß, das du für mich getan hast?“ Doch seine einzige Antwort war, sich umzudrehen und sich behend auf den Baum zu schwingen, der seine grünen Blätter über sie breitete.

Mit bekümmertem Kopfschütteln ging Zora Drinov den Weg entlang zum Lager, während Tarzan ihr oben durch die Bäume folgte, um sich zu vergewissern, daß sie sicher anlangte.

Paul Ivitch war auf der Jagd gewesen und kehrte gerade ins Lager zurück, als er in einem Baum am Rande der Lichtung Bewegung feststellte. Er sah die Flecke eines Leoparden, riß das Gewehr hoch und feuerte. So geschah es, daß in demselben Moment, als Zora ins Lager kam, der Körper Tarzans von den Affen gleich neben ihr von einem Baum plumpste, und daß aus einer Kopfwunde, die die Kugel verursacht hatte, Blut sickerte, während der Sonnenschein auf den Leopardenflecken seines Lendenschurzes spielte.

Das Bild des knurrenden Löwen über ihm hätte auch das Nervengerüst eines Mannes erschüttert, der sich in besserer körperlicher Verfassung befand als Wayne Colt, doch der Anblick des schönen Mädchens, das von hinten schnell zu dem wilden Tier gelaufen kam, war der Schlag, der ihn fast um den Verstand brachte.

Ein Gemisch von Erinnerung und Mutmaßungen lief vor seinem geistigen Auge ab. In einem kurzen Moment erinnerte er sich der Aussagen von Menschen, daß sie keinen Schmerz empfunden hatten, als sie von einem Löwen übel zugerichtet wurden - weder Schmerz noch Furcht. Er entsann sich auch, daß mancher vor Hunger und Durst wahnsinnig geworden war. Wenn er sterben sollte, würde er also keine Schmerzen spüren, und darüber war er froh. Aber wenn er nicht sterben sollte, dann war er ganz gewiß wahnsinnig, denn Löwe und Mädchen konnten nur das Phantasieprodukt eines wirren Geistes sein.

Fasziniert blickte er die beiden an. Wie real sie waren! Er hörte das Mädchen mit dem Löwen reden, dann sah er sie dicht an dem großen, wilden Tier vorbeigehen, zu ihm treten und sich über ihn beugen, während er hilflos auf dem Weg lag. Sie berührte ihn, und da wußte er, daß sie kein Trugbild war.

„Wer bist du?“ fragte sie in gebrochenem Englisch, das durch ihren fremden Akzent sehr schön klang. „Was ist dir widerfahren?“

„Ich habe mich verirrt und bin so ziemlich fertig“, sagte er. „Ich habe lange nichts gegessen.“ Dann verlor er die Besinnung.

Jad-bal-ja, der goldene Löwe, hatte eine seltsame Zuneigung für La von Opar entwickelt. Vielleicht war es der Ruf eines verwandten wilden Geistes an einen anderen. Vielleicht war es aber auch nur die Erinnerung, daß sie Tarzans Freundin war. Wie immer es sein mochte, er fand ebensoviel Vergnügen an ihrer Gesellschaft wie ein treuer Hund an der seines Herrn. Mit wilder Loyalität hatte er sie beschützt, und wenn er Beute gemacht hatte, hatte er das Fleisch mit ihr geteilt. Sie war wiederum stets ein Stück weggegangen, nachdem sie sich soviel abgeschnitten hatte, wie sie brauchte, hatte sich ein primitives Lagerfeuer entfacht und das Fleisch darüber gegart. Kein einziges Mal hatte sie gewagt, zur Beute zurückzugehen, nachdem Jad-bal-ja zu fressen begonnen hatte, denn Löwe bleibt Löwe, und das grimmige und wilde Knurren, das sein Fressen begleitete, warnte sie, sich allzu sehr auf die neu entdeckte Großzügigkeit des Fleischfressers zu verlassen.

Sie war gerade mit Essen fertig gewesen, als das Nahen von Colt Numas Aufmerksamkeit erregt und ihn von seiner Beute weg auf den Weg gelockt hatte. La hatte einen Augenblick befürchtet, es werde ihr nicht gelingen, den Löwen von dem Menschen zurückzuhalten, denn genau das wollte sie, weil etwas in der Erscheinung des Fremden sie an Tarzan erinnerte. Zumindest ähnelte er ihm mehr als den grotesken Priestern von Opar. Daraus zog sie den Schluß, daß der Fremde möglicherweise aus Tarzans Land komme. Vielleicht war er einer von seinen Freunden, und wenn dem so war, dann mußte sie ihn beschützen. Zu ihrer Erleichterung gehorchte der Löwe, als sie ihm befahl, stehenzubleiben. Auch jetzt bekundete er kein weiteres Verlangen, den Menschen anzugreifen.

Als Colt das Bewußtsein wiedererlangte, versuchte sie, ihn auf die Beine zu stellen, und das gelang ihr auch unter beträchtlichen Mühen und mit ein wenig Unterstützung durch den Mann. Sie legte sich einen seiner Arme über die Schultern, stützte ihn auf diese Weise und geleitete ihn den Pfad entlang zurück, während Jad-bal-ja ihr auf den Fersen folgte. Es bereitete ihr auch große Mühe, ihn durch das Unterholz zu der verborgenen Bergschlucht zu bringen, wo Jad-bal-jas Beute lag und ein kleines Stück entfernt ihr Feuer brannte. Aber schließlich glückte es ihr, und als sie angelangt waren, ließ sie den Mann zu Boden gleiten, während Jad-bal-ja sich sofort wieder seiner Mahlzeit und seinem Knurren widmete.

Sie gab dem Mann kleine Stückchen Fleisch zu essen, das sie gekocht hatte, und er aß gierig alles, was sie ihm gab. Ein kleines Stück entfernt strömte der Fluß vorbei, an dem La und der Löwe nach der Mahlzeit ihren Durst stillen wollten. Sie bezweifelte jedoch, daß sie den Mann die ganze Strecke durch den Dschungel dorthin bringen könne, ließ ihn deshalb bei dem Löwen und ging allein. Vorher schärfte sie Jad-bal-ja noch ein, ihn zu bewachen, wobei sie sich der Sprache der ersten Menschen, der Sprache der Mangani bediente, die von allen Geschöpfen des Dschungels mehr oder weniger gut verstanden wird. In der Nähe des Flusses fand sie, was sie suchte - eine Frucht mit harter Rinde. Sie hackte mit dem Messer ein Ende ab, schabte das weiche Innere heraus und gewann so eine primitive, doch sehr praktische Tasse, die sie mit Wasser füllte.

Dieses wie auch das Fleisch weckten Colts Lebensgeister, und obwohl er nur wenige Yards von einem fressenden Löwen entfernt lag, schien es ihm eine Ewigkeit her zu sein, seit er sich das letzte Mal so zufrieden und sicher gefühlt hatte. Sein Zustand wurde nur von der Sorge um Zora beeinträchtigt.

„Geht es dir jetzt besser?“ fragte La mit mitfühlender Stimme.

„Viel besser“, antwortete er.

„Dann sage mir, wer du bist, und ob dies dein Land ist.“

„Das ist es nicht“, erwiderte Colt. „Ich bin ein Amerikaner. Mein Name ist Wayne Colt.“

„Bist du vielleicht ein Freund Tarzans von den Affen?“ erkundigte sie sich.

Er schüttelte den Kopf. „Nein“, sagte er. „Ich habe von ihm gehört, kenne ihn jedoch nicht.“

Ihre Miene verdüsterte sich. „Dann bist du sein Feind?“ fragte sie.

„Natürlich nicht“, erwiderte Colt. „Ich kenne ihn ja gar nicht.“

Da blitzte ein Gedanke in Las Augen auf. „Kennst du Zora?“ fragte sie.

Colt richtete sich mit einem Ruck auf dem Ellenbogen auf. „Zora Drinov? Was weißt du von ihr?“ fragte er.

„Sie ist meine Freundin“, erklärte La.

„Meine auch“, sagte Colt.

„Sie ist in Schwierigkeiten“, sagte La.

„Ja, ich weiß. Doch wie hast du sie kennengelernt?“

„Ich war mit ihr zusammen, als sie von den Männern der Wüste gefangengenommen wurde. Mich ergriffen sie ebenfalls, aber ich konnte entkommen.“

„Wie lange liegt das zurück?“

„Der Flammengot hat sich schon viele Male zur Ruhe begeben, seit ich Zora sah“, antwortete sie.

„Dann habe ich sie danach gesehen.“

„Wo ist sie?“

„Ich weiß nicht. Sie war bei den Arabern, als ich sie fand. Wir konnten ihnen entkommen. Während ich im Dschungel auf der Jagd war, ist jemand gekommen und hat sie weggeschleppt. Ich weiß nicht, war es ein Mensch oder ein Gorilla, denn obwohl ich Fußabdrücke sah, wußte ich sie nicht zu deuten. Ich habe dann lange nach ihr gesucht, aber ich konnte keine Nahrung finden, und es ist auch schon einige Zeit her, seit ich Wasser gehabt habe. So wurde ich immer schwächer, und du hast mich dann in diesem Zustand gefunden.“

„An Nahrung und Wasser wird es dir jetzt nicht mehr mangeln, denn Numa, der Löwe, wird für uns jagen. Und wenn wir das Lager von Zoras Freunden finden, werden sie vielleicht aufbrechen und nach ihr suchen.“

„Weißt du denn, wo es ist?“ fragte er. „Ist es in der Nähe?“

„Nein. Ich habe danach gesucht, um ihre Freunde zu den Männern aus der Wüste zu führen.“

Colt schaute sich das Mädchen genauer an, während sie redeten. Ihre fremde, barbarische Kleidung fiel ihm auf, aber auch die beeindruckende Schönheit ihres Gesichts und ihrer Gestalt. Seine Intuition sagte ihm, daß sie nicht aus der Welt stammen konnte, die er kannte, und das machte ihn nur noch neugieriger.

„Du hast mir noch nicht gesagt, wer du bist“, erklärte er.

„Ich bin La von Opar, Hohenpriesterin des Flammengottes", erwiderte sie.

Opar! Jetzt war ihm klar, daß sie nicht aus seiner Welt kam. Opar, die Stadt der Geheimnisse, die Stadt märchenhaften Reichtums. War es wohl möglich, daß dieselbe Stadt, in der die grotesken Krieger lebten, gegen die er und Romero gekämpft hatten, auch solche schönen Geschöpfe wie Nao und La, und nur diese zwei, beherbergte? Er fragte sich, warum er sie nicht sofort mit Opar in Verbindung gebracht hatte, denn nun sah er, daß ihr Mieder dem von Nao und der Priesterin ähnelte, die er auf dem Thron im großen Saal der Tempelruine gesehen hatte. Er erinnerte sich seines Versuchs, in Opar einzudringen und seine Schätze zu plündern, und hielt es für dienlicher, sich nicht anmerken zu lassen, daß er die Geburtsstadt des Mädchens kannte, da er sich vorstellen konnte, daß Opars Frauen in ihrer Rache ebenso urtümlich wild sein würden wie Noa in ihrer Liebe.

Der Löwe, das Mädchen und der Mann lagen diese Nacht neben Jad-bal-jas Beute, und am Morgen stellte Colt fest, daß er seine Kräfte doch zum großen Teil wiedererlangt hatte. Während der Nacht hatte Numa seine Beute verschlungen, und nach Sonnenaufgang suchte La Früchte, die sie und Colt aßen, während der Löwe zum Fluß ging, um zu trinken, und nur einmal inne hielt, um der Welt durch sein Gebrüll zu verkünden, daß der König da war.

„Numa wird erst morgen wieder jagen, so daß wir bis dahin kein Fleisch haben, es sei denn, es gelingt uns, selbst etwas zu erlegen", sagte sie.

Colt hatte das schwere Gewehr der Araber längst irgendwo liegen lassen, da er mit zunehmender Schwäche einfach nicht mehr in der Lage gewesen war, es zu schleppen. So hatte er nichts als die bloßen Hände und La lediglich ein Messer, mit dem sie etwas erlegen konnte.

„Dann denke ich, wir leben von Früchten, bis der Löwe uns wieder etwas jagt", sagte er. „In der Zwischenzeit können wir ja versuchen, das Lager zu finden."

Sie schüttelte den Kopf. „Nein, du mußt dich ausruhen", sagte sie. „Du warst sehr schwach, als ich dich fand, und es ist nicht gut, daß du dich so anstrengst, bevor du wieder bei Kräften bist. Numa wird den ganzen Tag schlafen. Deshalb werden wir zwei uns ein paar Stöcke abschneiden und uns neben dem schmalen Pfad, den das kleinere Wild benutzt, auf die Lauer legen. Vielleicht haben wir Glück, und wenn nicht, wird Numa morgen wieder etwas erlegen, und dann nehme ich mir ein ganzes Hinterviertel."

„Ich kann mir nicht vorstellen, daß eine Löwe das zulassen würde", sagte er.

„Zuerst war mir das auch rätselhaft, aber nach einer Weile wurde es mir klar", sagte sie. „Ich bin Tarzans Freundin, deshalb tut er mir nichts zuleide."

Als Zora Drinov ihren Löwenmenschen leblos am Boden liegen sah, rannte sie schnell zu ihm und kniete bei ihm nieder. Sie hatte den Schuß gehört, und als sie nun das Blut aus der Kopfwunde rinnen sah, glaubte sie, jemand habe ihn mit Absicht getötet. Als nun Ivitch angerannt kam, das Gewehr noch in der Hand, fiel sie wie eine Tigerin über ihn her.

„Du hast ihn getötet", rief sie. „Du Bestie! Er war mehr wert als ein Dutzend deinesgleichen."

Das Krachen des Schusses und das Aufschlagen des Körpers auf dem Boden rief die Männer aus allen Teilen des Lagers herbei, so daß Tarzan und das Mädchen bald von einer neugierigen und aufgeregten Schar Schwarzer umringt waren, durch die die restlichen Weißen sich einen Weg bahnten.

Ivitch war ganz benommen, nicht nur durch den Anblick des hünenhaften Weißen, der offensichtlich tot vor ihm lag, sondern auch durch die Anwesenheit Zora Drinovs, die alle im Lager als unwiderruflich verloren angesehen hatten. „Ich hatte ja keine Ahnung, daß ich auf einen Menschen schoß, Genossin Drinov", rechtfertigte er sich. „Jetzt sehe ich, wie es passiert ist. Ich sah, daß sich dort im Baum etwas bewegte, und glaubte, es wäre ein Leopard, dabei war es nur das Fell, das er als Lendenschurz trägt."

Inzwischen hatte sich Zveri mit den Ellenbogen einen Weg zur Mitte der Gruppe gebahnt. „Zora!" rief er verwundert bei ihrem Anblick. „Woher kommst du? Was ist geschehen? Was soll das hier bedeuten?"

„Es bedeutet, daß Ivitch, dieser Trottel, den Mann getötet hat, der mir das Leben rettete", sagte sie.

„Wer ist das?" fragte Zveri.

„Ich weiß nicht. Er hat die ganze Zeit kein Wort mit mir gesprochen. Anscheinend versteht er keine Sprache, die ich kenne."

„Er ist nicht tot“, sagte Ivitch. „Seht her, er bewegt sich.“

Romero kniete sich hin und untersuchte die Kopfwunde. „Er ist nur betäubt“, sagte er. „Die Kugel hat ihn gestreift. Ich kann keinen Bruch der Schädeldecke feststellen. Ich habe auch schon früher Männer mit solchen Verwundungen gesehen. Es ist möglich, daß er lange Zeit bewußtlos ist, vielleicht auch nicht, jedenfalls bin ich mir sicher, daß er nicht sterben wird.“

„Wer zum Teufel ist das, was glaubst du?“ fragte Zveri.

Zora schüttelte den Kopf. „Ich habe keine Ahnung“, sagte sie. „Ich weiß nur, daß er ebenso großartig wie rätselhaft ist.“

„Ich weiß, wer er ist“, sagte ein Schwarzer, der sich etwas vorgedrängt hatte, so daß er den am Boden liegenden Mann sehen konnte. „Und wenn er nicht schon tot ist, dann solltet ihr ihn besser erledigen, denn er wird euer schlimmster Feind werden.“

„Was meinst du damit?“ fragte Zveri. „Wer ist er?“

„Er ist Tarzan von den Affen.“

„Bist du sicher?“ fragte Zveri wild.

„Ja, Bwana“, erwiderte der Schwarze. „Ich habe ihn schon einmal gesehen, und niemand vergißt Tarzan von den Affen.“

„Dann war das ja ein Glückstreffer, Ivitch“, sagte der Anführer. „Da kannst du auch gleich vollenden, was du angefangen hast.“

„Ihn erledigen, meinst du?“

„Wenn er am Leben bleibt, ist unsere Sache verloren, und um uns ist es gleichfalls geschehen“, erwiderte Zveri. „Ich hatte geglaubt, er wäre tot. Sonst wäre ich niemals hergekommen. Da das Schicksal ihn nun in unsere Hände gespielt hat, wären wir Idioten, wenn wir ihn entkommen ließen, denn wir können uns keinen schlimmeren Feind als ihn vorstellen.“

„Ich kann ihn doch nicht kaltblütig umlegen“, sagte Ivitch.

„Du warst schon immer ein Schwachkopf“, sagte Zveri. „Ich aber nicht. Geh beiseite, Zora.“ Damit zog er den Revolver und trat zu Tarzan.

Das Mädchen warf sich über den Affenmenschen und deckte ihn mit ihrem Körper. „Du darfst ihn nicht töten“, sagte sie. „Du darfst das einfach nicht.“

„Sei keine Närrin, Zora“, entgegnete Zveri barsch.

„Er hat mir das Leben gerettet und mich ins Lager zurückgebracht. Denkst du, ich lasse zu, wie du ihn ermordest?“ fragte sie.

„Ich glaube, du bist ein hoffnungsloser Fall, Zora“, erwiderte der

Mann. „Gern tue ich das auch nicht, aber sein Leben oder unsere Sache! Wenn er am Leben bleibt, sind wir erledigt."

Das Mädchen sprang auf und sah ihm fest ins Auge. „Wenn du ihn tötest, töte ich dich, Peter - das schwöre ich bei allem, was mir heilig ist. Nimm ihn gefangen, wenn du willst, doch wenn dir dein Leben lieb ist, töte ihn nicht."

Zveri wurde bleich vor Zorn. „Deine Worte bedeuten Verrat", sagte er. „Verräter an der Sache sind schon für Geringeres gestorben, als was du jetzt gesagt hast."

Zora Drinov erkannte, wie bedrohlich die Lage war. Sie hatte wenig Grund zu der Annahme, daß Zveri seine Drohung ihr gegenüber wahr machen würde, aber sie sah eins: Wenn sie Tarzan retten wollte, mußte sie schnell handeln. „Schick die anderen weg, ich muß dir etwas sagen, ehe du diesen Mann tötest", sagte sie zu Zveri.

Dieser zögerte einen Augenblick. Dann befahl er Dorsky, der neben ihm stand: „Laß den Burschen richtig fesseln und in eins der Zelte bringen", befahl er. „Wir werden ihm einen fairen Prozeß machen, wenn er wieder bei Bewußtsein ist, und ihn dann vor ein Exekutionskommando stellen." Und zu Zora: „Dann komm, ich will hören, was du zu sagen hast!"

Schweigend gingen beide zu Zveris Zelt. „Nun, worum geht's?" fragte er, als das Mädchen vor dem Eingang stehen blieb. „Gibt es etwas, was mich veranlassen könnte, meine Pläne hinsichtlich deines Liebhabers zu ändern?"

Sie musterte ihn kurz, und ein schwaches Lächeln der Verachtung spielte um ihren Mund. „Ausgerechnet du sagst mir so was", erwiderte sie. „Aber du bist auf dem Holzweg. Doch was immer du glaubst, du wirst ihn nicht töten."

„Und warum nicht?" fragte Zveri.

„Weil ich dann aller Welt von deinen Plänen erzählen werde. Denn du bist selbst ein Verräter an der Sache und benutzt alle anderen, um deine eigensüchtigen Ziele zu verfolgen und dich zum Kaiser von Afrika aufzuschwingen."

„Das würdest du nicht wagen, einfach weil ich es nicht zulassen würde", sagte Zveri. „Denn so sehr ich dich liebe, ich würde dich hier auf der Stelle töten, falls du mir nicht versprichst, mir bei meinen Plänen in keiner Weise dazwischen zu kommen."

„Du wirst dich hüten, mich zu töten", höhnte das Mädchen. „Jeden im Lager hast du dir zum Feind gemacht, Peter, aber alle mögen mich. Vielleicht lieben mich einige auch ein wenig. Glaubst du, ich würde nicht binnen fünf Minuten gerächt werden, nachdem du mich getötet hast? Da mußt du dir schon was Besseres einfallen lassen, mein Freund. Und das beste, was du tun kannst, ist, meinen Rat anzunehmen. Halte Tarzan von den Affen gefangen, wenn du willst, doch bei deinem Leben: Töte ihn nicht und laß das auch durch keinen anderen besorgen."

Zveri sank auf den Feldstuhl. „Jeder ist gegen mich", sagte er. „Selbst du, die Frau, die ich liebe, wendest dich gegen mich."

„Mein Verhältnis zu dir ist unverändert, Peter", sagte sie.

„Meinst du das wirklich?" fragte er und blickte auf.

„Absolut", erwiderte sie.

„Wie lange warst du mit diesem Mann allein im Dschungel?"

„Fang nicht damit an, Peter", antwortete sie. „Er hätte mich nicht anders behandeln können, wenn er mein eigener Bruder gewesen wäre. Aber alle anderen Erwägungen mal beiseitegestellt - du solltest mich gut genug kennen, um zu wissen, daß ich in der Richtung, die du jetzt angedeutet hast, keine Schwächen habe."

„Du hast mich nie geliebt - das ist der Grund", erklärte er. „Doch ich würde weder dir noch irgendeiner anderen Frau trauen, die mit einem Mann zusammen ist, den sie liebt oder für den sie sich zeitweilig begeistert."

„Das hat überhaupt nichts mit dem zu tun, was wir hier besprechen", sagte sie. „Willst du Tarzan von den Affen töten oder nicht?"

„Um deinetwillen will ich ihn am Leben lassen, obwohl ich dir nicht traue", erwiderte der Mann und fügte hinzu: „Ich traue keinem. Wie könnte ich? Sieh dir das hier an." Er zog eine verschlüsselte Nachricht aus der Tasche und gab sie ihr. „Das kam vor ein paar Tagen - der verdammte Verräter! Wenn ich ihn nur in die Hände kriegte! Ich würde ihn liebend gern selbst ins Jenseits befördern, aber ich vermute, da habe ich Pech, weil er wahrscheinlich schon tot ist."

Zora nahm den Zettel. Die Nachricht war von Zveri entschlüsselt und auf russisch darunter geschrieben worden. Als sie sie las, weiteten sich ihre Augen vor Erstaunen. „Es ist unglaublich", sagte sie.

„Und dennoch ist es wahr", sagte Zveri. „Ich habe dem elenden

Hund stets mißtraut." Und mit einem Fluch setzte er hinzu: „Ich denke, der verdammte Mexikaner ist nicht viel besser."

„Jedenfalls ist sein Plan damit erledigt, denn ich schließe hieraus, daß seine Nachricht nicht durchgekommen ist."

„Stimmt. Sie wurde irrtümlich unseren Agenten ausgehändigt statt ihm", sagte er.

„Dann ist also kein Schaden angerichtet worden."

„Zum Glück nicht. Aber jetzt mißtraue ich jedem, und ich werde die Expedition auf der Stelle durchführen, ehe noch andere Dinge geschehen, die meine Pläne durchkreuzen."

„Demnach ist alles fertig?" fragte sie.

„Jawohl. Wir marschieren morgen früh ab. Und nun erzähle mir, was vorgefallen ist, während ich in Opar war. Warum sind die Araber desertiert, und warum bist du mit ihnen gegangen?"

„Abu Batn war sehr zornig und hat dir übel genommen, daß du ihn als Lagerwache zurückgelassen hast. Die Araber empfanden es als eine Anspielung auf ihren Mut, und ich glaube, sie hätten dich auf jeden Fall verlassen, ohne Rücksicht auf mich. Dann kam am Tag nach deinem Abmarsch eine fremde Frau ins Lager. Sie war eine sehr schöne, weiße Frau aus Opar. Abu Batn kam sofort auf die Idee, die Chance zu nutzen, die das Schicksal ihm hier bot, und nahm uns mit in der Absicht, uns auf dem Rückmarsch in sein Land in die Sklaverei zu verkaufen."

„Gibt es keine anständigen Menschen mehr auf der Welt?" rief Zveri empört.

„Ich fürchte, nein", antwortete das Mädchen, aber da er düster auf den Boden starrte, sah er nicht das verächtliche Lächeln, mit dem sie dies sagte.

Sie schilderte, wie La aus Abu Batns Lager gelockt worden war, und wie ergrimmt der Scheich über Ibn Dammuks Verrat gewesen war. Dann berichtete sie ihm von ihrer Flucht, erwähnte Wayne Colts Verbindung mit ihr jedoch nicht weiter und ließ Zveri in dem Glauben, sie sei allein im Dschungel umhergewandert, bis der große Affe sie geraubt hatte. Dafür verbreitete sie sich ausführlich über Tarzans Freundlichkeit und Rücksichtnahme und erzählte auch von dem großen Elefanten, der sie tagsüber bewacht hatte.

„Das klingt ja wie ein Märchen, aber ich habe genug über diesen Affenmenschen gehört, um alles zu glauben, was man von ihm erzählt. Das ist auch der Grund, weshalb ich meine: Solange er am Leben ist, können wir uns nie sicher fühlen."

„Er kann uns nicht schaden, wenn er unser Gefangener ist. Und wenn du mich liebst, wie du sagst, dann verdient der Mann, der mein Leben gerettet hat, doch ganz gewiß etwas Besseres von dir als einen schändlichen Tod."

„Sprich nicht mehr davon", sagte Zveri. „Ich habe dir schon gesagt, daß ich ihn nicht töten werde." Doch in seinem Kopf entwarf er bereits einen hinterhältigen Plan, wie er sich Tarzan vom Halse schaffen konnte, ohne das Zora gegebene Versprechen zu brechen.

„Töte, Tantor, töte!“

Am nächsten Morgen rückte die Expedition ganz früh aus dem Lager ab. Die schwarzen Krieger trugen die Uniformen der französischen Kolonialtruppen, Zveri, Romero, Ivitch und Mori die französischer Offiziere. Zora Drinov begleitete die Marschkolonne. Sie hatte gebeten, im Lager bleiben zu dürfen, um Tarzan zu pflegen, doch Zveri hatte es nicht zugelassen und rundweg erklärt, er wolle sie stets im Blickfeld haben. Nur Dorsky und eine Handvoll Schwarzer wurden zur Bewachung des Gefangenen sowie der im Lager verbliebenen Lebensmittelvorräte und Ausrüstung zurückgelassen.

Während die Kolonne sich auf den Marsch vorbereitete, erteilte Zveri Dorsky letzte Instruktionen. „Ich überlasse die Sache ganz allein dir“, sagte er. „Es muß aussehen, als hätte er einen Fluchtversuch unternommen, oder wenn es gar nicht anders geht, als sei er tödlich verunglückt.“

„Mach dir darüber keine Gedanken, Genosse“, antwortete Dorsky. „Wenn du zurückkommst, ist er längst verschwunden.“

Den Eindringlingen stand ein langer und beschwerlicher Marsch bevor. Sie mußten durch das südöstliche Abessinien nach Italienisch-Somaliland ziehen, fünfhundert Meilen durch rauhes, wildes Land. Zveri gedachte, in der italienischen Kolonie lediglich kurz einmal demonstrativ aufzutauchen. Das müßte genügen, den Zorn der Italiener gegen die Franzosen weiter anzustacheln und dem faschistischen Diktator den Vorwand zu liefern, auf den er nach Zveris Ansicht nur wartete, um seinen wahnwitzigen Traum einer italienischen Eroberung ganz Europas zu verwirklichen.

Vielleicht war Zveri ein bißchen wahnsinnig, aber er war der gelehrige Schüler wahnsinniger Männer, deren Machtgier ihnen verzerrte Bilder vorgaukelte, so daß sie zwischen Rationalem und Bizarrem nicht mehr unterscheiden konnten. Außerdem hatte er den Traum eines Großreichs schon so lange mit sich getragen, daß er nur dieses Ziel vor Augen hatte und nicht die unüberwindlichen Hindernisse, die auf seinem Weg lagen. Er sah einen neuen römischen Kaiser Europa regieren und sich als Kaiser von Afrika im festen Bündnis mit der neuen europäischen Macht gegen den Rest der Welt. Zwei prächtige goldene Throne schwebten ihm vor Augen.

Auf einem saß Kaiser Peter I., auf dem anderen Kaiserin Zora. Nur davon träumte er während des langen, entbehrungsreichen Marsches nach Osten.

Tarzan erlangte das Bewußtsein am Morgen des folgenden Tages wieder, nachdem auf ihn geschossen worden war. Er fühlte sich schwach und krank und hatte wahnsinnige Kopfschmerzen. Als er versuchte, sich zu bewegen, spürte er, daß er an Händen und Füßen gefesselt war. Er wußte nicht, was geschehen war, und konnte zuerst auch gar nicht erfassen, wo er sich befand. Doch als sein Erinnerungsvermögen langsam zurückkehre und er die Zeltwände ringsum sah, wurde ihm klar, daß seine Feinde ihn auf irgendeine Weise gefangen hatten. Er versuchte, die Hände freizubekommen, doch vergebens. Die Fesseln widerstanden seinen Bemühungen.

Er lauschte gespannt und zog die Luft ein, konnte jedoch keine Anzeichen von dem geschäftigen Lagerleben entdecken, das er beobachtet hatte, als er das Mädchen zurückbrachte. Seiner Ansicht nach mußte jedoch zumindest eine Nacht vorübergegangen sein, denn die Schatten, die er durch die Zeltöffnung sehen konnte, deuteten darauf hin, daß die Sonne hoch am Himmel stand, während sie das letzte Mal, als er sie sah, tief im Westen gehangen hatte. Er hörte Stimmen und ersah daraus, daß er nicht allein war, obwohl er ziemlich sicher war, daß sich nur wenige Leute im Lager befanden.

Tief im Dschungel hatte er einen Elefanten trompeten hören, und einmal drang aus weiter Ferne ganz schwach Löwengebrüll an sein Ohr. Abermals versuchte er, die Fesseln zu sprengen, aber sie gaben nicht nach. Nun drehte er den Kopf so, daß er durch die Zeltöffnung blicken konnte, und stieß einen langen, tiefen Schrei aus, den eines wilden Tieres in Not.

Dorsky, der auf einem Stuhl vor seinem Zelt lümmelte, sprang sofort auf. Die Schwarzen, die sich vor ihren Unterkünften in lebhafter Unterhaltung befunden hatten, waren mit einmal still und langten nach ihren Waffen.

„Was war das?“ fragte Dorsky seinen schwarzen Boy.

Der Bursche riß die Augen auf, bebte am ganzen Leib und schüttelte den Kopf. „Ich weiß es nicht, Bwana“, sagte er. „Vielleicht ist der Mann im Zelt gestorben, denn ein solcher Laut könnte ebensogut einem Geist über die Lippen kommen.“

„ Quatsch!“ sagte Dorsky. „Komm, wir sehen ihn uns mal an.“ Doch der Schwarze wollte nicht mit, so ging er allein.

Der Laut, der offensichtlich aus dem Zelt gekommen war, in dem der Gefangene lag, hatte auch auf Dorsky seine Wirkung nicht verfehlt. Ihm lief ein Schauer den Rücken hinunter, und eine seltsame Vorahnung bemächtigte sich seiner. Deshalb näherte er sich dem Zelt sehr langsam und hielt den Revolver schußbereit in der Hand.

Als er eintrat, sah er den Mann dort liegen, wo er ihn verlassen hatte. Doch jetzt waren seinen Augen geöffnet, und als sie dem Blick des Russen begegneten, hatte dieser das Gefühl, Auge in Auge mit einem wilden, in der Falle sitzenden Tier konfrontiert zu sein.

„Sieh an, du bist zu dir gekommen?“ sagte Dorsky. „Was willst du?“ Der Gefangene antwortete nicht, sah den anderen jedoch unverwandt an. Der Blick war so fest und durchdringend, daß Dorsky sich unbehaglich fühlte. „Du solltest besser lernen zu reden, falls du wissen möchtest, was gut für dich ist“, sagte er grob. Dann überlegte er sich, daß der Mann ihn vielleicht wirklich nicht verstand, deshalb wandte er sich zum Eingang um und rief einen der Schwarzen, der sich halb aus Neugier, halb aus Angst dem Zelt des Gefangenen ein wenig genähert hatte. „Einer von euch soll mal herkommen“, sagte er.

Der erste machte keine Anstalten zu gehorchen, doch da kam ein stämmiger Krieger heran. „Probier mal, ob der Kerl eure Sprache versteht“, sagte Dorsky. „Komm herein und mach ihm plausibel, ich hätte ihm einen Vorschlag zu unterbreiten, er soll seine Ohren aufsperren.“

„Wenn das wirklich Tarzan von den Affen ist, dann versteht er mich“, sagte der Schwarze und trat vorsichtig zum Zelteingang.

Er übermittelte Dorskys Botschaft in seinem Dialekt, doch der Affenmensch ließ nicht erkennen, daß er verstand.

Dorsky verlor die Geduld. „Du verdammter Affe, nun versuche nicht, mich zum Narren zu halten. Ich weiß sehr wohl, daß du das Geschnatter dieses Burschen verstehst, und auch, daß du Engländer bist, also auch diese Sprache verstehst. Ich gebe dir fünf Minuten, dir die Sache zu überlegen, dann komme ich zurück. Wenn du dich bis dahin noch immer nicht entschieden hast, trägst du die Folgen.“ Damit machte er auf der Stelle kehrt und verließ das Zelt.

Der kleine Nkima war weit gewandert. Um seinen Hals hing an

einem soliden Riemen ein kleiner Lederbeutel. Die darin enthaltene Nachricht hatte er Muviro, dem Kriegshäuptling der Waziri, übergeben, und als diese zu ihrem langen Marsch aufbrachen, ritt Nkima stolz auf Muviros Schulter. Er blieb einige Zeit bei den schwarzen Kriegern, verließ sie dann jedoch, vielleicht einer Laune seines unsteten Gemüts oder einfach einem Drang folgend, dem er nicht widerstehen konnte, um eigenen Angelegenheiten nachzugehen, obgleich er sich dadurch auch ganz allein all den Gefahren aussetzte, die er fürchtete.

Oftmals entging er dem Unheil nur mit knapper Not, während er sich durch die Baumriesen schwang. Hätte er der Versuchung widerstehen können, so hätte er sich einigermaßen sicher fortbewegen können, aber das hätte seiner Natur widersprochen. So geriet er immer wieder in Schwierigkeiten, weil er anderen Geschöpfen Streiche spielte, die, selbst wenn sie Sinn für Humor besessen hätten, den von Nkima jedenfalls nicht recht zu schätzen wußten. Er konnte einfach nicht vergessen, daß er Freund und Vertrauter von Tarzan, dem Herrn des Dschungels, war, offensichtlich jedoch oft, daß dieser nicht stets zur Hand war, um ihm aus der Patsche zu helfen, wenn er andere, weniger begünstigte Affen mit Schmähungen und Beschimpfungen überschüttete. Daß er trotzdem durchkam, spricht eher für seine Geschwindigkeit als für seine Intelligenz oder seinen Mut. Einen Großteil der Zeit stob er entsetzt irgendwo davon und stieß dabei schrille Schreie aus, die von geistiger Bedrängnis kündeten. Indes schien er aus Erfahrung nie klug zu werden, und nachdem er gerade noch einem Verfolger entronnen war, der ihn ins Jenseits befördern wollte, war er schon wieder bereit, das nächste Geschöpf, dem er begegnete, zu schmähen oder zu ärgern, wobei er sich offensichtlich besonders solche aussuchte, die größer und stärker waren als er.

Manchmal floh er in die eine Richtung, manchmal in die andere, so daß er für seine Reise viel mehr Zeit benötigte, als eigentlich erforderlich war. Sonst hätte er seinen Herrn rechtzeitig erreicht, um ihm zu einem Zeitpunkt beizustehen, an dem Tarzan einen Freund so nötig brauchte wie nie zuvor im Leben.

Während Nkima gerade einem alten Pavian entwetzte, dem er einen wohlgezielten Stockhieb versetzt hatte, kam Michael Dorsky zu dem Zelt zurück, in dem Nkimas Herr hilflos und gefesselt lag. Die fünf Minuten waren um, und Dorsky wollte sich Tarzans Antwort holen.

Er kam allein und hatte sich alles gut zurechtgelegt, was er ihm sagen wollte.

Der Gesichtsausdruck des Gefangenen hatte sich verändert. Er schien gespannt zu lauschen. Dorsky spitzte daraufhin gleichfalls die Ohren, konnte jedoch nichts hören. Doch im Vergleich zu dem scharfen Gehör eines Tarzan war er im Grunde taub. Was Tarzan hörte, erfüllte ihn mit stiller Befriedigung.

„Ich bin hier, um dir eine letzte Chance zu geben", sagte Dorsky. „Genosse Zveri hat zwei Expeditionen nach Opar geführt, um nach dem Gold zu suchen, von dem wir wissen, daß es dort verwahrt wird. Beide Expeditionen sind fehlgeschlagen. Es ist allgemein bekannt, daß du über die genaue Lage der Schatzkammern Bescheid weißt und uns zu ihnen führen kannst. Solltest du einwilligen, dies zu tun, wenn Genosse Zveri zurückkommt, so wird dir nicht nur kein Haar gekrümmt. Du wirst auch freigelassen, sobald Genosse Zveri sicher sein kann, daß uns keine Gefahr droht, wenn du frei bist. Solltest du dich weigern, stirbst du." Damit zog er ein langes, dünnes Stilett aus der Scheide an seinem Gürtel. „Wenn du dich auch diesmal weigerst, mir zu antworten, nehme ich das als Beweis, daß du meinen Vorschlag nicht akzeptierst." Und da der Affenmensch weiterhin unerschütterlich schwieg, hielt ihm der Russe die schmale Klinge vor die Augen. „Überleg's dir gut, Affe, und denke daran: Wenn ich dir das hier durch die Rippen jage, erzeugt es keinen Lärm. Es dringt in dein Herz, und ich werde es drin lassen, bis kein Blut mehr heraussickert. Dann werde ich es entfernen und die Wunde schließen. Später am Tage wird man dich mausetot vorfinden, und ich werde den Schwarzen sagen, du wärst von einer verirrten Kugel getroffen worden. Auf diese Weise werden deine Freunde nie die Wahrheit erfahren. Niemand wird dich rächen, dein Tod wird sinnlos sein." Er wartete eine Weile auf eine Antwort, und seine bösen Augen blitzten drohend, während er in die kalten, grauen des Affenmenschen starrte.

Der Dolch befand sich jetzt ganze nahe vor Tarzans Gesicht. Plötzlich bäumte er sich auf wie ein wildes Tier, und seine Zähne schlossen sich um das Handgelenk des Russen wie die Eisenbügel einer Falle. Dorsky fuhr mit einem Schmerzensschrei zurück. Der Dolch entfiel seinen gefühllosen Fingern. Im gleichen Augenblick schlang Tarzan seine Beine um die des Möchtegern-Mörders, und als der auf den Rücken fiel, riß er Tarzan auf sich.

Dieser wußte aus dem Knacken von Dorskys Handgelenkknochen unter seinem Biß, daß der Russe die rechte Hand nicht mehr gebrauchen konnte, und so ließ er sie los. Zu Dorskys Entsetzen suchten Tarzans Zähne jetzt seine Halsschlagader, während ihm gleichzeitig ein Knurren entfuhr wie das eines gestellten Wildes.

Dorsky rief nach seinen Leuten, sie sollten ihm zu Hilfe kommen, und versuchte, mit der linken Hand den an der rechten Seite hängenden Revolver zu erreichen, aber er sah sehr bald ein, daß ihm das nicht gelingen würde, solange er Tarzan nicht von sich herunterschieben konnte.

Schon hörte er seine Männer zum Zelt rennen, während sie sich gegenseitig etwas zuriefen, dann folgten Schreie der Überraschung und des Entsetzens. Im nächsten Augenblick verschwand das Zelt über ihren Köpfen, und Dorsky sah dicht bei sich und seinem wilden Gegner einen mächtigen Elefantenbullen aufragen.

Sofort ließ Tarzan von seinen Bemühungen ab, Dorsky die Zähne in die Kehle zu schlagen, und rollte schnell von ihm herunter. Da bekam Dorsky den Revolver zu fassen.

„Töte, Tantor!" rief der Affenmensch. „Töte!"

Der geschmeidige Rüssel des Dickhäuters legte sich um den Russen. Die kleinen Augen des Elefanten glühten rot vor Haß, und er trompetete schrill, als er Dorsky hoch über den Kopf hob, herumwirbelte und ein Stück ins Lager schleuderte, während die erschrockenen Schwarzen, entsetzte Blicke über die Schulter werfend, in den Dschungel flüchteten. Nun griff Tantor sein Opfer an. Er durchbohrte ihn mit den großen Stoßzähnen, trompetete abermals in einem Anfall blinder Wut, quietschte und trampelte auf ihm herum, bis von Michael Dorsky nichts weiter übrig blieb als eine blutige Masse.

Tarzan hatte von dem Augenblick an, als Tantor den Russen gepackt hatte, ergebnislos versucht, die Wut des großen Tieres zu dämpfen, doch Tantor war taub für irgendwelche Befehle, bis er seine Rache an dem Geschöpf vollzogen hatte, das es gewagt hatte, seinen Freund anzugreifen. Als sein Zorn verraucht war und nichts mehr da war, an dem er ihn hätte auslassen können, kam er friedlich zu Tarzan gestampft, nahm auf ein Wort von ihm den braunen Körper sanft mit dem kräftigen Rüssel auf und trug ihn in den Wald.

Er drang mit seinem hilflosen Freund tief in den Dschungel bis zu einer verborgenen Lichtung und setzte ihn hier im Schatten eines

Baumes sanft ins weiche Gras. Dann konnte er nichts mehr für ihn tun, als auf ihn aufzupassen. Im Ergebnis der Aufregung, die das Töten von Dorsky und seine Sorge um Tarzan ausgelöst hatten, war Tantor nervös und gereizt. Er stand mit abstehenden Ohren, bereit, jeden bedrohlichen Laut zu erfassen, und schwenkte den feinfühligen Rüssel im Bemühen hin und her, jeden Luftstrom auf eine unheildrohende Witterung zu überprüfen.

Die Schmerzen von seiner Kopfwunde peinigten Tarzan weit weniger als der quälende Durst.

Er rief den kleinen Affen, die ihn von den Bäumen herab beobachteten, zu: „Kommt, Manu, und löst die Riemen, die meine Hände zusammenschnüren."

„Wir fürchten uns", antwortete ein alter Affe.

„Ich bin Tarzan von den Affen", sagte er beschwichtigend. „Tarzan ist stets euer Freund gewesen. Er wird euch nichts zuleide tun."

„Wir fürchten uns", wiederholte der alte Affe. „Tarzan hat uns verlassen. Viele Monde hat der Dschungel Tarzan nicht gesehen, doch andere Tarmangani und fremde Gomangani kamen, jagten den kleinen Manu mit Donnerstöcken und töteten ihn. Wäre Tarzan noch unser Freund, so hätte er diese fremden Menschen vertrieben."

„Wäre ich hier gewesen, so hätten die fremden Menschenwesen euch nichts zuleide getan", sagte der Affenmensch. „Tarzan hätte euch beschützt. Nun bin ich wieder da, doch ich kann die Fremden nicht vernichten oder sie vertreiben, wenn ihr mir nicht die Riemen von den Händen nehmt."

„Wer hat sie denn angelegt?" fragte der Affe.

„Das waren die fremden Tarmangani", antwortete Tarzan.

„Dann müssen sie mächtiger sein als Tarzan", sagte Manu. „Was hätten wir also davon, wenn wir dich befreiten? Wenn die fremden Tarmangani dann herausfinden, daß wir es waren, werden sie bestimmt sehr wütend, kommen her und töten uns. Soll Tarzan, der viele Regenzeiten lang Herr des Dschungels war, sich doch selbst befreien."

Als Tarzan sah, daß all seine Bemühungen vergebens waren, nahm er zu einem letzten Mittel Zuflucht und stieß den langen, klagenden, unheimlichen Hilferuf der großen Affen aus. In langsamem Crescendo wuchs er zu einem durchdringenden Schrei, der weit durch den schweigenden Dschungel hallte.

Alle Tiere, ob groß, ob klein, horchten auf, als der unheimliche

Laut an ihre empfindlichen Trommelfelle schlug. Niemand ängstigte sich, denn der Ruf sagte ihnen, daß ein großes Affenmännchen in Schwierigkeiten, demnach zweifellos harmlos war. Die Schakale deuteten den Ruf jedoch als eine Möglichkeit, an Fleisch zu kommen, und trabten in der Richtung, aus der er gekommen war, durch den Dschungel. Auch Dango, die Hyäne, hörte ihn und kam auf weichen Pfoten angeschlichen in der Hoffnung, ein hilfloses Tier zu finden, das leichte Beute sein würde. Und ganz weit weg und sehr schwach hörte ein kleiner Affe den Schrei und erkannte die Stimme des Rufers. Im Nu flog er durch den Dschungel, angetrieben durch einen direkten Gedankengang und mit einer Zielstrebigkeit, die keinen Aufschub duldete. Das kam bei ihm selten genug vor.

Tarzan hatte Tantor zum Fluß geschickt, damit er in seinem Rüssel Wasser hole. Da erfaßte er schon von weitem die Witterung der Schakale und den bedrohlichen Geruch von Dango. Hoffentlich kam Tantor zurück, bevor sie sich anschlichen. Er empfand keine Furcht, nur einen instinktiven Überlebenswillen. Für die Schakale hatte er nur Verachtung, da er wußte, daß er sich die furchtsamen Kreaturen durchaus vom Leibe halten konnte, auch wenn er an Händen und Füßen gefesselt war. Dango war eine andere Sache, denn wenn dieses ekelhafte Tier seine Hilflosigkeit erst einmal erkannt hatte, würden seine kräftigen Kiefer schnelle Arbeit leisten. Er wußte, wie erbarmungslos die wilde Hyäne war. Er wußte, daß es im ganzen Dschungel nichts Schrecklicheres gab als Dango.

Die Schakale trafen zuerst ein, blieben am Rand der kleinen Lichtung stehen und beobachteten ihn. Dann umkreisten sie ihn langsam und kamen näher, aber als er sich zu einer sitzenden Haltung aufrichtete, rannten sie kleffend davon. Dreimal kamen sie angekrochen und versuchten, genug Mut zu einem tatsächlichen Angriff aufzubringen. Dann tauchte eine widerliche, tief geduckte Gestalt am Rande der Lichtung auf, und die Schakale wichen auf sichere Entfernung zurück. Dango, die Hyäne, war gekommen.

Tarzan saß noch aufrecht, und sie beäugte ihn neugierig und nicht ohne Furcht. Sie knurrte, und das Menschwesen, das sie anstarrte, knurrte zurück. Da ertönte über ihnen ein großes Geschnatter. Tarzan blickte hinauf und sah den kleinen Nkima auf einem Ast umhertanzen.

„Komm herunter, Nkima", sagte er. „Löse die Riemen, die meine Hände zusammenbinden."

„Dango! Dango!“ schrie Nkima. „Der kleine Nkima fürchtet sich vor Dango.“

„Wenn du jetzt herunterkommst, geschieht dir nichts“, sagte Tarzan. „Aber wenn du zu lange wartest, wird Dango Tarzan töten. An wen will sich der kleine Nkima dann wenden, wenn er einen Beschützer braucht?“

„Nkima kommt“, sagte der kleine Affe und ließ sich schnell durchs Geäst auf Tarzans Schulter fallen.

Die Hyäne bleckte die Zähne und stieß ein widerliches Gelächter aus. „Schnell, die Riemen, Nkima“, drängte Tarzan. Der kleine Affe machte sich an den Fesseln zu schaffen, die Tarzans Handgelenke umspannten, und seine Hände zitterten vor Angst.

Dango unternahm einen plötzlichen Vorstoß, den häßlichen Kopf tief gesenkt, aber da stieß Tarzan ein donnerndes Gebrüll aus, das selbst Numa zum Ruhm gereicht hätte. Mit einem gellenden Angstschrei wandte sich Dango um und floh zum äußersten Rand der Lichtung. Dort blieb sie knurrend mit gesträubtem Fell stehen.

„Beeil dich, Nkima“, sagte Tarzan. „Dango wird wiederkommen. Vielleicht einmal, vielleicht zweimal, vielleicht viele Male, ehe sie ganz nahe kommt. Am Ende wird sie jedoch erkennen, daß ich hilflos bin, und dann gibt es für sie kein Halten mehr, dann kehrt sie auch nicht wieder um.“

„Die Finger vom kleinen Nkima sind krank“, erklärte der Affe. „Sie sind schwach und zittern. Sie wollen den Knoten nicht lösen.“

„Nkima hat scharfe Zähne“, erinnerte ihn Tarzan. „Warum verschwendest du mit deinen kranken Fingern Zeit für Knoten, die sie nicht lösen können? Laß doch deine scharfen Zähne die Arbeit tun.“

Sofort begann Nikma, an den Riemen zu nagen. Zwangsläufig lautlos, da sein Mund anderweitig beschäftigt war. Er mühte sich fleißig und ohne Unterlaß.

Dango unternahm in der Zwischenzeit zwei kurze Anläufe und kam jedesmal ein wenig näher, machte jedoch angesichts des unheildrohenden Gebrülls des Affenmenschen und seines wilden Knurrens, das inzwischen den ganzen Dschungel in Aufregung versetzt hatte, immer wieder kehrt.

Über ihnen schnatterten, schimpften und keiften die Affen in den Baumwipfeln, von weit her rollte Numas Stimme wie ferner Donner, und vom Fluß hallte das Trompeten und Quieken von Tantor zu ihnen.

Der kleine Nkima nagte wie besessen an den Fesseln, als Dango abermals angriff, offensichtlich überzeugt, daß der große Tarmangani hilflos war, denn diesmal kam sie ganz nahe und fiel knurrend über ihn her.

Mit einer plötzlicher Anspannung seiner großen Armmuskeln, die Nkima beiseiteschleuderten, versuchte Tarzan, seine Hände freizubekommen, um sich der tödlichen Bedrohung des geifernden Rachens zu erwehren. Da gaben die Riemen, die Nkimas scharfe Zähne fast durchgenagt hatten, der schrecklichen Anstrengung des Affenmenschen nach. Als Dango Tarzans Kehle packen wollte, schoß dessen Hand nach vorn und packte die Bestie im Genick, doch das Gewicht des schweren Körpers warf ihn rücklings zu Boden. Dango drehte und wendete sich, leistete Widerstand und biß immer wieder zu im vergeblichen Bemühen, dem tödlichen Griff des Affenmenschen zu entrinnen. Aber dessen stählerne Hände schlossen sich erbarmungslos um ihre Kehle, bis sie, nach Atem ringend, hilflos auf ihr ins Auge gefaßte Opfer sank.

Tarzan löste den Griff erst, als er sicher sein konnte, daß die Hyäne tot war. Dann schleuderte er den Kadaver von sich, setzte sich auf und schickte sich schnell daran, die Fußfesseln zu lösen.

Nkima hatte während des kurzen Kampfes zwischen den obersten Zweigen eines hohen Baumes Zuflucht gesucht, wo er umhersprang und die kämpfenden Wesen unter sich wie wahnsinnig anschrie. Er kam erst herunter, als er sich überzeugt hatte, daß Dango tot war. Vorsichtig näherte er sich der toten Hyäne für den Fall, daß er sich geirrt hatte. Als er sich durch genaueres Hinsehen jedoch Gewißheit verschafft hatte, sprang er auf sie und versetzte ihr immer wieder heimtückische Schläge. Dann stellte er sich auf den Kadaver und schrie seine trotzige Herausforderung mit einer Überzeugungskraft und Selbstgefälligkeit in die Welt hinaus, als habe er soeben einen gefährlichen Feind besiegt.

Tantor war, durch den Hilferuf seines Freundes aufgeschreckt, am Fluß umgekehrt, ohne Wasser mitzubringen. Die Bäume bogen sich unter seinem wilden Ansturm. Er ignorierte die sich schlängelnden Pfade und bahnte sich einen geraden Weg durch den Dschungel zu der kleinen Lichtung, um dem Ruf des Affenmenschen zu folgen. Außer sich vor Zorn ob des Kampflarms, erschien er jetzt auf der Bildfläche, eine titanenhafte Maschine der Vergeltung und Rache.

Sein Sehvermögen war nicht allzu gut, und fast sah es aus, als werde er bei seinem blindwütigen Vorgehen den Affenmenschen zertrampeln, der direkt in seiner Bahn lag. Aber als Tarzan ihn anrief, blieb er mit einem Ruck an dessen Seite stehen, drehte sich mehrfach mit nach vorn gestellten Ohren und erhobenem Rüssel um die eigene Achse und trompetete eine wilde Warnung, wobei er nach der Kreatur suchte, die seinen Freund bedroht hatte.

„Schon gut, Tantor. Es war Dango. Sie ist tot", sagte der Affenmensch. Als die Augen des Elefanten schließlich die tote Hyäne entdeckten, stürmte er hin und trampelte auf ihr herum, wie er Dorsky zermalmt hatte, bis sie nur noch eine blutige Masse war, während Nkima kreischend in die Bäume flüchtete.

Nachdem Tarzan die Fußfesseln gelöst hatte, stand er auf und rief den Elefanten herbei. Der hatte inzuwischen seine Wut an dem Kadaver von Dango ausgelassen, kam ganz ruhig zu ihm und blieb bei ihm stehen, wobei er ihn mit dem Rüssel berührte. Unter dem beschwichtigenden Zuspruch des Affenmenschen schwand sein Zorn vollends, und seine Nerven beruhigten sich.

Nun kam auch Nkima von dem schwankenden Ast herunter und landete mit einem gewandten Satz auf Tantors Rücken und von dort auf Tarzans Schulter, wo er wieder die kleinen Ärmchen um dessen Hals schlang und seine Wange fest an die des großen Tarmangani preßte, der sein Herr und Gott war.

So standen die drei Freunde in jenem stillen Einvernehmen, das nur Tiere kennen, während die Schatten länger wurden und die Sonne hinter dem Wald unterging.

„Kehrt um!"

Die Entbehrungen, die Wayne Colt zu ertragen gehabt hatte, hatten ihn mehr geschwächt, als er glaubte, so daß er auch noch Fieber bekam, ehe die zurückkehrenden Kräfte ihn wieder so widerstandsfähig wie früher machten.

Die Hohenpriesterin des Flammengottes kannte sich in der Heilkunde des alten Opar gut aus und war auch mit der medizinischen Wirkung vieler Wurzeln und Pflanzen sowie mit den mystischen Kräften der Zauberformeln vertraut, die die Dämonen aus den Körpern der Kranken vertrieben. Am Tage sammelte sie die Mittel und brühte sie auf, und am Abend saß sie zu Füßen ihres Patienten und sang ihre unheimlichen Gebete, deren Ursprung über unzählige Generationen zu verschwundenen Tempeln zurückreichte, über die jetzt die Wogen eines gewaltigen Meeres rollten. Während sie sich aller ihr zur Verfügung stehenden Mittel bediente, um den Dämon der Krankheit auszutreiben, der diesen Menschen einer fremden Welt befallen hatte, jagte Jad-bal-ja, der goldene Löwe, für alle drei, und selbst wenn er das Wild in einiger Entfernung erlegte, unterließ er nie, die Beute zu der verborgenen Lagerstatt zu tragen, wo die Frau den Mann pflegte.

Tage mit hohem Fieber und Wahnvorstellungen, unterbrochen von kurzen Perioden hellwachen Bewußtseins, zogen sich endlos dahin. Oft verwirrte sich Colts Verstand und gaukelte ihm bizarre Bilder vor, in denen La einen Augenblick lang Zora Drinov war, im nächsten ein Gottesdienst haltender Engel, dann wieder eine Rotkreuzschwester. Doch in welcher Verkleidung sie auch auftrat, stets weckte sie bei ihm angenehme Empfindungen, und war sie manchmal nicht in seiner Nähe, weil sie anderen Obliegenheiten nachging, war er niedergeschlagen und unglücklich.

Betete sie, zu seinen Füßen knieend, die Sonne an, wenn diese aufstieg, im Zenit stand oder unterging, wie La zu tun pflegte, oder stimmte sie in einer ihm unbekannten Sprache einen seltsamen, unheimlichen Singsang an und begleitete ihn mit mysteriösen Gesten, die Teil des Rituals waren, dann glaubte er fest, das Fieber sei wieder gestiegen, und er habe wieder Wahnvorstellungen.

So verstrichen die Tage, und während Colt hilflos im Dschungel lag, marschierte Zveri nach Italienisch-Somaliland, erholte sich Tarzan von seiner Kopfwunde und folgte der deutlichen Spur der Expedition, und auf seiner Schulter keifte und schnatterte der kleine Nkima den lieben langen Tag.

Im Lager der Verschwörer war nur eine Handvoll verängstigter Schwarzer verblieben. Eine Woche nach Dorskys Tod und der Flucht des Gefangenen lungerten sie nach dem Frühstück immer nur im Schatten herum. Die Furcht vor dem nun frei herumlaufenden Affenmenschen, die sie zuerst so gelähmt hatte, berührte sie kaum noch. In ihrer seelischen Struktur den Tieren des Waldes verwandt, vergaßen sie die entsetzlichen Geschehnisse bald wieder. Auch zerbrachen sie sich keineswegs den Kopf, was das Schicksal wohl künftig noch für sie bereithielt, wie es der zivilisierte Mensch törichterweise oft tut.

So traf der Anblick, der sich ihren erstaunten Augen an diesem Morgen unversehens bot, sie völlig unvorbereitet. Sie hörten kein Geräusch, so lautlos bewegen sich die Tiere des Dschungels vorwärts, wie groß und schwer sie auch sein mögen. Jedenfalls erschien auf einmal ein großer Elefant auf der Lichtung am Rand des Lagers. Auf seinem Kopf saß ihr ehemaliger Gefangener, der Tarzan von den Affen hieß, wie man ihnen gesagt hatte, und auf dessen Schulter hockte ein kleiner Affe. Vor Schreck laut schreiend, sprangen die Schwarzen auf und rannten auf der anderen Seite des Lagers in den Dschungel.

Tarzan sprang leichtfüßig auf die Erde und trat in Dorskys Zelt. Er war mit bestimmter Absicht zurückgekehrt, und seine Bemühungen wurden von Erfolg gekrönt, denn im Zelt des Russen fand er sein Seil und sein Messer. Beides hatte man ihm bei seiner Gefangennahme abgenommen. Um zu einem Bogen, Pfeilen und einem Speer zu kommen, brauchte er nur in die Unterkünfte der Schwarzen zu schauen. Als er gefunden hatte, was er suchte, verschwand er ebenso leise, wie er aufgetaucht war.

Die Zeit war gekommen, um seinen Gegnern schnellstens nachzusetzen. Also überließ er Tantor wieder seinen friedlichen Geschäften, die dieser so liebte.

„Ich gehe jetzt, Tantor", sagte er. „Such dir einen Wald, wo die jungen Bäume die zarteste Rinde haben, und hüte dich vor den Menschwesen, denn auf der ganzen Welt sind nur sie die Feinde aller lebenden Geschöpfe." Damit machte er sich auf den Weg durch den Dschungel, während der kleine Nkima sich fest an seinen Hals klammerte.

Die gewundene Bahn von Zveris Streitmacht lag deutlich vor Tarzans Augen, aber er brauchte keiner Spur zu folgen. Als er vor vielen Wochen über ihrem Lager Wache gehalten hatte, hatte er die Anführer die Pläne erörtern hören. So kannte er ihre Ziele und wußte auch, wie schnell sie marschieren würden und an welcher Stelle er hoffen konnte, sie einzuholen. Unbehindert durch lange Reihen von Trägern, die unter ihren schweren Lasten schwitzten, und an keine sich windenden Wege gebunden, konnte Tarzan sich viel rascher fortbewegen als die Expedition. Er sah ihre Spur nur, wenn er sie auf seinem geraden Kurs zu einem Punkt weit vor der schwitzenden Kolonne zufällig kreuzte.

Die Nacht war bereits hereingebrochen, als er die Expedition ein holte. Die ermatteten Männer befanden sich alle im Lager. Sie hatten gegessen, waren glücklich und zufrieden, und viele sangen. Wer die Wahrheit nicht kannte, hätte dies für ein Lager französischer Kolonialtruppen gehalten, denn die Feuerstätten, die provisorischen Unterkünfte und die Offizierszelte waren militärisch exakt angeordnet. Dergleichen war bei einer auf Jagd befindlichen oder wissenschaftlichen Expedition nicht üblich. Außerdem machten uniformierte Wachen ihre Runden. Das alles war das Werk von Miguel Romero, auf den sich Zveri in allen militärischen Angelegenheiten verlassen mußte, da dieser sich auf dem Gebiet bestens auskannte. Gleichwohl verringerte dies keineswegs den Haß, den beide füreinander empfanden.

Tarzan verfolgte aus seinem Baum die Vorgänge und versuchte, die Anzahl der Bewaffneten so genau wie möglich zu ermitteln, da sie die Kampfkraft der Expedition repräsentierten. Er erkannte, daß Zveri eine Streitmacht aufgestellt hatte, die für den Frieden in Afrika eine wirkliche Bedrohung darstellte, da ihr auch viele große, kriegerische Stämme zuzurechnen waren, die man leicht überreden konnte, diesem wahnwitzigen Führer zu folgen, sollte seinen anfänglichen Bestrebungen Erfolg beschieden sein. Um genau das jedoch zu verhindern, hatte sich Tarzan in die Aktivitäten Peter Zveris eingeschaltet. Nun sah er eine weitere Gelegenheit vor sich, den Traum des Russen von einem Großreich zunichte zu machen, solange alles noch ein Traum war und durch geringfügige Mittel vereitelt werden konnte. Darunter sind die grimmigen, furchteinflößenden Dschungelmethoden zu verstehen, in denen Tarzan von den Affen sich bestens auskannte.

Er setzte einen Pfeil auf den Bogen. Langsam zog er das gefiederte Ende des Schaftes zurück, bis die Pfeilspitze fast auf seinem linken Daumen ruhte. Alles wirkte bei ihm mühelos, leicht und graziös. Er schien nicht bewußt zu zielen, doch als er schoß, bohrte sich der Pfeil einem der Posten in die Wade, genau wie Tarzan von den Affen beabsichtigt hatte.

Der Mann stieß vor Überraschung und Schmerz einen gellenden Schrei aus und fiel zu Boden, im Grunde jedoch mehr erschrocken denn verwundet, und als seine Gefährten sich um ihn drängten, tauchte Tarzan von den Affen in den Schatten der Dschungelnacht.

Aufgeschreckt durch den Schrei des Verwundeten, eilten Zveri, Romero und die anderen Führer der Expedition aus ihren Zelten zu der Schar aufgeregter Schwarzer, die um das Opfer von Tarzans Einschüchterungskampagne herumstanden.

„Wer hat auf dich geschossen?“ fragte Zveri, als er den Pfeil sah, der im Bein des Mannes steckte.

„Ich weiß es nicht“, antwortete dieser.

„Hast du einen Feind im Lager, der dir vielleicht nach dem Leben trachtet?“ fragte Zveri.

„Selbst wenn, hätte er nicht mit einem Pfeil auf ihn schießen können, einfach weil wir keine Bogen und Pfeile mitgenommen haben“, erklärte Romero.

„Daran habe ich nicht gedacht“, sagte Zveri.

„Es muß demnach jemand von außerhalb des Lagers gewesen sein“, fuhr Romero fort.

Mit Mühe und unter dem Geschrei des Opfers schnitten Ivitch und der Mexikaner den Pfeil aus dem Bein des Mannes, während Zveri und Kitembo alle möglichen Mutmaßungen über die Bedeutung des Vorfalls anstellten.

„Offensichtlich sind wir auf feindliche Eingeborene gestoßen“, sagte Zveri.

Kitembo zuckte unverbindlich die Schultern. „Zeig mir mal den Pfeil“, sagte er zu Romero. „Vielleicht bringt uns das der Sache näher.“

Der Mexikaner gab dem schwarzen Häuptling das Geschoß, und dieser ging damit zu einem Lagerfeuer, um es genauer zu untersuchen, während die Weißen sich um ihn versammelten und auf das Ergebnis warteten.

Schließlich richtete sich Kitembo auf. Sein Gesichtsausdruck war ernst, und als er redete, zitterte seine Stimme leicht. „Das ist schlimm", sagte er und schüttelte den kugelrunden Kopf.

„Was meinst du damit?" fragte Zveri.

„Dieser Pfeil trägt das Zeichen eines Kriegers, den wir in unserem Hauptlager zurückgelassen haben", antwortete der Häuptling.

„Das ist unmöglich", sagte Zveri.

Kitembo zuckte die Schultern. „Ich weiß, aber es ist wahr."

„Mit einem Pfeil aus der Luft wurde auch der Hindu getötet", erinnerte ein schwarzer Anführer, der neben Kitembo stand.

„Halt's Maul, du Idiot, sonst kriegt es womöglich das ganze Lager mit der Angst", fuhr Romero ihn an.

„Stimmt", sagte Zveri. „Wir müssen darüber Stillschweigen bewahren. Ihr dürft es keinesfalls euren Männern erzählen", schärfte er den beiden ein. „Wir müssen es für uns behalten."

Beide versprachen, das Geheimnis zu hüten, doch binnen einer hal ben Stunde wußte jedermann im Lager, daß die Wache mit einem Pfeil beschossen worden war, wie sie ihn im Hauptlager zurückgelassen hatten, und so machten sie sich noch auf andere Dinge gefaßt, die ihnen auf ihrem langen Weg vielleicht bevorstanden.

Die Auswirkung des Vorfalls auf die Gemüter der schwarzen Soldaten war auf dem folgenden Tagesmarsch nicht zu übersehen. Sie waren ruhiger und nachdenklicher und unterhielten sich meist nur in gedämpftem Ton, doch wenn sie schon tagsüber Anzeichen von Nervosität gezeigt hatten, war dies nichts im Vergleich zu ihrer Gemütsverfassung, nachdem abends die Dunkelheit über das Lager hereingebrochen war. Den Wachen sah man die Angst deutlich genug an. Sie achteten übertrieben oft auf Geräusche, die aus dem Dunklen zu ihnen drangen, blieben stehen und lauschten gespannt. Die meisten von ihnen waren tapfere Männer, die einem deutlich erkennbaren Feind furchtlos entgegengetreten wären. Jetzt aber waren sie ohne Ausnahme überzeugt, daß sie es mit etwas Übernatürlichem zu tun hatten, bei dem weder Gewehre noch persönlicher Mut etwas ausrichten konnten. Sie spürten, daß Geisteraugen sie beobachteten, und das Ergebnis war ebenso demoralisierend, als wenn ein tatsächlicher Angriff stattgefunden hätte. Vielleicht sogar noch tiefgreifender.

Indes hatten sie sich gar keine großen Sorgen zu machen brauchen, da die Ursache all ihrer abergläubischen Befürchtungen sich meilenweit von ihnen entfernt schnell durch den Dschungel bewegte, und jeder Augenblick vergrößerte die Strecke, die zwischen ihnen lag.

Eine andere Macht, die bei ihnen vielleicht noch größere Besorgnis hervorgerufen hätte, sofern sie Kenntnis von ihr gehabt hätten, verlegte ihnen ein großes Stück voraus den Weg, den sie entlangmarschieren mußten, wollten sie ihr Ziel erreichen.

Um winzige Herdfeuer hockten einhundert schwarze Krieger, deren weiße Federbüsche zuckten und nickten, wenn sie sich bewegten. Posten zogen um sie ihre Runden, Männer, die keine Angst hatten, weil sie Geister oder Dämonen kaum fürchteten. Sie trugen an Schnüren in Lederbeuteln Amulette um den Hals und beteten zu fremden Göttern, doch tief in ihrem Herzen verachteten sie beides. Die Erfahrung und der Rat eines weisen Führers hatten sie gelehrt, sich zur Erringung des Sieges mehr auf sich selbst und auf ihre Waffen zu verlassen als auf ihren Gott.

Sie waren eine fröhliche, glückliche Schar, Veteranen so mancher Expedition, und nutzten wie alle Veteranen jede Möglichkeit, sich auszuruhen und zu entspannen. Der Wert dieser beiden Tätigkeiten wird durch eine unbeschwerte Geisteshaltung vergrößert. So wurde bei ihnen viel gelacht und gescherzt, und oft war ein kleiner Affe Ursache und Anlaß, der sie bald hänselte, bald liebkoste, und der seinerseits gehänselt und geliebkost wurde. Daß zwischen ihm und diesen wohlgebauten schwarzen Hünen eine tiefe Zuneigung bestand, war klar ersichtlich. Zogen sie ihn am Schwanz, dann nie sehr stark, und wenn er sie in gespielter Wut anfiel und seine scharfen Zähne in ihre Finger oder Arme schlug, dann nie so, daß sie bluteten. Es waren rauhe Vergnügungen, denn sie alle waren rauhe und primitive Geschöpfe, doch alles war Spiel und basierte auf gegenseitiger Zuneigung.

Die Männer hatten gerade ihre Abendmahlzeit beendet, als aus den Zweigen eines Baumes, der über das Lager ragte, lautlos eine Gestalt zwischen sie sprang, als habe die sie umgebende Luft plötzlich Formen angenommen.

Im Nu griffen einhundert Krieger zu den Waffen, beruhigten sich jedoch dann ebenso schnell wieder und drängten sich mit Rufen wie „Bwana! Bwana!" um den dunkelbraunen Hünen, der schweigend in ihrer Mitte stand.

Als sei er ein Kaiser oder ein Gott, knieten sie vor ihm nieder, und diejenigen, die ihm am nächsten waren, berührten ehrfürchtig seine Hände und Füße, denn für die Waziri war Tarzan von den Affen mehr als nur ihr König, und sie verehrten ihn aus eigenem Antrieb als ihren lebenden Gott.

Doch wenn die Krieger sich schon freuten, ihn zu sehen, war der kleine Nkima völlig aus dem Häuschen. Er kletterte schnell über die knieenden Schwarzen und sprang auf Tarzans Schulter, wo er sich an seinen Hals klammerte und aufgeregt plapperte.

„Das habt ihr gut gemacht, meine Kinder, und auch der kleine Nkima hat sich ausgezeichnet", sagte der Affenmensch. „Er hat euch meine Nachricht überbracht, und ich treffe euch einsatzbereit und genau an der Stelle, wo ich euch zu finden gedachte."

„Wir sind den Fremden immer einen Tagesmarsch voraus gewesen, Bwana", antwortete Muviro. „Und wir haben unser Lager auch stets abseits des Weges aufgeschlagen, damit sie die frischen Spuren nicht entdecken und mißtrauisch werden."

„Sie haben keine Ahnung von eurer Anwesenheit", sagte Tarzan. „Ich habe letzte Nacht über ihrem Lager gehockt und gelauscht, und sie haben nichts verlauten lassen, was darauf hingedeutet hätte, daß sie von einer anderen Gruppe auf ihrem Weg auch nur die geringste Ahnung hätten."

„Wo der Schmutz des Weges weich war, verwischte ein Krieger am Schluß der Kolonne die frische Fährte mit einem belaubten Zweig", erklärte Muviro.

„Morgen werden wir hier auf sie warten, und heute abend sollst du Tarzan zuhören, wenn er die Pläne erläutert, denen du folgen wirst", sagte der Affenmensch.

Als Zveris Kolonne am folgenden Morgen nach einer ruhigen Nacht ohne Zwischenfälle den Marsch fortsetzte, hatte sich die allgemeine Stimmung merklich gebessert. Zwar hatten die Schwarzen die grimmige Warnung nicht vergessen, die sie aus der nächtlichen Umgebung ihres vorherigen Lagers erreicht hatte, aber sie gehörten einer Rasse an, deren Gemüter sich von bedrückter Stimmung schnell wieder erholten.

Die Anführer der Expedition wurden durch das Wissen ermutigt, daß sie bereits zwei Drittel der Strecke zu ihrem Ziel zurückgelegt hatten. Aus verschiedenen Gründen waren alle erpicht, diesen Teil ihres Vorhabends hinter sich zu bringen. Zveri glaubte fest, von der erfolgreichen Beendigung hänge sein ganzer Traum von einem Großreich ab. Ivitch, seinem Wesen nach ein Unruhestifter, berauschte sich an dem Gedanken, daß der Erfolg der Expedition

Millionen von Menschen in arge Bedrängnis bringen würde. Vielleicht träumte er auch davon, als Held nach Rußland zurückzukehren, vielleicht als ein sehr wohlhabender Held.

Romero und Mori wollten das Ganze aus völlig verschiedenen Gründen schnell hinter sich bringen. Der Russe war ihnen gründlich zuwider. Auch hatten sie jegliches Vertrauen in seine Aufrichtigkeit verloren, da er, ganz erfüllt von seiner Bedeutung und den Wahnvorstellungen künftiger Größe, zu viel redete, mit dem Ergebnis, daß Romero von einem überzeugt war: Zveri und seinesgleichen waren nichts als Betrüger, die mit Hilfe ihrer leichtgläubigen Anhänger und auf Kosten des Friedens und Wohlstands der Welt nur ihre selbstsüchtigen Ziele verfolgten. Auch war es Romero nicht schwergefallen, Mori von der Richtigkeit dieser Schlußfolgerungen zu überzeugen. Völlig desillusioniert, blieben die zwei Männer im Grunde nur noch bei der Expedition, weil sie zweifelten, daß es ihnen gelingen würde, zu fliehen, ehe die Gruppe wieder im Hauptlager war.

Nach Abbruch des Lagers waren sie etwa eine Stunde ununterbrochen marschiert, als einer der schwarzen Kundschafter, der an der Spitze der Kolonne ging, plötzlich stehenblieb.

„Sieh dort!“ sagte er zu Kitembo, der gleich hinter ihm kam.

Der Häuptling trat neben ihn. Auf dem Weg vor ihnen steckte ein Pfeil senkrecht in der Erde.

„Das ist eine Warnung“, sagte der Krieger.

Kitembo zog den Pfeil behutsam aus dem Boden und untersuchte ihn. Er wäre froh gewesen, hätte er seine Entdeckung für sich behalten können, denn das, was er sah, jagte ihm einen gewaltigen Schrecken ein. Der Krieger an seiner Seite hatte es auch bemerkt. „Es ist der gleiche“, sagte er. „Es ist wieder einer von den Pfeilen, die wir im Hauptlager zurückgelassen haben.“

Als Zveri nach vorn kam, übergab Kitembo ihm den Pfeil. „Es ist der gleiche, und es ist eine Warnung für uns, umzukehren.“

„Quatsch!“ sagte Zveri verächtlich. „Es ist nur ein Pfeil, der in der Erde steckte. Der kann eine ganze Kolonne Bewaffneter nicht aufhalten. Ich hätte nicht gedacht, daß auch du ein Feigling bist, Kitembo.“

Der Schwarze verzog finster das Gesicht. „Mich nennt niemand ungestraft einen Feigling“, gab er barsch zurück. „Und ich bin auch kein Dummkopf und kenne mich in den Warnzeichen des Waldes besser aus als du. Wir werden weitergehen, weil wir tapfere Männer sind, aber viele werden nie zurückkommen. Auch deine Pläne werden fehlschlagen."

Bei diesen Worten bekam Zveri einen seiner häufigen Wutanfälle, und als die Männer den Marsch fortsetzten, befanden sich alle in düsterer Stimmung, und viele gehässige Blicke zielten auf Zveri und seine Stellvertreter.

Kurz nach Mittag machte die Expedition zu der nun fälligen Rast halt. Sie waren durch dichte, düstere Wälder marschiert. Auch war weder Gesang noch Gelächter, noch die sonst übliche allgemeine Unterhaltung zu hören, als die Männer jetzt in kleinen Gruppen zusammenhockten und ihr kaltes Essen verzehrten, das ihr Mittagsmahl darstellte.

Plötzlich tönte von irgendwo weit oben eine unheimliche und furchteinflößende Stimme an ihr Ohr. Sie sprach in einem Bantudialekt, den die meisten verstanden. „Kehrt um, Kinder von Mulungu", rief sie. „Kehrt um, ehe ihr sterbt. Verlaßt die Weißen, ehe es zu spät ist."

Das war alles. Die Männer duckten sich ängstlich und blickten in die Bäume hinauf. Zveri brach die Stille. „Was zum Teufel war das?" fragte er. „Was bedeutet das?"

„Es war eine Warnung an uns, umzukehren", sagte Kitembo.

„Davon kann keine Rede sein", erklärte Zveri barsch.

„So genau weiß ich das nicht", erwiderte Kitembo.

„Ich dachte, du möchtest gern König werden?" sagte Zveri. „Du würdest einen schönen König abgeben!"

Kitembo hatte einen Augenblick den verlockenden Preis vergessen, den Zveri ihm seit Monaten vor Augen hielt - König von Kenia zu werden. Das war es wert, viel zu riskieren.

„Wir marschieren weiter", sagte er.

„Möglicherweise mußt du Gewalt gebrauchen, dann mach vor nichts halt! Wir müssen weiter, egal, was passiert", sagte Zveri, dann wandte er sich an seine anderen Stellvertreter. „Romero und Mori, ihr geht zum Ende der Kolonne und erschießt jeden, der nicht weitermarschieren will."

Noch hatte keiner den Gehorsam verweigert, und als der Befehl zum Abmarsch kam, nahmen alle mit finsterer Miene ihre Plätze in der Kolonne ein. Nach einer weiteren Stunde Marsch ertönte weit vor ihnen jener unheimliche Ruf, den viele von ihnen schon vor Opar gehört hatten, und einige Minuten später erscholl wieder die Stimme aus der Ferne, die ihnen zurief: „Verlaßt die Weißen!“

Die Schwarzen flüsterten miteinander, und man sah deutlich, daß sich etwas zusammenbraute. Kitembo schaffte es jedoch noch einmal, sie zum Weitermarsch zu überreden, etwas, was Zveri nie zustande gebracht hätte.

„Ich wünschte, wir erwischten den Unruhestifter“, sagte Zveri zu Zora Drinov, als beide einmal gleich hinter der Spitze der Kolonne nebeneinander gingen. „Würde er sich doch nur blicken lassen, damit wir ihm einen Schuß verpassen können. Das ist alles, was ich mir wünsche.“

„Es muß jemand sein, der die Denkweise der Eingeborenen kennt“, antwortete Zora. „Wahrscheinlich der Medizinmann eines Stammes, durch dessen Gebiet wir marschieren.“

„Ich hoffe, daß es nur das ist“, erwiderte Zveri. „Jedenfalls steht außer Zweifel, daß der Mann ein Eingeborener ist. Doch ich fürchte, er handelt auf Anweisung entweder der Briten oder der Italiener, die uns auf diese Weise in Verwirrung bringen und uns aufhalten wollen, bis sie eine Streitmacht aufstellen können, mit der sie uns angreifen.“

„Jedenfalls hat die Moral der Männer bereits gelitten, denn ich glaube, sie führen all die unheimlichen Geschehnisse, angefangen bei dem mysteriösen Tod von Jafar bis jetzt, auf denselben Urheber zurück, dem sie bei ihrer abergläubischen Gesinnung selbstredend eine übernatürliche Herkunft zuschreiben“, bemerkte Zora.

„Um so schlimmer für sie“, sagte Zveri. „Denn sie werden weitermarschieren, ob sie wollen oder nicht, und wenn sie einsehen, daß jeder Fluchtversuch den sicheren Tod bedeutet, wird ihnen die Erkenntnis dämmern, daß es nicht ungefährlich ist, sich mit Peter Zveri anzulegen.“

„Ihrer sind viele, und wir sind nur wenige, Peter“, erinnerte ihn das Mädchen. „Außerdem sind sie dank deiner Bemühungen gut bewaffnet. Manchmal kommt's mir vor, als hättest du einen Frankenstein geschaffen, der uns am Ende alle umbringt.“

„Du bist nicht viel besser als die Schwarzen“, knurrte Zveri. „Machst aus einer Mücke einen Elefanten. Aber wenn ich...“

Vom Ende der Kolonne und offensichtlich wieder aus der Luft über ihnen tönte abermals die warnende Stimme: „Verlaßt die Weißen.“ Dann herrschte erneut Stille, doch die Männer zogen weiter, angetrieben durch Kitembo und bedroht von den Revolvern ihrer weißen Offiziere.

Da endete der Wald unvermittelt am Rand einer kleinen Ebene. Der Weg führte nun durch Büffelgras, das den Männern der Marschkolonne über die Köpfe ragte. Sie steckten alle tief darin, als vor ihnen ein Gewehrschuß krachte, dann ein weiterer, und noch einer, anscheinend aus einer langen Schützenlinie.

Zveri befahl einem der Schwarzen, Zora zum Ende der Kolonne in Sicherheit zu bringen, während er dicht hinter ihr folgte, scheinbar, um nach Romero zu suchen und den Männern ermutigende Worte zuzurufen.

Noch war niemand getroffen worden, doch die Kolonne hielt und verlor schnell jeglichen Anschein einer Marschordnung.

„Übernimm rasch vorn das Kommando, Romero", rief Zveri. „Ich gebe mit Mori Rückendeckung und verhindere Desertionen."

Der Mexikaner sprang an ihm vorbei und ließ mit Hilfe von Ivitch und einigen der schwarzen Häuptlinge eine Kompanie zu einer langen Schützenkette ausschwärmen, mit der er langsam vorging, während Kitembo mit etwa der halben Expedition als Unterstützung folgte und es Ivitch, Mori und Zveri überließ, aus den restlichen Leuten eine Reserve zu bilden.

Nach den ersten vereinzelten Schüssen war das Feuer eingestellt worden, doch die nun folgende Stille belastete die überspannten Nerven der schwarzen Soldaten nur um so mehr. Das absolute Schweigen des Feindes, das Ausbleiben jeglicher Bewegung im Gras vor ihnen im Verein mit den mysteriösen Warnungen, die noch in ihren Ohren klangen, überzeugten die Schwarzen, daß sie es mit keinem sterblichen Gegner zu tun hatten.

„Kehrt um!" tönte es grauenvoll aus dem Gras. „Dies ist die letzte Warnung. Wer nicht gehorcht, wird sterben!"

Die Linie schwankte, und um sie zu festigen, gab Romero den Befehl zu feuern. Als Antwort schlugen ihnen aus dem Gras Gewehrsalven entgegen, und diesmal fielen ein Dutzend Männer tot oder verwundet zu Boden.

„Angriff!" rief Romero, doch statt dessen machten die Männer kehrt und gaben Fersengeld, um sich in Sicherheit zu bringen.

Als die Nachfolgenden sahen, wie die vorderste Kette zurückgelaufen kam und dabei die Gewehre wegwarf, machten sie gleichfalls kehrt und flohen, die Reserve mit sich reißend, und die Weißen wurden von den Hals über Kopf Fliehenden einfach mit davongetragen.

Romero blieb angewidert allein zurück. Er sah keinen Feind, denn niemand verfolgte ihn, doch eben diese Tatsache bereitete ihm mehr Unbehagen, als es bei dem Kugelhagel zuvor der Fall gewesen war, und während er weit hinter seinen Gefährten allein zurücktrottete, überkam ihn in gewissem Maße dasselbe jedem Rationalen widersprechende Empfinden, das auch seine schwarzen Gefährten ergriffen hatte, oder wenn er es nicht gänzlich teilte, so hatte er zumindest Verständnis dafür. Es ist eine Sache, einem Feind gegenüberzustehen, den man sehen kann, und eine andere, von einem unsichtbaren Gegner bedrängt zu werden, von dem man nicht einmal weiß, wie er aussieht.

Kurz nachdem er wieder im Wald war, sah er jemanden den Weg vor ihm entlang gehen, und als er ungehinderte Sicht hatte, erkannte er Zora Drinov.

Er rief sie an, und sie drehte sich um und wartete auf ihn.

„Ich fürchtete schon, du wärst gefallen, Genosse“, sagte sie.

„Ich bin unter einem glücklichen Stern geboren“, antwortete er lächelnd. „Rechts, links und hinter mir wurden Leute niedergeschossen. Wo ist Zveri?“

„Ich weiß nicht“, antwortete sie schulterzuckend.

„Vielleicht will er die Reserve umorganisieren“, mutmaßte Romero.

„Bestimmt“, erwiderte sie kurz.

„Dann hoffe ich, er ist gut bei Fuß“, sagte der Mexikaner leichthin.

„Offenbar ist er's.“

„Sie hätten dich nicht so allein lassen sollen“, sagte der Mann.

„Ich kann auf mich selbst aufpassen“, erwiderte Zora.

„Mag sein, aber wenn du mir gehörtest...“ antwortete er.

„Ich gehöre niemandem, Genosse Romero“, entgegnete sie eisig.

„Entschuldige, Señorita“, antwortete er. „Ich weiß das. Ich habe mich nur ungeschickt ausgedrückt. Was ich sagen wollte, war: Wenn das Mädchen, das ich liebe, mit hier wäre, würde ich sie hier im Wald nicht allein lassen, besonders wenn ich annehmen muß, daß wir von einem Feind verfolgt werden, und das müßte sich Zveri ja auch sagen.“

„Du magst den Genossen Zveri nicht, stimmt's, Romero?“

„Da du mich danach fragst, will ich dir gegenüber aufrichtig sein: So ist es, Señorita.“

„Ich weiß, daß er sich viele zu Feinden gemacht hat.“

„Alle außer dir, Señorita.“

„Warum sollte ich eine Ausnahme bilden?“ fragte sie. „Woher willst du wissen, daß er sich nicht auch mich zur Feindin gemacht hat?“

„Nicht ganz und gar, davon bin ich überzeugt, sonst hättest du nicht eingewilligt, seine Frau zu werden“, sagte er.

„Woher willst du wissen, daß ich das getan habe?“

„Genosse Zveri prahlt oft damit“, erwiderte Romero.

„So, tut er das?“ war das einzige, was sie dazu sagte.

Eine Kluft, die überbrückt wurde

Der allgemeine Rückzug von Zveris Streitmacht endete erst, als das letzte Lager wieder erreicht war, und auch da nur für einen Teil des Kommandos, denn als die Nacht hereinbrach, entdeckte man, daß volle fünfundzwanzig Prozent der Männer fehlten, außerdem Zora und Romero. Als die Versprengten eintrafen, befragte Zveri jeden nach dem Mädchen, doch niemand hatte sie gesehen. Er versuchte, eine Expedition auf die Beine zu stellen, um nach ihr zu suchen, doch niemand wollte ihn begleiten. Er drohte und bettelte, mußte jedoch feststellen, daß er jegliche Kontrolle über seine Männer verloren hatte. Vielleicht wäre er allein zurückgegangen, eine Absicht, die er immer wieder äußerte, doch wurde er dieser Notwendigkeit enthoben, als die beiden nach Einbruch der Dunkelheit ins Lager kamen.

Bei ihrem Anblick war er ebenso erleichtert wie zornig. „Warum bist du nicht bei mir geblieben?“ fuhr er Zora an.

„Weil ich nicht so schnell rennen kann wie du“, erwiderte sie, und er sagte kein Wort mehr.

Aus der Dunkelheit der Bäume über dem Lager kam wieder die nun schon bekannte Mahnung: „Verlaßt die Weißen!“ Eine lange Stille folgte, die nur durch das nervöse Flüstern der Schwarzen unterbrochen wurde. Dann ließ sich die Stimme wieder vernehmen. „Die Wege in eure Länder sind frei von Gefahren, doch der Tod begleitet die weißen Männer. Werft eure Uniformen weg und überlaßt die Weißen dem Dschungel und mir.“

Ein Schwarzer sprang auf, riß sich die französische Uniform vom Leib und warf sie in das Herdfeuer, das neben ihm brannte. Augenblicklich folgten andere seinem Beispiel.

„Unterlaßt das!“ rief Zveri.

„Schweig, weißer Mann!“ knurrte Kitembo.

„Tötet die Weißen!“ rief ein nackter Basembokrieger.

Sofort rückten alle gegen die Weißen vor, die sich um Zveri scharten, aber da ertönte von oben die Warnung: „Die Weißen gehören mir! Überlaßt sie mir.“

Die Krieger blieben einen Augenblick stehen, dann trat derjenige, der sich zu ihrem Führer gemacht hatte, wahrscheinlich blindwütig vor Haß und Blutdurst, doch weiter nach vorn und legte das Gewehr an.

Oben surrte eine Bogensehne. Der Schwarze ließ die Waffe fallen und schrie, wobei er an dem Pfeil zog, der aus seiner Brust ragte, und als er mit dem Gesicht nach unten vornüber kippte, wichen die anderen Schwarzen zurück, und die Weißen blieben allein, während die Neger sich in einer entfernten Ecke des Lagers zusammenscharten. Viele von ihnen wären gern noch in der Nacht desertiert, fürchteten jedoch die Dunkelheit des Dschungels und die Drohung dieses Wesens, das über ihnen schwebte.

Zveri ging wütend auf und ab und verfluchte sein Schicksal, die Schwarzen, kurz, jedermann. „Wenn ich Hilfe gehabt hätte, wenn jemand mit mir zusammengearbeitet hätte, wäre das nicht passiert, aber ich kann nicht alles allein machen“, grollte er.

„Du hast das alles doch sehr schön allein hingekriegt“, sagte Romero.

„Was meinst du damit?“ fragte Zveri.

„Ich meine, daß du dich nicht blöder hättest anstellen können. Du hast dir jeden in der Expedition zum Feind gemacht, aber selbst unter diesen Umständen hätten sie noch mitgezogen, hätten sie sich auf deinen Mut verlassen können - niemand folgt gern einem Feigling.“

„Das sagst du mir, du feiger Mexikaner?“ brauste Zveri auf und langte nach dem Revolver.

„Das laß mal sein, ich hab dich schon im Visier“, sagte Romero barsch. „Und ich will dir eins sagen: Wäre es mir nicht um die Señorita Drinov zu tun, so würde ich dich auf der Stelle umlegen und den Erdball wenigstens von einem tollwütigen Hund befreien, der die ganzen Welt mit seinem wahnsinnigen Haß und Argwohn bedroht. Señorita Drinov hat mir einmal das Leben gerettet. Das habe ich nicht vergessen, und weil sie dich vielleicht liebt, bist du sicher, es sei denn, du zwingst mich, dich aus Notwehr zu töten.“

„Das ist der reinste Wahnsinn!“ sagte Zora. „Da sind wir fünf hier allein mit einer Bande unbotmäßiger Schwarzer, die uns fürchten und hassen. Morgen werden alle zweifellos desertieren. Wenn wir jemals lebendig aus Afrika herauskommen wollen, dann müssen wir zusammenhalten. Vergeßt eure Streitigkeiten, ihr beiden, und laßt uns von jetzt um unser aller Rettung willen Eintracht bewahren.“

„Um deinetwillen ja, Señorita“, sagte Romero.

„Die Genossin Drinov hat recht“, erklärte Ivitch.

Zveri nahm die Hand von seiner Waffe und wandte sich finster ab. Für den Rest der Nacht herrschte Frieden, wenn nicht Glückseligkeit im desorganisierten Lager der Verschwörer.

Am Morgen entdeckten die Weißen, daß die Schwarzen alle ihre französischen Uniformen abgelegt hatten, und aus dem schützenden Blattwerk eines nahestehenden Baumes hatten andere Augen diese Tatsache ebenfalls registriert - graue Augen, in denen ein flüchtiges, grimmiges Lächeln lag. Nun waren keine schwarzen Boys mehr zur Hand, den Weißen aufzuwarten, da selbst ihre persönlichen Diener sie verlassen hatten, um sich den Männern ihres Blutes anzuschließen. Also bereiteten die fünf ihr Frühstück selbst, nachdem Zveri bei seinen Bemühungen, sich doch noch der Dienste einiger der Boys zu versichern, eine schroffe Abfuhr zuteil geworden war.

Während sie aßen, kam Kitembo in Begleitung der Anführer der verschiedenen Stämme, die im Mannschaftsbestand der Expedition vertreten waren, zu ihnen. „Wir brechen jetzt mit unseren Leuten in unsere Heimatländer auf", sagte er. „Wir lassen euch Lebensmittel da für den Marsch in euer Hauptlager. Viele unserer Krieger wollen euch töten, und das können wir nicht verhindern, solltet ihr versuchen, uns zu begleiten, denn sie fürchten die Rache der Geister, die euch viele Monde begleitet haben. Bleibt bis morgen hier. Danach seid ihr frei und könnt gehen, wohin ihr wollt."

„Aber du kannst uns doch nicht so ohne Träger oder Askaris hier lassen", wandte Zveri ein.

„Und du kannst uns nicht länger befehlen, was wir tun sollen, weißer Mann", sagte Kitembo. „Denn ihr seid wenige, und wir sind viele, und eure Macht über uns ist zerbrochen. Ihr habt in jeder Beziehung versagt. Wir folgen einem solchen Führer nicht."

„Das kannst du nicht tun", knurrte Zveri. „Ihr werdet dafür alle bestraft werden, Kitembo."

„Wer sollte uns bestrafen?" fragte der Schwarze. „Die Engländer? Die Franzosen? Die Italiener? Du wirst nicht wagen, zu ihnen zu gehen. Dich würden sie bestrafen, nicht uns. Aber vielleicht möchtest du dich an Ras Tafari wenden? Er würde dir das Herz aus dem Leib schneiden und den Körper den Hunden zum Fraß vorwerfen, wenn er wüßte, was ihr geplant hattet."

„Willst du wirklich diese weiße Frau hier allein im Dschungel zurücklassen, ohne Diener, Träger oder angemessenen Schutz?" fragte Zveri nun in der Erkenntnis, daß sein erstes Argument keinen

Eindruck auf den schwarzen Häuptling gemacht hatte, der ihr Schicksal in seinen Händen hielt.

„Ich habe auch gar nicht die Absicht, die weiße Frau hier zu lassen", sagte Kitembo. „Sie kommt mit mir." Nun erst entdeckten die Weißen, daß die Anführer sie umzingelt hatten, und daß viele Gewehre auf sie gerichtet waren.

Kitembo trat bei diesen Worten zu Zveri, neben dem Zora Drinov stand. Dann streckte er schnell den Arm aus und packte sie am Handgelenk. „Komm!" befahl er, doch kaum hatte er das gesagt, surrte etwas über ihren Köpfen, und Kitembo, Häuptling der Basembos, umkrampfte einen Pfeil, der in seiner Brust steckte.

„Schaut nicht nach oben", ertönte eine Stimme aus den Blättern. „Blickt nur immer zu Boden! Wer herauf sieht, stirbt! Hört gut zu, was ich zu sagen habe, ihr schwarzen Männer. Zieht in eure Länder und laßt alle Weißen hier. Krümmt ihnen kein Haar. Sie gehören mir. Ich habe gesprochen."

Mit weit aufgerissenen Augen wichen die schwarzen Anführer angstbebend zurück und ließen den sich windenden Kitembo am Boden liegen. Sie rannten durchs Lager zu ihren Stammesgenossen, die nun völlig verängstigt waren, und noch ehe der Häuptling der Basembos seinen Todeskampf hinter sich hatte, ergriffen seine schwarzen Gefolgsleute die Packen, die sie schon zuvor unter sich aufgeteilt hatten, und drängten und stießen sich im Bemühen, möglichst als erste zu dem Weg zu gelangen, der aus dem Lager nach Westen führte.

Die Weißen sahen ihnen nach, saßen wie gelähmt und schwiegen. Sie redeten erst wieder, als der letzte Schwarze verschwunden und sie allein waren.

„Was glaubst du, was meinte dieses Wesen, als es sagte, wir gehörten ihm?" stammelte Ivitch.

„Woher soll ich das wissen?" knurrte Zveri.

„Vielleicht ist es ein menschenfressender Geist", bemerkte Romero lächelnd.

„Es hat uns soviel Schaden zugefügt, wie es nur konnte", sagte Zveri. „Jetzt sollte es uns eine Weile in Ruhe lassen."

„Ein so böser Geist kann es gar nicht sein, denn es hat mich auf jeden Fall vor Kitembo gerettet", sagte Zora.

„Um dich selbst zu kriegen", erklärte Ivitch.

„Quatsch!" bemerkte Romero. „Das Ziel dieser geheimnisvollen

Stimme aus der Luft liegt ebenso klar auf der Hand wie die Tatsache, daß es eine Männerstimme ist. Es ist die Stimme von jemandem, der die Pläne dieser Expedition durchkreuzen wollte, und ich könnte mir vorstellen, daß Zveri der Wahrheit gestern sehr nahe kam, als er es englischen oder italienischen Quellen zuschrieb, die uns aufhalten wollten, bis sie genügend Kräfte gegen uns aufgestellt hatten."

„Das beweist wiederum etwas, was ich schon seit geraumer Zeit vermute: Daß es mehr als einen Verräter unter uns gibt." Damit blickte er vielsagend auf Romero.

„Irtum! Es beweist vielmehr, daß verrückte, wirre Theorien stets fehlschlagen, wenn sie einer echten Probe unterworfen werden. Du hast geglaubt, alle Schwarzen Afrikas würden zu deinen Fahnen eilen und sämtliche Ausländer in den Ozean treiben. In der Theorie hattest du vielleicht recht, in der Praxis hat ein einzelner mit ausgezeichneter Kenntnis der Eingeborenenpsyche, die dir völlig abging, deinen ganzen Traum wie eine Seifenblase platzen lassen, denn für jede hirnrissige Theorie in der Welt gibt es stets einen Stolperstein der Fakten."

„So spricht nur ein Verräter an unserer Sache", sagte Ivitch drohend.

„Und was willst du dagegen tun?" fragte der Mexikaner. „Ihr hängt mir alle zum Halse heraus mit eurem miesen, selbstsüchtigen Plan. Auf deinem Kopf gibt es kein einziges ehrliches Haar, auch nicht auf dem von Zveri. Bei Tony und Señorita Drinov habe ich in der Hinsicht meine Zweifel, denn ich kann nicht erkennen, daß einer der beiden ein Schurke ist. Wie ich getäuscht wurde, sind vielleicht auch sie getäuscht worden, da ihr und euresgleichen ja seit Jahren darauf spezialisiert seid, Millionen andere ebenfalls zu täuschen."

„Du bist nicht der erste Verräter an unserer Sache und auch nicht der erste, der für seinen Verrat bestraft wird", erklärte Zveri.

„Jetzt so zu reden ist nicht gut", sagte Mori. „Wir sind nicht mehr so viele. Wenn wir uns bekämpfen und uns umbringen, wird vielleicht keiner von uns lebend aus Afrika herauskommen", gab er zu bedenken. „Und wenn du Miguel tötest, mußt du auch mich töten, und vielleicht wird das nicht so klappen. Vielleicht bist du es dann, der dran glauben muß."

„Tony hat recht", sagte Zora. „Wir wollen einen Waffenstillstand schließen, bis wir wieder in zivilisierten Gegenden sind." Und so geschah es, daß die fünf in der Tat unter waffenstillstandsähnlichen

Bedingungen am folgenden Morgen den Rückmarsch zum Hauptlager antraten, während einen vollen Tagesmarsch vor ihnen Tarzan und seine Waziri-Krieger eine Abkürzung nach Opar einschlugen.

„Vielleicht ist La gar nicht dort, doch ich will Oah und Dooth für ihren Verrat bestrafen und der Hohenpriesterin die Möglichkeit verschaffen, sicher zurückzukehren, sofern sie noch am Leben ist."

„Aber was geschieht mit den weißen Feinden im Dschungel hinter uns, Bwana?" fragte Muviro.

„Die entwischen uns schon nicht", antwortete Tarzan. „Sie sind schwach und im Dschungel unerfahren. Sie kommen nur langsam vom Fleck. Da können wir sie jederzeit einholen, wenn wir wollen. La beunruhigt mich jetzt am meisten, denn sie ist eine Freundin, während die anderen nur Feinde sind."

Viele Meilen entfernt näherte sich der Gegenstand seiner freundschaftlichen Fürsorge einer Lichtung im Dschungel, die von Menschenhand geschaffen worden war. Man hatte sie offensichtlich als Lagerplatz für eine große Menschengruppe vorgesehen, obwohl jetzt nur einige primitive Unterkünfte von einer Handvoll Schwarzer bewohnt wurden.

An der Seite der Frau ging Wayne Colt, der inzwischen wieder völlig bei Kräften war, und dicht hinter ihnen schritt Jad-bal-ja, der goldene Löwe.

„Endlich haben wir es gefunden, und das ist dir zu verdanken", sagte der Mann.

„Stimmt, aber es ist verlassen", erwiderte La. „Sie sind alle abgezogen."

„Nein, ich sehe ein paar Schwarze dort bei den Unterkünften auf der rechten Seite", bemerkte Colt.

„Das ist gut, denn jetzt muß ich dich verlassen", sagte sie, und aus ihren Worten klang ein gewisses Bedauern.

„Ich hasse es, Lebewohl zu sagen, aber ich weiß, für wen dein Herz schlägt, und daß all deine Freundlichkeit mir gegenüber deine Rückkehr nach Opar nur verzögert hat. Es wäre zwecklos, wollte ich auch nur versuchen, meine Dankbarkeit zu bekunden, aber ich denke, du weißt, was ich innerlich fühle."

„Ja, und es genügt mir zu wissen, daß ich einen Freund gewonnen habe, ich, die ich so wenig loyale Freunde habe", sagte sie.

„Ich wünschte, du würdest mich mit nach Opar nehmen", sagte er. „Du wirst dort vielen Feinden gegenüber treten und könntest vielleicht Hilfe gebrauchen, so wenig ich dir auch geben könnte."

Sie schüttelte den Kopf. „Nein, das geht nicht", antwortete sie. „All das Mißtrauen und der Haß, den ein Teil meines Volkes mir entgegenbringt, rührt von meiner Freundschaft für einen Menschen aus einer anderen Welt her. Würdest du mit mir zurückkehren und mir helfen, meinen Thron wiederzugewinnen, so würde dies ihr Mißtrauen noch mehr steigern. Wenn Jad-bal-ja und ich das nicht allein vollbringen, würden auch wir drei nicht mehr erreichen."

„Möchtest du nicht wenigstens für den Rest des Tages mein Gast sein?" fragte er. „Ich kann dir allerdings nicht viel Gastlichkeit bieten", fügte er mit bekümmertem Lächeln hinzu.

„Nein, mein Freund", antwortete sie. „Ich kann nicht riskieren, Jad-bal-ja zu verlieren, wie auch du das Wagnis nicht eingehen darfst, deiner Schwarzen verlustig zu gehen, und ich fürchte, sie würden nicht mit uns zusammen im gleichen Lager bleiben. Lebe wohl, Wayne Colt. Und sage nicht, ich ginge allein, da doch Jad-bal-ja mich begleitet."

Sie kannte den Weg vom Hauptlager zurück nach Opar, und während Colt ihr nachblickte, spürte er, wie ein Knäuel in seinem Hals aufstieg, denn das schöne Mädchen und der große Löwe erschienen ihm wie die Verkörperung des Liebreizes, der Kraft und der Einsamkeit.

Seufzend wandte er sich dem Lager zu und ging dorthin, wo die Schwarzen in der Mittagshitze schliefen. Er weckte sie, und bei seinem Anblick waren alle sehr aufgeregt, denn es waren alles Leute, die mit seiner Safari von der Küste hergekommen waren, und sie erkannten ihn sofort. Da sie ihn längst für vermißt hielten, waren sie zunächst ein klein wenig verängstigt, bis sie sich überzeugt hatten, daß er leibhaftig vor ihnen stand.

Seit Dorskys Tod hatten sie keinen Herrn mehr, und sie gestanden ihm, daß sie sich ernsthaft mit der Absicht getragen hatten, das Lager zu verlassen und in ihre Heimatländer zurückzukehren, waren sie doch außerstande, die unheimlichen und schreckensvollen Ereignisse aus ihrer Erinnerung zu streichen, die der Expedition in diesem fremden Land widerfahren waren, in dem sie sich ohne die Führung und den Schutz eines weißen Herrn sehr allein und hilflos vorkamen.

Ein Mädchen und ein Löwe gingen über die Ebene von Opar auf die Ruinenstadt zu, und hinter ihnen blieb ein Mann auf dem Gipfel der Felswand stehen, die sie kurz zuvor ebenfalls erklommen hatte, schaute in die Ebene und sah sie in einiger Entfernung.

Hinter ihm kletterten einhundert Krieger die Felswand hinauf. Als sie sich um die großgewachsene, braune, grauäugige Gestalt versammelt hatten, die ihnen vorausgeklettert war, wies der Mann nach vorn und sagte: „La!"

„Und Numa!" fügte Muviro hinzu. „Er folgt ihr. Seltsam, daß er nicht angreift, was, Bwana?"

„Das tut er nicht. Ich weiß auch nicht, warum, doch ich bin sicher, daß er es unterläßt, weil es Jad-bal-ja ist."

„Tarzans Augen gleichen denen des Adlers", sagte der Schwarze. „Muviro sieht nur eine Frau und einen Löwen, Tarzan hingegen sieht La und Jad-bal-ja."

„Ich bedarf nicht meiner Augen, um das zu erkennen. Ich habe eine Nase", sagte der Affenmensch.

„Ich habe auch eine, aber sie ist nur ein Stück Fleisch, das aus meinem Gesicht ragt", erklärte Muviro. „Sie taugt zu nichts."

Tarzan lächelte. „Als du ein kleines Kind warst, hingen dein Leben und die Nahrungssuche nicht von deiner Nase ab, wie es bei mir der Fall war und auch jetzt noch ist", sagte er. „Kommt, meine Freunde, La und Jad-bal-ja werden sich freuen, uns zu sehen."

Der Löwe erfaßte dank seines scharfen Gehörs als erster die seltsamen Geräusche hinter ihnen. Er blieb stehen, wandte sich um und hob majestätisch das große Haupt, die Ohren aufgestellt, die Haut um seine Nase leicht gekräuselt, um seinen Geruchssinn anzuregen. Dann stieß er ein tiefes Brummen aus, und La blieb gleichfalls stehen und wandte sich um, um die Ursache seines Mißbehagens zu ergründen.

Als sie die anrückende Kolonne entdeckte, verlor sie allen Mut. Selbst Jad-bal-ja konnte sie nicht gegen so viele schützen. Sie erwog daraufhin den Versuch, die Stadt noch schnell vor ihnen zu erreichen, aber als sie wieder auf die Mauerruinen am anderen Ende des Tales blickte, erkannte sie, daß es aussichtslos war, da sie nicht die Kraft haben würde, eine so lange Strecke mit hoher Geschwindigkeit zurückzulegen, während sich unter den schwarzen Kriegern gewiß viele gut ausgebildete Läufer befanden, die sie leicht einholen konnten. So ergab sie sich in ihr Schicksal, blieb stehen und wartete, während Jad-bal-ja mit abgeflachtem Kopf und zuckendem Schweif den anrückenden Männern langsam entgegenging. Dabei wuchs sein anfängliches wildes Knurren allmählich zu donnerndem Gebrüll, das die Erde erbeben ließ. Damit wollte er die Bedrohung für seine geliebte Herrin verscheuchen.

Aber die Männer ließen sich nicht beeindrucken, und dann entdeckte La plötzlich, daß der eine, der an der Spitze marschierte, hellere Haut hatte, und ihr Herz fing an schneller zu schlagen. Da erkannte sie ihn, und Tränen brachen aus den Augen der wilden Hohenpriesterin von Opar.

„Es ist Tarzan! Jad-bal-ja, es ist Tarzan!" rief sie, und der helle Schein ihrer großen Liebe überstrahlte ihre schönen Gesichtszüge.

Der Löwe schien seinen Herrn im gleichen Augenblick erkannt zu haben, denn sein Gebrüll hörte auf, die Augen funkelten nicht mehr, auch war das große Haupt nicht länger abgeflacht, als er Tarzan entgegenstürmte. Wie ein großer Hund stellte er sich vor ihm auf die Hinterbeine. Mit einem Schrei des Entsetzens sprang der kleine Nkima von der Schulter des Affenmenschen und huschte kreischend zurück zu Muviro, da er aus Erfahrung wußte, daß Numa immer Numa blieb. Jad-bal-ja legte Tarzan die großen Pranken auf die Schulter und leckte ihm die dunkelbraune Wange, dann schob der Affenmensch ihn beiseite und ging schnell zu La, während Nkima, dessen Furcht nun verflogen war, auf Muviros Schulter wie von Sinnen auf und ab hüpfte und den Löwen mit allen möglichen Dschungelausdrücken bedachte, weil dieser ihm solche Angst eingejagt hatte.

„Endlich!" rief Tarzan, als er La gegenüber stand.

„Endlich kommst du von deiner Jagd zurück", erwiderte sie.

„Ich bin sofort zurückgekommen, aber du warst weg", erwiderte er.

„Du bist zurückgekommen?" fragte sie.

„Jawohl, La. Ich mußte ziemlich weit gehen, ehe ich etwas erlegen konnte, aber schließlich fand ich Wild und brachte es zu dir, aber du warst verschwunden, und der Regen hatte deine Spur verwischt. Ich habe dann tagelang nach dir gesucht, konnte dich jedoch nicht finden", erklärte er.

„Hätte ich gewußt, daß du bestimmt zurückkehrst, wäre ich für immer dort geblieben", sagte sie.

„Du hättest doch wissen müssen, daß ich dich niemals im Stich gelassen hätte“, sagte Tarzan.

„La tut es leid.“

„Bist du seither wieder in Opar gewesen?“ fragte er.

„Jad-bal-ja und ich befinden uns auf dem Weg dorthin“, sagte sie. „Ich bin lange Zeit in die Irre gegangen. Erst kürzlich habe ich den Weg nach Opar wiedergefunden, und dann war ja auch noch der Weiße, der sich verirrt hatte und Fieber bekam. Ich bin bei ihm geblieben, bis er fieberfrei und wieder bei Kräften war, denn ich glaubte, er könnte ein Freund von dir sein.“

„Wie lautete sein Name?“ fragte der Affenmensch.

„Wayne Colt“, antwortete sie.

Tarzan lächelte. „Hat er zu schätzen gewußt, was du für ihn getan hast?“ fragte er.

„O ja, er wollte sogar mit mir nach Opar gehen und mir helfen, meinen Thron zurückzugewinnen.“

„Also hast du ihn gemocht, La?“ fragte er.

„Sehr sogar, doch nicht auf dieselbe Weise, wie ich Tarzan mag“, antwortete sie.

Er berührte verhalten liebevoll ihre Schulter. „La, die Unwandelbare!“ murmelte er, dann warf er plötzlich den Kopf zurück, als wolle er traurige Gedanken abschütteln, und wandte sich wieder der Stadt zu. „Komm, die Königin kehrt auf ihren Thron zurück“, sagte er.

Die unsichtbaren Augen Opars verfolgten das Anrücken der Kolonne. Sie erkannten La, Tarzan und die Waziri, und einige waren auch darunter, die die Identität von Jad-bal-ja ahnten. Oah war sehr verängstigt, und Dooth zitterte, und die kleine Nao, die Oah haßte, war fast glücklich, so glücklich, wie jemand mit gebrochenem Herzen nur sein kann.

Oah hatte mit harter Hand regiert, und Dooth war ein schwacher Narr gewesen, dem keiner mehr vertraute. In den Ruinen wurde geflüstert, und was geflüstert wurde, hätte Oah und Dooth in Angst und Schrecken versetzt, hätten sie es mit anhören können. Das Geflüster verbreitete sich auch unter den Priesterinnen und Kriegerpriestern, mit dem Ergebnis, daß Tarzan und Jad-bal-ja auf keinerlei Widerstand stießen, als sie die Waziri in den Hof des äußeren Tempels führten. Stattdessen hallten Stimmen aus den dunklen Eingangsbögen der umliegenden Korridore, die um Gnade flehten und leidenschaftlich versicherten, sich La gegenüber künftig loyal zu verhalten.

Als sie weiter in die Stadt gingen, hörten sie tief im Inneren des Tempels plötzlich gewaltigen Lärm. Gellende Stimmen wurden von lautem Gekreisch übertönt, dann herrschte Stille, und als sie in den Thronsaal kamen, erkannten sie die Ursache, denn dort lagen Oah und Dooth zusammen mit einem halben Dutzend Priestern und Priesterinnen, die ihnen die Treue gehalten hatten, in einem Meer von Blut. Sonst war der große Saal leer.

Abermals nahm La, die Hohenpriesterin des Flammengottes, ihren Thron als Königin von Opar in Besitz.

Am Abend aß Tarzan, Herr des Dschungels, wieder von den goldenen Tellern, während junge Mädchen, die bald Priesterinnen des Flammengottes werden sollten, Fleisch und Früchte auftrugen, dazu Weine, die so alt waren, daß kein Lebender ihre Rebsorten kannte und auch nicht wußte, in welchen vergessenen Weingärten die Trauben gewachsen waren, die zu Herstellung des Getränks verwendet worden waren.

Doch für solche Dinge interessierte sich Tarzan weniger, und er war froh, als der neue Tag ihn wieder an der Spitze seiner Waziri sah, mit denen er die Ebene von Opar in Richtung der Felsenklippen durchquerte. Auf seiner braunen Schulter saß Nkima, und ihm zur Seite schritt der goldene Löwe, während die hundert Wazirikrieger in einer Marschkolonne folgten.

Eine erschöpfte, mutlose Gruppe von Weißen näherte sich nach langem, eintönigen und ereignislosen Marsch dem Hauptlager, allen voran Zveri und Ivitch, gefolgt von Zora Drinov, während mit beträchtlichem Abstand weiter hinten Romero und Mori gingen. Diese Marschordnung hatten sie die ganzen Tage beibehalten.

Wayne Colt saß im Schatten einer der Unterkünfte, und die Schwarzen lungerten ein kleines Stück entfernt vor einer anderen herum, als Zveri und Ivitch auftauchten.

Colt erhob sich und ging ihnen entgegen, da entdeckte ihn Zveri. „Du verdammter Verräter!" rief er. „Dich werde ich erledigen, und wenn es die letzte Sache ist, die ich auf Erde zu tun habe", sagte er, zog den Revolver und schoß auf den unbewaffneten Amerikaner.

Der erste Schuß streifte Colts Seite, ohne die Haut zu ritzen, und zu einem weiteren kam Zveri gar nicht, weil fast gleichzeitig ein anderer Schuß hinter ihm krachte, Peter Zveri die Pistole fallen ließ, sich an den Rücken faßte und nach vorn taumelte.

Ivitch fuhr herum. „Mein Gott, Zora, was hast du getan?“ fragte er.

„Etwas, worauf ich seit zwölf Jahren warte“, erwiderte sie. „Etwas, worauf ich warte, seit ich den Kinderschuhen entwachsen bin.“

Wayne Colt war vorgesprungen und hatte Zveris Pistole aufgehoben. Nun kamen auch Romero und Mori angerannt.

Zveri war zu Boden gesunken und blickte wild um sich. „Wer hat auf mich geschossen?“ schrie er. „Ich weiß. Es war dieser verdammte Feigling.“

„Ich war es“, sagte Zora Drinov.

„Du?!“ Zveri war sprachlos.

Zora wandte sich an Wayne Colt, als sei nur er für sie von Bedeutung. „Ihr sollt ruhig die Wahrheit erfahren“, sagte sie. „Ich bin keine Rote, bin nie eine gewesen. Dieser Mann hat meinen Vater, meine Mutter, einen älteren Bruder und meine Schwester auf dem Gewissen. Mein Vater war ... aber das spielt jetzt keine Rolle. Jedenfalls ist er gerächt.“ Dann fuhr sie fort, an Zveri gewandt: „Ich hätte dich in den letzten paar Jahren schon dutzendmal erledigen können, aber ich habe gewartet, weil ich mehr als nur dein Leben wollte. Ich wollte mithelfen, die schrecklichen Vorhaben zunichte zu machen, die du und deinesgleichen schon lange im Sinn habt, um die Welt ins Unglück zu stürzen.“

Peter Zveri starrte sie von unten mit großen Augen an, die langsam glasig wurden. Plötzlich hustete er, und Blut schoß aus seinem Mund. Dann sank er tot zurück.

Romero war dicht neben Ivitch getreten und stieß dem Russen mit einmal die Mündung seines Revolvers in die Rippen. „Laß deine Kanone fallen, ich will's auch bei dir besser nicht drauf ankommen lassen.“

Ivitch wurde kreidebleich und tat, was ihm gesagt wurde. Er sah seine kleine Welt zusammenbrechen und fürchtete sich.

Jenseits der Lichtung stand eine Gestalt am Rand des Dschungels, die vor einem Moment noch nicht dagewesen war. Sie war wieder so lautlos aufgetaucht, als habe die dünne Luft Formen angenommen. Zora Drinov sah sie zuerst und stieß einen leisen Schrei der Überraschung und des Erkennens aus. Die Augen der anderen folgten ihrem Blick und erkannten einen dunkelbraunen Weißen, der bis auf einen Lendenschurz aus Leopardenfell nackt war und zu ihnen kam. Er bewegte sich mit der leichten, majestätischen Grazie eines Löwen und hatte überhaupt viel an sich, das an den König der Tiere erinnerte.

„Wer ist das?“ fragte Colt.

„Ich weiß nur, daß dies der Mann ist, der mir das Leben rettete, als ich mich im Dschungel verirrt hatte.“

Der Mann blieb vor ihnen stehen.

„Wer bist du?“ fragte Wayne Colt.

„Ich bin Tarzan von den Affen“, erwiderte der andere. „Ich habe alles mit angesehen und angehört, was hier geschehen ist. Der Plan wurde von diesem Mann ausgeheckt.“ Er wies mit einer Kopfbewegung auf den toten Zveri. „Er hat einen Mißerfolg erlitten und ist nun tot. Das Mädchen hat sich soeben offenbart, sie ist keine von euch. Meine Leute lagern ein kurzes Stück von hier. Ich werde sie zu ihnen bringen und dafür sorgen, daß sie sicher in die Zivilisation zurückkehrt. Für den Rest von euch habe ich kein Mitgefühl. Seht selbst zu, wie ihr aus dem Dschungel kommt. Ich habe gesprochen.“

„Sie sind nicht alle die Leute, für die du sie hältst, mein Freund“, sagte Zora.

„Was meinst du damit?“ fragte Tarzan.

„Romero und Mori haben ihre Lehre weg. Sie haben das während eines Streits, als unsere Schwarzen uns verließen, offen zu erkennen gegeben.“

„Ich habe es mit angehört“, sagte Tarzan.

Sie sah ihn überrascht an. „Du hast es mit angehört?“ fragte sie.

„Ich habe vieles erlauscht, was in euren verschiedenen Lagern vonstatten ging, doch ich weiß nicht, ob ich alles glauben kann, was ich gehört habe“, erwiderte der Affenmensch.

„Ich denke schon, du kannst ruhig glauben, was du sie hast sagen hören“, versicherte sie ihm. „Ich vertraue jedenfalls darauf, daß sie es ehrlich meinen.“

„Nun gut“, sagte Tarzan. „Wenn sie wollen, können auch sie mich begleiten, aber die anderen zwei sollen selbst sehen, wie sie zurechtkommen.“

„Nicht der Amerikaner“, sagte Zora.

„Der nicht? Und warum nicht?“ fragte der Affenmensch.

„Weil er ein Agent im Sonderauftrag der Regierung der Vereinigten Staaten ist“, erwiderte das Mädchen.

Die ganze Gruppe einschließlich Colt sahen sie erstaunt an. „Wie hast du das herausgekriegt?“ fragte er.

„Die Nachricht, die du an jenem Tag abgeschickt hast, als du gerade erst ins Lager gekommen und mit mir allein warst, wurde von einem Agenten Zveris abgefangen. Nun ist dir wohl klar, woher ich es weiß?“

„Allerdings“, sagte Colt. „Das liegt auf der Hand.“

„Deshalb bezeichnete Zveri dich als einen Verräter und versuchte, dich zu töten.“

„Und was ist mit dem anderen hier?“ fragte Tarzan und deutete auf Ivitch. „Ist er auch ein Schaf im Wolfspelz?“

„Er gehört zu den paradoxen Typen, die so zahlreich sind“, erwiderte Zora. „Er ist ein Roter, der im Grunde nur gelb vor Neid ist.“

Tarzan wandte sich nun an die Schwarzen, die alle herangekommen waren und mit fragenden Blicken einem Gespräch lauschten, das sie nicht verstehen konnten. „Ich kenne euer Land“, sagte er zu einem in dessen Muttersprache. „Es liegt am Endpunkt der Eisenbahnlinie zur Küste, stimmt's?“

„Ja, Herr“, antwortete einer von ihnen.

„Ihr werdet diesen Weißen hier bis zum Eisenbahnendpunkt mitnehmen. Achtet darauf, daß er genug zu essen hat und daß ihm kein Haar gekrümmt wird. Dann sagt ihm, er soll sich aus dem Land scheren. Brecht jetzt gleich auf.“ Nun wandte er sich wieder den Weißen zu. „Der Rest wird mit mir in mein Lager kommen.“ Damit machte er kehrt und ging zu dem Weg zurück, auf dem er ins Lager gekommen war. Ihm folgten die vier, die seiner Menschlichkeit mehr verdankten, als sie je erfahren sollten. Auch konnten sie nicht ahnen, daß seine große Toleranz, sein Mut, sein Einfallsreichtum und sein Beschützerinstinkt, der sie so oft vor Gefahren bewahrt hatte, nicht von seinen menschlichen Vorfahren herrührten, sondern von seinem lebenslangen Umgang mit den Geschöpfen des Waldes und des Dschungels, bei denen diese instinktiven Eigenschaften viel stärker entwickelt sind als bei den unnatürlichen Geschöpfen der Zivilisation, bei denen die Habgier und das Streben nach Wettbewerb den Glanz dieser edlen Eigenschaften getrübt wenn nicht gänzlich ausgerottet haben.

Hinter den anderen gingen Zora Drinov und Wayne Colt nebeneinander.

„Ich dachte, du wärst tot“, sagte sie.

„Dasselbe dachte ich von dir“, erwiderte er.

„Schlimmer noch: Ich glaubte, ob du nun tot oder noch am Leben wärst, dir niemals sagen zu können, was in meinem Herzen ist“, fuhr sie fort.

„Und ich dachte, zwischen uns gähne eine schreckliche Kluft, die ich nie würde überbrücken können, um dir die Frage zu stellen, die ich die ganze Zeit schon stellen wollte“, sagte er leise.

Sie wandte sich, die Augen voller Tränen, mit bebenden Lippen zu ihm. „Und ich glaubte, ob du nun tot oder noch am Leben wärst, dir diese Frage nie bejahen zu können, falls du sie mir stellen würdest.“

Eine Wegbiegung verbarg sie den Blicken der anderen, als er sie in die Arme nahm und seine Lippen auf die ihren drückte.

Inhaltsverzeichnis

Folgende Bände der **TARZAN**-Geschichten sind bisher erschienen:

TARZAN bei den Affen
TARZANs Rückkehr
TARZANs Tiere
TARZANs Sohn
TARZANund der Schatz von Opar
TARZAN und der goldene Löwe
TARZAN und die Ameisenmenschen
(Diese Bände sind einzeln oder komplett im Schuber erhältlich.)

TARZAN der Schreckliche
TARZAN, Herr des Dschungels
TARZAN und das verschollene Reich
TARZAN der Unbesiegbare

KVL

KRANICHBORN VERLAG LEIPZIG

Die **TARZAN**-Geschichten von Edgar Rice Burroughs

TARZAN bei den Affen
TARZANs Rückkehr
TARZANs Tiere
TARZANs Sohn
TARZAN und der Schatz von Opar
TARZANs Dschungelgeschichten
(Kurzgeschichten)
TARZAN der Ungezähmte
(Kurzgeschichten)
TARZAN der Schreckliche
TARZAN und der goldene Löwe
TARZAN und die Ameisenmenschen
TARZAN, Herr des Dschungels*
TARZAN und das verschollene Reich*
TARZAN am Mittelpunkt der Erde*
TARZAN der Unbesiegbare
TARZAN triumphiert*
TARZAN und die goldene Stadt
TARZAN und der Löwenmensch
TARZAN und die Leopardenmenschen
TARZANs Suche
TARZAN und die verbotene Stadt*
TARZAN der Prächtige
(Kurzgeschichten)
TARZAN und die Fremdenlegion*
TARZAN und der Irre*
TARZAN und die Schiffbrüchigen*
(Kurzgeschichten)

* Deutsche Erstveröffentlichungen

Alle Bände neu übersetzt, wobei die einzig autorisierte Ausgabe - komplett und ungekürzt - von Ballantine Books New York zugrunde gelegt wurde.